rororo

Christiane Lind wohnt in Kassel mit einem Ehemann und fünf Macho-Katern, denen sie genau auf die Pfoten schaut. Bei rororo erschien mit «Die Geliebte des Sarazenen» ihr erster Roman. In «Weihnachtspunsch und Weihnachtskater» beschrieb sie anschließend unterhaltsam ihre Erlebnisse mit festlich gestimmten Stubentigern.

CHRISTIANE LIND

Endlich Schnurrlaub

GESCHICHTEN VON KATZEN AUF REISEN

Rowohlt Taschenbuch Verlag

Originalausgabe

Veröffentlicht im Rowohlt Taschenbuch Verlag,
Reinbek bei Hamburg, Juni 2014

Redaktion Kathrin Jurgenowski/Iris Homann
Umschlaggestaltung any.way, Cathrin Günther
(Foto: Konrad Wothe/LOOK-foto; thinkstockphotos.de)
Satz aus der ITC Mendoza, InDesign,
bei Pinkuin Satz und Datentechnik, Berlin
Druck und Bindung CPI books GmbH, Leck
Printed in Germany
ISBN 978 3 499 26833 5

Inhalt

Hopes long way home

Das Leben und dazu eine Katze,
das gibt eine unglaubliche Summe.
Rainer Maria Rilke

Hope war sich immer sicher gewesen, dass ihre Menschen ihr mehr bedeuteten als die Farm, auf der sie lebten. Aber wirklich sicher kann man wohl erst sein, wenn man es ausprobiert.

«Ich geh nicht mit», hatte ihr Bruder Homer an dem Tag zu Hope gesagt, an dem sie beide das erste Mal von den Umzugsplänen ihrer Menschen gehört hatten. «Ich gehöre hierhin, und hier bleibe ich.»

Hope überlegte einen Moment. Wie so oft beneidete sie Homer um die Bestimmtheit, mit der er seine Meinung vertrat. «Das kannst du doch nicht machen», maunzte sie schließlich. Aber sie war überzeugt, dass Homer seinen Plan - wie immer der auch aussehen mochte - in die Tat umsetzen würde. Ihr Bruder war der Mutigere. «Unsere Menschen sind gut zu uns. Sie haben uns ein Zuhause gegeben.»

«Zuhause. Schmause. Brause», wehrte Homer ab. Demonstrativ kratzte er sich mit der Pfote hinterm Ohr, als interessierten Hopes Worte ihn nicht einmal einen Mäuseschwanz. «Darum will ich hier ja auch nicht weg.»

«Aber ...» Er brachte Hope ganz durcheinander. «Aber ... wir gehören doch ihnen.»

«Du bist so was von verweichlicht.» Blitzschnell holte Homer aus und zog Hope die Krallen über die empfindliche Nase. Mit einem Schmerzensschrei sprang sie zur Seite. «Wir sind Raubtiere, du und ich. Na ja, ich auf jeden Fall. Du bist wohl nur ein Schoßkätzchen.»

«Das stimmt nicht», protestierte Hope energisch. «Ich habe gestern mehr Mäuse gefangen als du.»

«Mäuse fangen können Kläffer auch», lautete Homers verächtliche Antwort. Hätte er mehr Mäuse gefangen als sie, hätte er bestimmt etwas anderes gesagt. «Alles dreht sich um die Unabhängigkeit. Unsereins braucht keine Menschen – ich jedenfalls nicht.» Damit drehte er sich um und ließ Hope einfach stehen.

Sie hasste es, wenn er sie so behandelte, nur weil er ein paar Minuten vor ihr geboren worden war. «Ich schon», rief Hope ihrem Bruder hinterher. «Ich finde es schön, gekrault zu werden!»

Zur Antwort zuckte Homer einmal mit dem Schwanz, aber er ließ sich nicht dazu herab, sich zu ihr umzudrehen.

«Außerdem liebe ich Thunfisch», setzte Hope noch eins drauf, was mit einem erneuten Schwanzzucken quittiert wurde. Deutlich leiser fügte sie hinzu: «Und du auch, Mr. Ach-so-unabhängig.»

Die nächsten Tage ging Homer seiner Schwester aus dem Weg, während Hope einen Bogen um ihre Menschen schlug, die ihr Leben in Kisten verpackten. Auf der Veranda dösend, bewegte sie die Frage in ihrem Kopf, ob sie gehen oder bleiben sollte, drehte sie von einer Seite zur anderen wie eine frisch gefangene Maus.

«Hoo-roo», erklang plötzlich Homers Stimme von irgendwo tief unter der Veranda. «Noch kannst du es dir überlegen, Schwesterchen. Bleib bei mir.»

«Du kannst es dir ja auch überlegen», giftete Hope ihn an. «Schließlich hat Ma gesagt, dass du auf mich aufpassen sollst.»

«Aber Ma meinte bestimmt nicht, dass ich den Rest meines Lebens deine Dummheiten nachmachen muss.»

Das saß! Hope zuckte nervös mit den Ohren, während sie nach einer passenden Antwort auf Homers Gemeinheit suchte. «Du hast ja nur Angst vor dem Fliegen», griff Hope schließlich nach dem letzten Strohhalm. Wenn sie Homer bei seinem Ego packte, sprang er sicher sofort darauf an und stieg gemeinsam mit ihr in die Transportkiste. «Ich fürchte mich nicht.»

Obwohl sie alles versucht hatte, war Homer nicht mitgekommen. Ganz allein war Hope mit ihren Menschen hierhergereist, in die Stadt, die die Menschen Darwin nannten. Drei Wochen lebte Hope nun hier. Drei Wochen, in denen sie von Tag zu Tag unglücklicher geworden war. Erst hatte sie sich ihre Traurigkeit damit erklärt, dass ihre Menschen sie ins Haus eingesperrt hatten, doch seit vorgestern durfte sie hinaus in den Garten, und ihre Stimmung war düster geblieben.

«Hallo, Kleines.»

Hope fuhr zusammen. Sie war so in Gedanken gewesen, dass sie den Kater gar nicht bemerkt hatte, der sich an sie herangeschlichen hatte. Obwohl man ihn kaum übersehen konnte. Er war ein gewaltiger braun getigerter Kater, dessen Bauch beim Gehen von einer Seite zur anderen schlackerte. «Guten Tag», antwortete Hope höflich, während sie sicherheitshalber die Muskeln anspannte, um im Notfall zur Seite springen zu können.

«Keine Sorge, Kleines. Ich bin ein friedlicher Kerl. Peace und Katzenminze. Verstehste?»

«Hmhm», machte Hope, obwohl sie weder von Piez noch von Katzenminze je gehört hatte. Trotzdem entspannte sie sich. Der dicke Kater schien nicht auf Krawall aus zu sein. «Leben Sie hier?»

«Nebenan.» Der Dicke setzte sich, atmete schnaufend aus und deutete mit der Pfote auf ein großes Haus weiter weg. «Aber ich gehe selten raus. Zu warm für mein Fell. Du bist neu hier», stellte er dann fest.

«Meine Menschen haben mich hierhergebracht.» Hope spürte Bitterkeit in sich aufsteigen.

«Aha.» Der Kater schaute sie fragend an. «Scheinst hier nicht glücklich zu sein.»

«Nein!» Jetzt, wo sie es zum ersten Mal aussprach, wurde Hope wirklich bewusst, wie unglücklich sie war. «Vorher habe ich auf einer Farm gelebt. Ich vermisse die Weite, die rotbraune Erde, den Geruch von Gras. Den Duft der Wälder und der Weizenfelder, die sich im Wind bewegen. Die Jahreszeiten und die Trockenheit. Und meine Freunde ... Sogar meinen Bruder, auch wenn er mich oft geärgert hat.»

«Du kannst doch neue Freunde finden», maunzte der Kater. Tröstend leckte er ihr über den Kopf. «Ich heiße übrigens Rotfell, aber die Menschen nennen mich Garfield.»

«Graupelz. Oder Hope.»

«Freut mich. Nach Umzügen braucht man immer ein bisschen Zeit, um sich einzugewöhnen.»

«Woher willst du das wissen, du Schlauberger?» Warum giftete sie ihn an, obwohl er es bestimmt nur gut meinte?

«Ich bin öfter umgezogen, als ich Pfoten habe», erklärte Garfield, der ihr den Wutausbruch nicht krummzunehmen schien. «Mein Mensch macht Karriere, das bringt ihn in immer neue Städte.»

«Ich hasse die Stadt», stieß Hope hervor. «Hier stinkt es, und es ist heiß und so feucht, dass mein Fell sich schon ganz klamm anfühlt.»

«Jetzt ist Regenzeit. Nach Weihnachten wird es angenehmer.»

«Aber es wird niemals gut. In Ungarn, wo ich herkomme, war der Wind so trocken, dass er auf dem Fell brannte.»

Garfield leckte ihr noch einmal über den Kopf, bevor er sich niederließ und ausgiebig gähnte. «Wart's nur ab, Kleines. Bald entdeckst du die angenehmen Seiten von Darwin.»

«Aber Darwin ist nicht mein Zuhause.» Hope ließ den Kopf hängen. Sie würde sich hier niemals heimisch fühlen. «Ich will wieder zurück.»

«Ach, Kleines», sagte der Kater freundlich. «Wie stellst du dir das vor? Zwischen deiner alten Heimat und hier liegen 3000 Kilometer wildes Land. Berge. Wüsten. Gefährliche Tiere, die kleine Katzen zum Frühstück fressen.»

«Woher weißt du das?»

«Guckst du etwa kein Fernsehen?» Der Kater legte fragend den Kopf schief. «Ich schaue am liebsten Dokumentationen, da lernt man eine ganze Menge.»

«Ich seh lieber Serien», muffelte Hope. Sie mochte es nicht, sich unwissend und dumm zu fühlen. «Außerdem bin ich gern draußen. Bewegung an der frischen Luft hält nämlich schlank.» Erschrocken hielt sie die Luft an. Wie konnte sie nur so dumm sein? Der einzige Kater, der ihr bisher freundlich begegnet war, und sie spottete über seine Figur.

«Dünnsein wird überschätzt», antwortete der Kater gutmütig. «Kleines, ich bin nicht schuld an deinem Unglück.»

«Ich weiß. Tut mir leid.» Hope fühlte sich von Minute zu Minute elender. «Aber ich wünsche mir nichts so sehr wie nach Hause zu kommen. Selbst wenn der Weg gefährlich ist.»

«Wenn du wirklich zurückwillst, finde ich für dich heraus, in welche Richtung du laufen musst.»

«Das würdest du für mich tun?» Hope fühlte das erste Mal seit langem, wie ihr Herz vor Freude schneller schlug. «Danke schön.»

«In drei Tagen bin ich wieder hier.»

Wie versprochen saß Garfield drei Tage später wieder im Vorgarten. Suchend schaute er sich um. Hope rannte zu ihm nach draußen.

«Du hast eine lange Strecke vor dir, Kleines», fing er warnend an. «Ich hab's aus dem Fernsehen.»

«Das macht nichts», sagte Hope mutig. Homer wäre stolz auf sie. «Es ist der Weg nach Hause.»

«Also gut. Dann sperr mal die Ohren auf.» Garfield setzte sich aufrecht hin. Dabei schaute er so ernst, dass Hope doch ein bisschen mulmig wurde. «Am wichtigsten ist, dass du genug trinkst ...»

Ausgerüstet mit Garfields guten Ratschlägen und ihrem unbezwingbaren Wunsch, wieder nach Hause zu kommen, machte sich Hope am nächsten Tag auf die Reise.

«Bei der Strecke ist es egal, ob du heute oder morgen oder

in einem Monat startest», hatte Garfield gesagt. «Denk nur daran, deine Kraft einzuteilen und genug zu trinken.»

Der Abschied von ihrem Nachbarn war Hope schwerer gefallen, als sie erwartet hatte. «Wenn es deinen Menschen mal nach Ungarra verschlägt, komm vorbei.» Dann hatte sie Garfield einen Nasenkuss gegeben, bevor sie ihre Reise begann.

Wie der Kater es ihr geraten hatte, mied sie die Straßen und Bürgersteige und schlich über versteckte Pfade, die nur Katzen und Kater kannten, bis sie die Grenzen der Stadt erreichte, den Geruch nach Menschen, Autos und Stein hinter sich ließ. Hope hielt einen Moment inne, um zurückzuschauen. Sie würde ihre Menschen vermissen. Aber schließlich hatten die sie nach Darwin verschleppt, ohne nach ihrer Meinung zu fragen.

Von jetzt an wollte sie nach vorn sehen, sich auf ihren Bruder freuen, auf den Geruch der Felder, auf die sanften Laute der Kühe, auf die warme Erde unter den Pfoten. Mit leichtem Herzen begann Hope ihren langen Weg nach Hause.

Die ersten Tage ihrer Reise vergingen wie im Flug. Hope traf Katzen und Hunde, die sie neugierig nach ihren Plänen fragten, um sie dann ein Stück ihres Weges zu begleiten. Doch dann ließ Hope die Städte und Dörfer hinter sich, sodass sie keine Reisegefährten mehr fand. Zuerst lenkte sie sich durch die Jagd ab: Mäuse, Eidechsen, Frösche und Insekten – hungrig fraß sie, was sie fangen konnte.

Aber bald fühlte sie sich einsam und sehnte sich nach jemandem, mit dem sie sich wenigstens kurz unterhalten konnte. Nach jemandem, den sie nicht hinterher fressen würde.

Denn mit seinem Essen spricht man nicht, das hatte ihre Mutter Hope und ihren Geschwistern beigebracht.

«Wenn du erst einmal mit jemandem gesprochen hast, kannst du ihn nicht mehr guten Gewissens töten und fressen.»

Diesen Rat hatte Hope stets befolgt. Aber nun, am dreißigsten Tag ihrer Reise, zehn Tage ohne Unterhaltung, war sie versucht, mit Mäusen zu reden, die jedoch panisch davonrannten, sobald Hope sich ihnen näherte.

«Vielleicht sollte ich umkehren», sagte Hope zu sich selbst, um überhaupt eine Stimme zu hören. «Garfield wartet bestimmt auf mich. Meine Menschen werden sich freuen, und ich bin nicht mehr allein.»

In dem Moment sah sie das Pferd: Mit langen, eleganten Sprüngen galoppierte es auf sie zu. Ein Brumby in der Farbe der Abendsonne, so schön, dass der Anblick schmerzte. Hope schloss die Augen. Als sie sie wieder öffnete und das Tier immer noch da war, war sie sicher, dass sie nicht halluzinierte.

Kurz vor ihr kam das Pferd zum Stehen. Nun erkannte Hope, dass sein goldfarbenes Fell staubig war, als wäre das Tier schon lange unterwegs. In seinen schönen braunen Augen glomm eine Mischung aus Hoffnung und Verzweiflung.

«Hast du andere Pferde gesehen? Ich habe meine Herde verloren und suche schon seit Tagen», fragte das Pferd. «Gibt es hier irgendwo einen *billabong?*»

«Ein Wasserloch findest du, wenn du etwa drei Kilometer in die Richtung läufst», antwortete Hope und deutete mit der Pfote hinter sich, obwohl sie es äußerst unhöflich fand, dass das Pferd ihr nicht einmal seinen Namen genannt hatte. Brumbys! «Und nein, leider habe ich niemanden gesehen. Seit Tagen nicht. Ich bin schon einen Monat unterwegs, und ...»

«Tut mir leid, kleine Katze», antwortete der Brumby, der nervös mit dem Huf scharrte. «Ich hab keine Zeit, mir deine Geschichte anzuhören. Gute Reise!»

Nach diesen Worten fiel der Brumby in einen eiligen Trab, sodass Hope ihm nur erstaunt nachsehen konnte. Sie war so verdutzt, dass sie zu fragen vergaß, ob es noch andere Pferde oder Katzen oder sogar Hunde in der Gegend gab, mit denen sie weiterlaufen konnte. Dass ihr Abenteuer so ... langweilig sein würde, hätte Hope nicht erwartet. Auch Garfield hatte ihr mehr von den Gefahren einer Reise erzählt. Vor Schlangen, Spinnen und Kröten, deren Gift sie fürchten müsse, hatte der dicke Kater sie gewarnt. Vor Hunger und Durst. Einsamkeit und Langeweile waren in seinem langen Vortrag nicht vorgekommen.

«Länger als ein Jahr wirst du unterwegs sein, Kleines», hatte Garfield gesagt. «Bist du sicher, dass du das wagen willst?»

«Lieber ein Risiko eingehen, als hier vor Heimweh krank zu werden», hatte Hope geantwortet. «Mein Bruder fällt vor Neid um, wenn ich ihm von meinem Abenteuer berichte», hatte Hope sich gefreut. Inzwischen war sie nicht mehr ganz so zuversichtlich, aber noch gab es Hoffnung, dass sie freundlichere Tiere als diesen seltsamen Brumby traf.

Drei Tage später entdeckte sie vor dem flirrenden Horizont eine Tierherde, die in Hopes Richtung lief. Es waren große Tiere, größer noch als der Brumby, jedes mit einem Buckel auf dem Rücken. Hope konnte sich nicht daran erinnern, dass Garfield von derartigen Wüstenbewohnern gesprochen hätte. Es macht eben doch einen Unterschied, sagte sie sich, ob man sein Wissen aus dem Fernsehen erwirbt oder ob man es sich mit eigenen Pfoten erläuft.

Sicherheitshalber duckte sie sich hinter einen Stein, bis die Herde so weit herangekommen war, dass Hope sie mustern konnte. Äußerst seltsam sahen die Tiere aus. Die kleinen Köpfe balancierten sie auf einem schlanken, sehr langen Hals. Die gedrungenen, buckligen Körper saßen auf vier schlanken Beinen mit extrem breiten Pfoten.

Hope duckte sich noch tiefer hinter den Felsen.

Da schlenderte eins der Viecher so nah an sie heran, dass Hope ihm ins Gesicht starren konnte. Es erinnerte sie an ein Pferd, allerdings eins mit gespaltener Oberlippe und schlechten Zähnen. Ein Pferd, das nicht auf sein Äußeres achtet, dachte Hope und stieß ein verächtliches Schnauben aus. Das Tier war weder hübsch, noch schien es besonders klug zu sein, wie es dastand und seinen Unterkiefer von rechts nach links und wieder zurück bewegte.

«Worüber lachst du, kleines Raubtier?», fragte das Tier mit tiefer Stimme, woraufhin Hope erschrocken hochhüpfte.

«Wieso hast du mich gesehen?», fragte sie, als ihr Herz nicht mehr ganz so schnell schlug und sie ihre Stimme wieder unter Kontrolle hatte. «Ich hatte mich doch versteckt.»

«Weil ich groß bin und einen guten Überblick habe», erklärte das Tier, das Hope neugierig betrachtete. «Was machst du hier, kleiner Räuber?»

«Mein Name ist Hope. Ich bin auf dem Weg nach Ungarra.»

«Da hast du einen weiten Weg vor dir.» Täuschte sich Hope, oder grinste das Vieh sie an? «Ich heiße Jamal, und ich bin ein Dromedar.»

«Aha», antwortete Hope, als wäre ein Dromedar - nein, als wären viele Dromedare in der Wüste ganz selbstverständlich für sie. «Und das da ist deine Familie?»

«Ich bin der Leithengst.» Das Dromedar wendete seinen Kopf in Richtung Herde. «Alles meine Ladys. Und meine Kinder. Die meisten von ihnen sind ziemlich anstrengend.»

«Ist es noch weit bis Ungarra?», fragte Hope.

«Sei vorsichtig, Kleines», riet ihr das Dromedar, während es bedächtig vor sich hin kaute. Hope wunderte sich, wie deutlich das Tier trotz seines vollen Mauls sprechen konnte. «Erst gestern habe ich ein Dingo-Rudel gesehen. Die Heuler und du, ihr mögt euch nicht, oder?»

«Ich ... ich weiß nicht», musste Hope zugeben. Je länger sie unterwegs war, desto mehr musste sie sich eingestehen, wie wenig sie von der Welt wusste. «Ich habe noch keinen Dingo getroffen - glaube ich jedenfalls.»

«Hast auch nichts verpasst.» Das Dromedar spuckte einen Schleimklumpen auf den Boden, der sofort im Sand versickerte. «Die treten immer im Rudel auf. Schauen einen an, als würden sie ausrechnen, wie lange die Familie von einem essen kann. Sollte man meiden. Vor allem, wenn man so klein ist wie du.»

«Danke für die Warnung. Aber was macht eine Dromedarherde hier in der Wüste?», fragte Hope neugierig. «Seid ihr eingeborene Tiere?»

«Weder du noch ich gehören hierher, wenn man es ganz genau nimmt, Kleines.» Das Dromedar schaute sie ernst an. Dann beugte es seinen langen Hals zu Hope hinab, sodass sie dessen große braune Augen bewundern konnte, die von dichten, dunklen Wimpern umrahmt waren. «Wir kamen vor mehr als einhundertfünfzig Jahren in dieses Land.»

«So alt bist du?» Nun betrachtete sie Jamal voller Ehrfurcht. Was mochte er in so einem langen Leben schon alles gesehen haben?

«Nein, nein», meinte das Dromedar. «Die Menschen haben meine Vorfahren hierhergebracht, damit sie die Lasten bei ihren Expeditionen ins Outback trugen.»

Eine Stute trat an Jamal heran, der kurz mit ihr flüsterte, bevor er sich wieder Hope zuwandte. Stolz sprach aus Stimme und Worten des Dromedars. «Wir sind Wüstentiere, die sich an alles anpassen können.»

«Aber jetzt seid ihr doch frei, oder?» Suchend schaute Hope sich um. «Gibt es einen Menschen, dem ihr gehört?»

«Nein, vor rund einhundert Jahren brauchten die Menschen uns nicht mehr. Die Eisenbahn kann viel, viel mehr tragen als selbst die Stärksten von uns», sagte Jamal gelassen. «Da haben die Menschen meine Vorfahren sich selbst überlassen.»

«Und heute?» Hopes Neugier war geweckt.

«Heute jagen uns die Menschen. So wie sie die Brumbys, die Füchse, die Dingos und die Kaninchen verfolgen.» Jetzt klang das Dromedar zornig, weswegen Hope lieber ein paar Schritte zurückwich. Wenn Jamal mit seinem großen Fuß nach ihr trat, hatte sie geringe Überlebenschancen. «Wir gefährden ihre Farmen, sagen sie. Ja, selbst die Heiligtümer der Ureinwohner zerstören wir angeblich.»

Hope sah das Dromedar fragend an.

«Na ja», räumte es ein. «Sie machen uns Kaltukatjara zum Vorwurf.»

«Kaltu-was?» Das war ja schlimmer als ein Gespräch mit ihrem Bruder oder mit Garfield.

«Hast du davon etwa nicht gehört?» Peinlich berührt blickte das Dromedar über Hope hinweg. «Als das Wasser knapp war, haben viele von uns in diesem Ort Hilfe gesucht. Die Menschen hielten das für eine Belagerung.»

«Ach so», antwortete Hope.

«Jetzt kommen sie mit Hubschraubern und schießen auf uns.» Mittlerweile war Jamal in Rage; das Dromedar kaute schneller und schneller und spuckte ihr die Worte förmlich entgegen. «Die Toten lassen sie liegen. Sie ermorden uns nicht wegen unseres Fleisches, sondern weil wir ihnen zu viele sind.»

«Aber ... ihr habt ihnen doch geholfen, das Land zu erkunden!»

«Dankbarkeit darf man von Menschen nicht erwarten.» Jamal schüttelte sich. «Auch deine Art jagen und töten sie.»

Auf einmal wirkte der Dromedarhengst deutlich älter und weiser, als Hope ihn eingeschätzt hatte. Die Katze schämte sich, dass sie ihn für dumm gehalten hatte, weil er so bedächtig vor sich hin gekaut hatte, als könnte keine Sorge seinen Frieden trüben.

«Deine Vorfahren sind allerdings viel früher als meine hierhergekommen. An Bord der ersten Schiffe, so wie Trim, der Kater, der Australien umrundet hat.»

«Woher weißt du das?» Das Dromedar war viel klüger als Garfield. Ob es hier irgendwo Fernsehgeräte gab?

«Erzählt ihr euch denn keine Geschichten, wenn ihr zusammen am Feuer liegt?», fragte Jamal erstaunt. «Oder wenn ihr wiederkäut?»

«Wir ... also ... Katzen käuen nicht wieder.» Endlich etwas, was das Dromedar nicht wusste. «Außerdem sind wir eher Solisten.»

«Und deshalb vergesst ihr eure Geschichte.» Das Dromedar schluckte. «Geschichte ist aber wichtig, damit man versteht, woher man kommt.»

«Ich kenne viele Geschichten aus dem Fernsehen.»

«Was ist Fern-sehn?», fragte das Dromedar interessiert.

«Ach, ein Ort, an dem alle möglichen Storys erzählt werden. Liebesgeschichten, Tierfilme. Mord und Totschlag.»

Jamal musterte Hope sehr lange; hin und wieder wippte er mit dem Kopf auf und ab, bis Hope begann, sich unbehaglich zu fühlen. «Wir ziehen in deine Richtung, Kleines», sagte er schließlich. «Wir wollen dem Uluru unsere Aufwartung machen.»

«Wem?»

«Dem heiligen Felsen der Traumzeit, mitten in der Wüste.»

«Was macht ihr da?» Nie im Leben wäre Hope auf die Idee gekommen, dass man einem Felsen huldigen könnte. «Warum wollt ihr den Felsen anbeten?»

«Nein, Kleines, das hast du missverstanden.» Jamal bleckte seine schiefen Zähne zu einem breiten Grinsen. «Wir beten ihn nicht an, wir wollen uns Touristen angucken und deren Geschichten hören. Wenn du magst, schließ dich uns an.»

«Danke», antwortete Hope gerührt. «Aber ihr macht zu große Schritte für mich.»

Das Dromedar prustete laut aus, was für Hope verdächtig nach einem Lachen klang. «Nun, kleine Katze, das Problem lässt sich lösen. Wenn du uns jeden Abend eine Geschichte aus Fern-sehn erzählst, bist du herzlich willkommen.» Das Dromedar ging in die Knie. «Hopp, an Bord.»

Das ließ Hope sich nicht zweimal sagen. Mit einem gewaltigen Satz sprang sie auf den Rücken des Tieres und suchte sich zwischen Höcker und Hals einen Platz, der ihr bequem erschien. Beinahe wäre sie heruntergefallen, als das Dromedar sich erhob. Wer sollte denn ahnen, dass es zuerst seinen Hintern in die Höhe bugsierte?

Nach kurzer Zeit hatte Hope sich an den schaukelnden Gang

des Dromedars gewöhnt. Die anderen Mitglieder der Herde musterten sie misstrauisch, bis Jamal ihnen erzählte, dass Hope eine erfahrene Reisende sei, die außerdem viele Geschichten aus Fern-sehn kenne. Also konnte Hope sich beruhigt vom Passgang des Dromedars einlullen lassen und Kilometer um Kilometer hinter sich bringen, ohne ihre Pfoten zu belasten.

An den Zwischenhalten, meist an Wasserlöchern, suchte Hope sich Beute, wobei sie darauf achtete, dass die Dromedare davon nichts mitbekamen. Pflanzenfresser standen dem Jagdverhalten von Fleischfressern nicht wohlgesinnt gegenüber – das hatte sie von Garfield gelernt.

Am ersten Abend, als die Dromedare sich für ihre Geschichtenstunde nebeneinanderlegten, spürte Hope jeden Muskel und hätte im Stehen einschlafen können. Aber sie hielt ihr Versprechen und erzählte der gebannt lauschenden Herde eine Folge aus der Fernsehserie, die ihr Frauchen jeden Nachmittag sah.

«Aber wenn die Menschenstute den Menschenhengst will, warum paaren sie sich nicht einfach?», fragte ein halbwüchsiges Dromedarfohlen, als sie am Ende angekommen war. «Warum müssen sie so viel reden?»

Darauf wusste Hope auch keine Antwort.

«Und warum will die andere Menschenstute der einen Menschenstute den Hengst wegnehmen? Warum bilden sie keinen Harem?» Eine Dromedarstute schaute Hope mit großen Augen an.

«Ähem. Also, ich glaube, nicht alle Menschen stehen auf Harems.» Hätte sie bloß etwas anderes erzählt.

«Seltsame Geschichten. Unsere sind ganz anders», rettete Jamal sie vor weiteren Fragen. «Wer erzählt als Nächstes?»

Stolz meldete sich ein Fohlen, das eine verwickelte Story über die ersten Dromedare in Australien begann. Eine Weile lauschte Hope dem Bericht von Expeditionen ins Landesinnere, vom Bau des «Rabbit-Proof Fence», der Kaninchen, Dingos, Kängurus und Emus von den Farmen fernhalten sollte, und von Dromedarführern, die aus den unterschiedlichsten Ländern gekommen waren, um auf dem neuen Kontinent ihr Glück zu suchen. Sogar im Ersten Weltkrieg, wie die Menschen ihn nannten, hatten australische Dromedare gekämpft. Bald summten Hope die Ohren, und Müdigkeit übermannte sie.

Doch in den nächsten Nächten lauschte sie voller Interesse den Geschichten, mit denen sich die Dromedarherde ihre Zeit vertrieb und die Erinnerung an ihre Vergangenheit aufrechterhielt. Die Geschichten waren eine große Abwechslung in den gleichförmig verlaufenden Tagen. Die Herde legte am Tage schweigend gewaltige Strecken in der Wüste zurück. Nur selten hielten sie an, um zu trinken oder zu essen. An den Abenden jedoch verwandelten sich die schweigenden, ernsthaften Tiere in fröhliche Zeitgenossen, die miteinander scherzten und sich gegenseitig mit unglaublichen Geschichten zu übertrumpfen versuchten.

Nach einigen Fehlschlägen fand Hope heraus, dass die Dromedare Science-Fiction am liebsten mochten, sodass sie alle Folgen von *Star Trek* nacherzählte, an die sie sich erinnerte. Für die Dromedare war es jedes Mal eine große Aufregung, zum Himmel zu schauen und sich dabei vorzustellen, dass dort ein Raumschiff zwischen den Sternen reiste und fremde Welten entdeckte.

Viel zu bald trennten sich ihre Wege. «Wir danken dir für deine Fern-sehn-Geschichten, kleine Jägerin.» Jamal ging in die Knie, damit Hope von seinem Rücken springen konnte. «Deine Reise führt dort unten lang», erklärte er ihr mit einem Kopfnicken in Richtung Süden.

«Danke.» Hope drehte sich um.

«Ach ja, noch etwas», rief ihr das Dromedar hinterher. «Such dir heute Nacht einen hohen Baum. Ich spür das Wasser kommen. Und meide die Dingos.»

«Nochmals danke.» Hope schaute den Dromedaren nach, wie sie gemessenen Schrittes ihrer Wege zogen. «Alles Gute für euch.» Homer würde ihr nie glauben, dass sie auf einem Dromedar geritten war.

Binnen kurzem begriff Hope, was Jamal mit seiner Warnung vor dem Wasser gemeint hatte. Es regnete wie aus Eimern. Dicke, schwere Tropfen klatschten auf ihr Fell und durchdrangen es sofort. Tag um Tag regnete es, Woche um Woche, ohne ein Ende in Sicht. In den wenigen trockenen Stunden lief Hope, so schnell ihre Pfoten sie trugen, nur um bald einen Platz zu suchen, wo sie die Regenphasen abwarten konnte.

Trotzdem wurde die Landschaft immer karger. Für Hope wurde es zunehmend schwerer, Bäume oder Höhlen als Schutz vor dem anhaltenden Nass zu finden. Schließlich musste sie sich entscheiden: Entweder verbrachte sie eine lange Zeit in der Sicherheit einer Höhle, oder aber sie riskierte es, nass zu werden, um endlich weiterreisen zu können.

Zwei Tage harrte Hope aus, dann siegte die Ungeduld, und sie trat hinaus in den Regen. Nachdem sie bis auf die Knochen durchnässt war, gab Hope es auf, nach einem trockenen Fleckchen Erde zu suchen. Ihre Beine bewegten sich einfach weiter und weiter. Das Wasser, das in stetigem Strom vom Himmel fiel, betäubte ihre Sinne, sodass sie keine Beute mehr riechen oder hören konnte. Ihr Magen knurrte. Trotzdem lief Hope weiter, getrieben von der Hoffnung, eine Farm mit freundlichen Menschen zu finden, bei der sie rasten könnte und wo sie etwas Futter geschenkt bekäme. Stunde um Stunde lief sie, ohne ein Haus zu entdecken. Niemand außer ihr war unterwegs. Fast schien es Hope, als wäre sie das einzige Lebewesen, das sich seinen Weg durch den Regen bahnte. Von solchen Momenten hatte der dicke Garfield ihr nichts erzählt.

Irgendwann ging der Regen langsam in ein Tröpfeln über, bis er endlich ganz aufhörte. Hope schüttelte sich, aber ihr Fell war derart vollgesogen, dass sie es nicht trocken bekam.

Erschöpfung packte Hope, sodass sie sich ohne jeden Schutz an Ort und Stelle zum Schlafen niederlegte. Aber wer - außer ihr - war schon so verrückt, sich bei dem Regen draußen herumzutreiben?

Von einem Augenblick zum anderen war Hope hellwach. Das Gefühl einer drohenden Gefahr hatte sie aufgeschreckt. Sie plusterte Fell und Schwanz auf, fauchte und spuckte.

Zu Recht.

Ihr Blick durchdrang das Halbdunkel der Nacht. Wenige Schritte entfernt sah sie Augenpaare aufleuchten. Viele. Zu viele.

«Verschwindet!», fauchte Hope. Hoffentlich konnten ihre Gegenüber ihre Angst nicht riechen. Dann wäre sie verloren. «Ich will hier nur rasten. Morgen ziehe ich weiter.»

«Mutig bist du für so ein kleines Tier», antwortete eine kehlige Stimme. Der Sprecher trat näher an sie heran.

Im Licht des vollen Mondes konnte sie ihn besser erkennen,

als ihr lieb war. Groß war er, bestimmt doppelt so hoch wie sie. Er hatte einen breiten Kopf mit spitzer Schnauze, in der lange Zähne aufblitzten. Eins seiner stehenden Ohren hielt ihr Gegenüber auf Hope gerichtet, das andere zeigte in Richtung des Rudels, das hinter ihm wartete. Das lauerte, wie es Hope schien. Unter dem struppigen rötlichen Fell zeichneten sich seine Rippen ab. Die auffallenden schwarzen Zeichnungen an seiner Schulter ließen Hope an einen Tiger denken. Ebenso wie die orangefarbenen Augen, mit denen er sie durchdringend musterte, hungrig und angriffslustig.

Ein Dingo. Jamal hatte Hope vor den wilden Hunden gewarnt, auch Garfield hatte sorgenvoll von ihnen gesprochen. Dieser verdammte Regen. Wenn Hope wegen des Regens nicht so erschöpft gewesen wäre, wäre sie niemals so dumm gewesen, im Revier eines Dingorudels zu schlafen. Das Wasser hatte alle Reviermarkierungen weggewaschen, sodass sie sich halbwegs sicher gefühlt hatte.

«Du weißt, wer wir sind?» Der Hund, der wohl der Anführer des Rudels war, trat noch etwas näher, was Hope mit einem Zischen quittierte.

«Dingos», fauchte sie. Auch sie ging einen Schritt nach vorn, um dem Hund deutlich zu machen, dass sie ihr Fell teuer verkaufen würde. «Ich habe von euch gehört.»

«Dingos nennen uns die weißen Siedler», sagte das Raubtier und fletschte verächtlich die Zähne. «Wir selbst nennen uns *Maliki*.»

«Dingos oder *Maliki* – was macht das für einen Unterschied?», zischte Hope. «Lasst mich in Frieden. Dann lasse ich euch auch in Ruhe.»

«Habt ihr das gehört?», bellte der Anführer. «Das kleine Tier will uns nicht töten, wenn wir brave Hunde sind.»

Heiseres Heulen antwortete ihm. Langsam kamen die anderen Dingos näher. Hope bemerkte, wie die wilden Hunde einen Kreis um sie zogen. Sollte ihre Reise etwa so enden, zerrissen von einem Dingorudel? Ihr musste etwas einfallen, um ihr Leben zu retten!

«Es wäre ... nicht klug, mich zu fressen», behauptete sie schnell, das Fell immer noch aufgeplustert.

Wieder fletschte der Dingo die Zähne. «Nenn mir einen Grund», schrappte er. Hope zuckte zusammen, als sie seine Kiefer aufeinanderschlagen hörte. «Nenn mir nur einen Grund, warum wir dich nicht fressen sollten.»

«Weil ... weil ich so klein bin?», versuchte es Hope. «Ihr würdet gar nicht satt werden.»

«Aber der Hunger wäre ein kleines bisschen kleiner», konterte der Anführer, was sein Rudel mit heiserem Bellen quittierte. «Besser du als gar nichts.»

Aber Hope war nicht monatelang gelaufen, um als Appetithappen für wilde Hunde zu enden. «Ich mache euch einen Vorschlag», sagte sie. «Fresst ihr Frösche?»

«Was?», grollte der Dingo. «Willst du mich verarschen?»

Auch das Rudel knurrte zornig und verwirrt.

«Nein, nein», sagte sie eilig. «Durch den Regen gibt es Dutzende, Hunderte von Fröschen. Genug für uns alle.»

Der Dingo schwieg. Auch aus seinem Gefolge kam kein Laut. Hinter den wilden Hunden begann der Himmel heller zu werden. Der Morgen nahte.

«Wir haben die Frösche auch gesehen», sagte der Dingo schließlich. «Aber sie sind zu schnell für uns.»

Beinahe wäre Hope in Triumphgeheul ausgebrochen. Das hatte sie gehofft. Selbst ihr als guter Jägerin war es nicht leichtgefallen, die Frösche zu fangen.

«Wenn ihr mich leben lasst, laufe ich zwei Tage in eurem Rudel mit und fange euch so viele Frösche, wie ihr wollt.»

Der Dingo stutzte, er knurrte eher amüsiert als verärgert. «Wir sollen ein Kätzchen zum Teil unseres Rudels machen?»

«Ja.» Mutig wagte Hope sich weiter vor. Wenn er sie bis jetzt nicht getötet hatte, würde er es bestimmt so schnell nicht tun. «Ihr zeigt mir den Weg nach Süden. Ich fange euch Frösche. Eine Win-win-Situation.»

«Vier», antwortete der Dingo.

«Bitte?»

«Vier Tage. Du bleibst vier Tage bei uns.»

«Meinetwegen.» Zur Not wäre Hope auch einen Monat mit dem Dingorudel gelaufen. «Also haben wir einen Deal?»

«Bei Sonnenaufgang beginnt die Jagd.» Drohend kam der Dingo näher, bis seine Nase beinahe Hopes berührte. Hope wagte kaum einzuatmen. «Ich hoffe für dich, dass du so gut bist, wie du behauptest.»

Hope schluckte. «Du wirst es sehen», gab sie mit fester Stimme zurück.

Dann drehte der Dingo sich um. «Komm mit. Ich will dich dem Rudel vorstellen. Leute, das ist unsere Froschjägerin. Froschjägerin, das sind meine Leute.»

«Mein Name ist Hope», korrigierte sie ihn, aber niemand hörte ihr zu. Dann eben Froschjägerin – die Dingos schienen es sowieso nicht so mit Namen zu haben. Jedenfalls hatte der Anführer ihr seinen nicht verraten. Langsam näherte Hope sich dem Rudel, das sie misstrauisch und hungrig anstarrte. «Hallo», versuchte sie wenigstens die grundlegendsten Höflichkeitsregeln einzuhalten. Aber das hätte sie sich sparen können.

«Mama, warum spricht unser Frühstück mit uns?», fragte ein zerzauster Welpe. «Darf ich es töten?»

«Nur Geduld, mein Schatz.» Die Hündin musterte Hope aus kalten gelben Augen. «Warte bis zum Sonnenuntergang. Dann gehört es dir.»

«Warum hat Papa dich Froschjägerin genannt?», fragte der Welpe Hope.

«Sprichst du immer mit deinem Essen?», schnappte sie ihn an, nicht bereit, auch nur eine Minute länger freundlich zu denen zu bleiben, die sie für Essen auf Beinen hielten.

«Sei nett zu meinem Welpen, Katze, wenn dir dein Leben etwas wert ist.» Die gelben Augen der Hündin leuchteten noch gefährlicher.

«Ich habe das Wort von eurem Chef, dass mir nichts passiert, solange ich für euch Frösche fange», zischte Hope.

«Aber mein Wort hast du nicht, Katze.» Die Hündin trat so nah an Hope heran, dass sie das Aas in deren Atem riechen konnte. «Und der Alpha hört auf mich.»

«Ist ja schon gut.» Das waren ja wunderbare Aussichten. Hope ließ sich etwas zurückfallen, damit sie dem hungrigen Welpen nicht vor der Nase herumlief. Doch zu ihrem Pech geriet sie in eine Gruppe halbwüchsiger Dingos, die sofort auf sie einredeten.

«Wo kommst'n her?»

«Wo willst'n hin?»

«Sind alle Katzen so klein wie du?»

«Kann man dich essen?»

«Darwin. Ungarra. Nein. Auf keinen Fall!»

Da Hope auch alle weiteren Fragen so einsilbig beantwortete, wurden die Junghunde des Spiels bald überdrüssig und ließen sie allein. Hoffentlich machen wir bald Rast, damit ich genug Schlaf bekomme, um morgen erfolgreich zu sein, dachte Hope.

«Da. Nummer siebenundfünfzig.» Inzwischen spürte Hope kaum noch ihre Kiefer, so viele Frösche hatte sie bereits gefangen und bei den Dingos abgeliefert, die sich ausgehungert darauf gestürzt hatten. Hope selbst war der Appetit vergangen. «Seid ihr jetzt langsam satt?»

«Ein paar Hüpfer könnte ich noch vertragen», antwortete der Anführer. «Aber für heute lassen wir's gut sein, Froschjägerin. Nimm du ihn.»

«Ich heiße Hope.» Wenn sie nicht derart müde gewesen wäre, hätte sie nie so frech geantwortet, aber nun war es zu spät.

«Ich weiß», sagte der Dingo gelassen. «Hat dir denn niemand gesagt, dass man in der Wüste keine Namen braucht?»

«Nein.» Was sollte das denn wieder bedeuten? «Ihr habt keine Namen?»

«Wir nennen uns nach unseren Aufgaben. Ich bin Anführer. Das sind Mutter Eins, Mutter Zwei, Mutter Drei, Große Jägerin, Schlangentöter und ...»

«Schon gut. Ich hab's begriffen.»

«Wo willst du hin, Froschjägerin?» Der Dingo musterte Hope, die gerade Frosch 57 vertilgte. «Warum läuft eine Katze allein durch die Wüste?»

«Ich will nach Ungarra, nach Hause.» Sie sah auf. «Weißt du, wo das ist?»

«Wir kennen alle Orte.» Der Anführer dachte einen Augenblick nach. «Wir können dich bis zum Zaun begleiten.»

«Zu was für einem Zaun?», fragte Hope. «Gibt es dort eine Farm?» Eine Farm bedeutete Menschen. Menschen bedeuteten Futter. *Echtes* Futter, keine Frösche.

«Die Menschen haben den Zaun gebaut, um uns von ihren Herden fernzuhalten», grollte der Dingo. «Erst rauben sie uns unseren Platz, dann stellen sie Zäune auf, als Nächstes vergiften sie uns.»

«Uh-oh», sagte Hope, weil ihr keine bessere Antwort einfiel. Also gab es den Zaun aus den Geschichten der Dromedare tatsächlich!

«Es ist, wie es ist», meinte der Dingo. «Also, wie sieht es aus – sollen wir dich bis zum Zaun bringen?»

«Gern.» Ein Zaun, und wäre er noch so hoch, sollte kein Problem für sie sein. «Wie lange brauchen wir bis dorthin?»

«Eine Woche, zehn Tage.» Er fletschte die Zähne zu einem Grinsen. «Das kommt darauf an, wie schnell du laufen kannst.»

«Zehn Tage ...» Hope musste schlucken. Zehn Tage, das waren 570 Frösche, die sie fangen musste. Aber sie wäre in Sicherheit. «Also gut. Zehn Tage.»

Ganze vier Wochen später standen sie vor dem Zaun, der den Dingos den weiteren Weg ins Land verwehrte.

«Danke für die Begleitung», verabschiedete Hope sich vom Rudel. «Viel Glück für euch.»

«Danke, Froschjägerin.»

«Tschüs, Frühstück.»

«Alles Gute, kleine Räuberin!»

Obwohl sie es nie für möglich gehalten hätte, wurde Hopes Herz schwer. In den vergangenen Wochen hatte sie die Dingos beinahe liebgewonnen. Hinter der harten Schale, die sich die

Hunde angesichts des Lebens in der Ödnis zugelegt hatten, verbargen sich herzliche Tiere, die mit ihrer Familie durch dick und dünn gingen.

«Guten Weg und gute Jagd», wünschte sie dem Anführer, der sie direkt bis zum Zaun begleitete. «Mögt ihr immer genug Futter finden.»

«Solange es keine Frösche sind», meinte der Dingo und schüttelte sich dabei. «In der kommenden Zeit brauche ich nichts Grünes mehr als Futter.»

«Wem sagst du das.» Hope sträubte das Nackenfell. «Wenn ich die nächsten drei Jahre keinen Frosch sehe, bin ich froh.»

«Froschjägerin, wenn du je Hilfe brauchst, wir sind dein Rudel.»

Die Worte des Dingos gingen Hope unvermutet nah. Nie hätte sie gedacht, dass sie für die wilden Hunde mehr war als eine geschickte Jägerin, die ihnen Futter brachte. «Danke», brachte sie schließlich heraus. «Es ist mir eine Ehre.»

«Sei vorsichtig.» Damit drehte der Dingo sich um und trabte davon. «Vor allem bei den Menschen.»

«Danke für alles!», rief Hope ihm nach, aber sie war sich nicht sicher, ob er sie noch hörte. Dingos waren keine Freunde von sentimentalen Abschiedsszenen, das hatte Hope gelernt. Für ein Dingorudel hatten sie ihr einen großartigen Abschied bereitet. «Ihr werdet mir fehlen», flüsterte sie, während sie den Zaun betrachtete.

Wie erwartet, konnte er sie nicht aufhalten. Mit einem Satz sprang sie darüber, um weiter in Richtung Süden zu laufen.

Nun reiste sie wieder allein. In den ersten Tagen mit dem Rudel hatte sie sich sehr oft nach Einsamkeit gesehnt; jetzt fehlte ihr die laute Gemeinschaft. Immer wieder ertappte sie sich dabei, dass sie das Wort an jemanden richten wollte, sei es, um auf Beute hinzuweisen, sei es, weil sie eine drohende Gefahr erkannte.

Endlos zog sich der Horizont vor ihren Augen dahin, ohne dass sie einem anderen Reisenden begegnete – von Fröschen und Mäusen abgesehen. Als sie schon fürchtete, nie wieder ein anderes Lebewesen zu treffen, entdeckte sie nicht weit entfernt ein großes, pelziges Etwas, das auf kräftigen Hinterbeinen hockte und interessiert in ihre Richtung blickte. Hope musterte das Tier. Es war deutlich größer als sie, hatte einen sehr kräftigen Schwanz und starke Hinterbeine. Dagegen wirkten die Vorderbeine beinahe verkümmert, sie sahen nicht so aus, als könnte man damit Beute greifen.

Hope trippelte von einer Pfote auf die andere, während sie überlegte, ob sie flüchten oder sich dem Fremdling nähern sollte. Doch ihr Gegenüber nahm ihr die Entscheidung ab, indem es in großen Sätzen auf sie zusprang. Dabei sah es eher neugierig als gefährlich aus, sodass Hope stehen blieb, vorbeugend aber lieber ihr Fell aufstellte und den Schwanz aufplusterte, damit sie größer und gefährlicher wirkte.

Die Drohgebärde zeigte Wirkung. Das fremde Tier blieb mit etwas Abstand vor ihr stehen, bevor es auf der Stelle auf und ab hüpfte wie das Gummibällchen, das ihr Frauchen Hope einmal geschenkt hatte. Bei dem Gedanken daran überkam sie so tiefe Sehnsucht nach ihren Menschen, dass es schmerzte.

«Jingoes!», sagte das seltsame Tier, das immer noch vom Boden abfederte, als gäbe es keine Schwerkraft. «So was wie dich habe ich noch nicht gesehen.»

«G'Day», antwortete Hope höflich und beschloss, das seltsame Verhalten des Tiers zu ignorieren. «Man nennt mich Hope.»

«Okey-dokey, Hope», sagte der Hüpfer, wobei er doch ein bisschen näher kam, sodass Hope die langen Barthaare auf der breiten Nase und die dichten Wimpern um die großen braunen Augen erkennen konnte. Zu nah für ihren Geschmack. «Ich bin Joey. Känguru-Joey.»

«Hallo, Joey. Kannst du mir bitte sagen, wo wir hier sind?»

«Im *Never Never*. Im *Bush*. Im *Outback*.» Jetzt hüpfte Joey vor Hope von links nach rechts und wieder von rechts nach links, sodass sie den Kopf von einer Seite zur anderen drehen musste. «Such's dir aus. Anderer Name, gleicher Ort. Was bist'n du für eins?»

«Nun bleib doch stehen», fauchte Hope. Dieses Auf-und-ab-Gehopse machte sie ganz verrückt. Vielleicht war das Vieh doch ein Beutegreifer, und das Hüpfen war seine Strategie, alle Feinde so durcheinanderzubringen, dass es zuschlagen konnte. «Ich habe nur eine Frage. Dann kannst du weiterhopsen.»

«Was bist'n du für eins?», fragte das Känguru erneut, während es in großen Kreisen um Hope herumhüpfte, sodass die Katze sich um sich selbst drehen musste. «Biste 'ne Art Kaninchen?»

«Bitte!», fauchte Hope. «Ich bin eine Katze.»

«Okey-dokey. Sei nicht beleidigt, Katze.» Jetzt hüpfte Joey wieder auf der Stelle auf und ab, und Hope blickte mal auf seine gewaltigen Füße, mal auf seinen pelzigen Bauch. «Was machste hier, wenn du nicht mal weißt, wo hier ist?»

Sollte sie wirklich dieses schräge Gespräch weiterführen, oder sollte sie aufs Geratewohl weiterlaufen, immer nach Süden? Aber besser ein komischer Vogel, mit dem man sprechen konnte, als weiterhin allein zu sein. «Ich will nach Ungarra. Dort ist mein Zuhause», antwortete sie daher. «Weißt du, wie weit es bis dahin ist?»

«Das kommt darauf an.» Endlich stellte Joey das Gehopse ein. «Was ist schon weit? Was ist schon nah? Dem Glücklichen schlägt keine Stunde.»

«Danke für diesen philosophischen Beitrag.» Jetzt hatte Hope endgültig genug. Dann redete sie doch lieber mit sich selbst. «Gute Reise und eine sonnige Zeit», verabschiedete sie sich.

«Dir auch, kleine Jägerin.» Im Davonhüpfen drehte Joey sich noch einmal um. «Weniger als zwei Monde, und du bist zu Hause. Wenn du dich nicht ablenken lässt.»

«Danke!», brüllte Hope ihm nach, war sich aber nicht sicher, ob er sie noch hörte. Ob alle Ureinwohnertiere so seltsam waren? Vielleicht lag es ja am Beutel des Kängurus. Wenn sie so ein Ding vor sich hertragen müsste, wäre sie sicher auch merkwürdig.

Ist das öde, dachte Hope. Jeden Tag das Gleiche: laufen, jagen, fressen, schlafen, laufen, jagen, fressen, schlafen ... und das seit einem Monat. Mittlerweile war ihr so langweilig, dass sie sich wünschte, sie wäre mit Känguru-Joey weitergezogen. Lieber ein verrückter Gesprächspartner als gar keiner.

Während sie noch mit sich und ihrem Schicksal haderte, fiel ihr Blick auf etwas, das sie während ihrer ganzen Reise nicht gesehen hatte. Vorsichtig pirschte sie sich heran. Was das wohl ist?, fragte sie sich. Es sah aus wie Kacke, es roch wie Kacke, aber noch nie hatte sie Kacke in Würfeln gesehen. Sie konnte sich kein Tier vorstellen, dass derart seltsame Hinterlassenschaften produzierte. Sicher war eines: Selbst wenn die Langeweile sie noch so quälte, war sie nicht scharf darauf, jemandem zu begegnen, der Würfel kackte. Daher achtete sie mehr als an den vorangegangenen Tagen auf ihren Weg, blieb öfter stehen, um die Luft nach fremden Gerüchen zu prüfen, aber sie konnte keine frische Fährte entdecken.

Am Abend suchte sie nach einem Baum, auf dem sie schlafen konnte, doch es war keiner zu finden. Also verkroch sie sich in einem Gebüsch, so tief es ging.

Mitten in der Nacht wurde Hope durch ein Schnaufen geweckt. Hastig sprang sie aus dem Gebüsch, um mehr Platz zum Kämpfen zu haben, und landete direkt vor einem seltsamen Gesellen.

Im hellen Licht des Mondes konnte sie das Tier vor ihr genau erkennen. Es hatte einen gewaltigen Schädel mit kleinen Augen, dafür einer riesigen, behaarten Nase. Erst dachte Hope, das Tier hätte keinen Schwanz, doch dann entdeckte sie den kleinen, nackten Stummel. Nicht wirklich hübsch, dachte sie, während sie stolz ihren langen, eleganten Schwanz betrachtete.

«Aus dem Weg! Aus dem Weg», grummelte der Fremde mit dem graubraunen Fell, der Hope an eine fette, saftige Ratte erinnerte – nur leider war er viel, viel zu groß, als dass sie ihn hätte angreifen wollen. «Mach Platz.»

«Entschuldigung», sagte Hope und trat zur Seite, damit das Tier an ihr vorbeiwatscheln konnte. «Ich wollte nicht stören.»

«Da ist man auf dem Weg zum Abendessen, und dann so was», knurrte das Tier vor sich hin. «Immer diese Touristen.»

«Hey», protestierte Hope, «ich bin keine Touristin. Ich bin auf dem Weg nach Hause.»

«Kein Grund, unsereins im Weg zu stehen, oder?»

«Entschuldigung», wiederholte sie. «Wissen Sie, wie weit es nach Ungarra ist?»

«Du ... du stinkst nach Feind!», fauchte das Pummelchen sie an. Es schwenkte den Kopf von einer Seite zur anderen und knirschte laut mit den Zähnen, ein unheimliches Geräusch. «Bist du einer von ihnen?»

«Von wem?» Hope bekam erste Zweifel an der Intelligenz ihrer neuen Bekanntschaft. «Woher soll ich das wissen, ob ich Teil von etwas bin, wenn ich nicht mal weiß, wovon ich Teil sein soll?»

«Gute Frage.» Der fette Kerl setzte sich auf seinen breiten Hintern. «Oder ist das nur ein Trick, um mich zu verwirren?»

«Was bist du überhaupt?»

«Ich bin ein Wombat», erklärte er stolz und setzte hinzu: «Die Menschen sagen, ich sehe wie ein kleiner Bär aus.»

Also, als bärenartig hätte Hope ihn auf keinen Fall bezeichnet, aber sie wollte sich nicht mit dem Wombat streiten. «Wer ist denn nun der Feind?», fragte sie stattdessen, obwohl ihr bereits schwante, wen das kleine Beuteltier meinte.

«*Maliki*! Kläffer!» Wieder knirschte der Wombat mit den Zähnen. «Gehörst du etwa zu denen?»

«Nicht direkt. Ich bin den Dingos nur auf meiner Reise begegnet», antwortete Hope ausweichend.

«Wo? Hier!?» Aufgeregt schnaufte der Wombat.

«Nein, nein», versuchte Hope ihn zu beruhigen. «Die Dingos scheitern am Zaun. Ich habe seit Tagen kein Tier gesehen.»

«Gut», meinte der Wombat. Er beäugte Hope vom Kopf bis zur Schwanzspitze und wieder zurück. Besonders lange verweilte sein Blick bei ihren Pfoten. «Kannst du buddeln?»

«Wie bitte?» Hope hatte gedacht, nach dem merkwürdigen

Känguru könnte sie nichts mehr erschüttern, aber mit diesem Tier zu reden erwies sich als weitaus komplizierter. «Buddeln?»

«Ja, kannst du Höhlen graben? Wir sind immer auf der Suche nach guten Buddlern.» Eitel zeigte der Wombat seine Füße, an denen sich gewaltige Grabekrallen befanden. «Also, was ist? Kannst du oder nicht?»

«Sicher, aber warum sollte ich?»

«Morgen wird es heiß.» Prüfend schaute der Wombat sie an. «Wenn du uns buddeln hilfst, kannst du mit in meinem Bau schlafen.»

Konnte sie dem übellaunigen Beuteltier vertrauen? «Ist es dort sicher?», fragte Hope.

«Sicherer geht's nicht.» Jetzt klang der Wombat regelrecht selbstgefällig.

«Also gut.» Sie war auf Dromedaren geritten und mit einem Dingorudel gelaufen, da konnte sie wohl auch eine Wombathöhle graben.

Also folgte sie dem Wombat durch die Nacht, bis sie an ein Erdloch kamen. «Meine Höhle», erklärte er schließlich. «Sehr schön, nicht wahr?»

«Na ja», antwortete Hope, die auf einen fetten Hintern starrte, der den Eingang verstopfte und ihr so die Sicht versperrte.

«May, lass das», grollte der Wombat. «Das Tier riecht zwar nach Feind, ist aber keiner.» An Hope gewandt, ergänzte er: «Meine Frau. Seitdem wir den Kleinen haben, ist sie übervorsichtig.»

«Aber ...» Hope suchte nach einer höflichen Formulierung. «Warum der Hintern?»

Da drehte auch noch der Wombat Hope seinen Po zu. «Hier, fühl mal. Los, mach schon.»

Das glaubt mir keiner, dachte Hope, während sie am Wombathintern schnupperte, aber nichts Besonderes entdeckte. Als sie jedoch vorsichtig mit der Pfote gegen den Wombatpo stupste, bemerkte sie sofort, wie fest, stabil, sozusagen undurchdringlich er sich anfühlte.

«Cool, nicht?», freute sich der Wombat. «Besser als ein Stein.»

«Komm endlich rein!», keifte es aus der Höhle. «Aber der Dingo bleibt draußen. Du bist wohl verrückt geworden.»

«Einen Moment», entschuldigte sich der Wombat bei Hope und krabbelte in den Bau. Kurze Zeit später hörte sie ein lautstarkes Wortgefecht, in dem es um sie, das Wombatjunge, die generelle Unzuverlässigkeit von Männern, Buddelhilfe und Gastfreundschaft ging. Als sie bereits aufgeben wollte, tauchte der Wombat wieder auf. «Alles gut. May freut sich auf deinen Besuch.»

«Aber du schläfst bei dem Dingo, damit er unserem Kleinen nichts tut», keifte May, die alles andere als begeistert klang. «Und von den Vorräten kriegt er auch nichts.»

«Danke, ich habe bereits gegessen», sagte Hope. Was genau das gewesen war, verschwieg sie sicherheitshalber, um May nicht noch mehr gegen sich aufzubringen – vor allem, weil das Wombatweibchen deutlich größer und schwerer war als das Männchen.

«Gute Nacht», grollte May noch, bevor sie in den Tiefen der Höhle verschwand. Dabei entdeckte Hope auf ihrem Rücken ein Wombatbaby, das ihr fröhlich zuwinkte. Sie hob die Pfote zum Gruß und fragte sich, wie diese beiden Eltern ein derart freundliches Kind hatten produzieren können. Vielleicht kommt die schlechte Laune ja mit dem Alter, überlegte sie.

«Los. Schlafen.» Der Wombat watschelte voraus. «Morgen gib es viel Arbeit.»

Das konnte ja heiter werden. Trotzdem folgte Hope dem Wombat in die Höhle, suchte sich ein Plätzchen und rollte sich ein, schloss die Augen, aber nur halb, weil sie dem Wombat nicht traute. Doch als der sich zum Schlafen niederließ, riss sie erstaunt die Augen wieder auf. Das pummelige Tier drehte sich auf die Seite, nur, um sich dann auf den Rücken zu werfen und alle viere in die Luft zu strecken. Wirklich äußerst ungewöhnliche Tiere!

«Hey, du, aufstehen. Buddeln!» Hope kam es vor, als wäre sie gerade erst eingeschlafen, aber der Wombat kannte kein Erbarmen.

Gemeinsam gruben sie sich durch das Erdreich, bis Hope meinte, ihre Pfoten würden gleich abfallen. Immerhin durfte sie nach der Arbeit wieder schlafen. Sofort fielen ihr die Augen zu, und sie träumte von der Zeit, in der sie mit den Dromedaren gereist war, was ihren Pfoten deutlich besser getan hatte.

«Los. Aufstehen.» Wieder scheuchte der Wombat sie nach kurzer Zeit auf. «Ich muss Essen besorgen. Komm mit, ich zeige dir den Weg nach Ungarra.»

Hope gähnte und streckte sich ausgiebig. Ihr Magen knurrte, woraufhin der Wombat ihr einen kritischen Seitenblick zuwarf. «Keine Angst, ich esse keine Gastgeber.»

«Nicht lustig», antwortete der Wombat. «Komm!»

Gehorsam folgte Hope ihm durch das Tunnelgewirr, in dem

sie allein rettungslos verloren gewesen wäre. Endlich spürte sie, wie ihr der Nachtwind über das Fell strich.

«Immer in die Richtung.» Der Wombat schwenkte seinen großen Kopf nach links. «Noch zwei Monde, dann bist du da.»

«Danke. Grüße an deine Familie.» Doch bevor Hope den Satz beendet hatte, war der Wombat bereits in den Büschen verschwunden.

Zwei Monate noch. Die letzten Kilometer ihres Weges schienen kein Ende zu nehmen. Es kam ihr vor, als würde ihr Zuhause sich immer weiter von ihr entfernen. Nie wieder, schwor sich Hope, während sie durch die trockene, sternklare Nacht trabte, nie wieder im Leben werde ich eine Reise unternehmen.

«G'Day.» Seit zwei Kilometern hatte Hope geübt, Homer möglichst gelassen zu begrüßen. «How are ya? Alles klar?»

Eine Mühe, die sich auf jeden Fall gelohnt hatte. Homer sprang aus dem Stand in die Luft, drehte sich dabei um und sträubte Rückenfell und Schwanz, noch bevor er wieder auf dem Boden landete. Seine Ohren lagen so flach am Kopf, dass Hope sie kaum sehen konnte; die Krallen hatte er ausgefahren. Doch dann erkannte er sie. «Hope!», fauchte er. «Bist du wahnsinnig, mich so zu erschrecken? Wo hast du so schleichen gelernt? Sind unsere Menschen auch hier?»

Langsam glättete sich sein Fell, während er auf Hope zuging, um sie mit einem Nasenkuss zu begrüßen.

«Das sind aber viele Fragen», antwortete sie, immer noch um Coolness bemüht. Homer würde platzen, wenn sie ihm von ihren Abenteuern erzählte.

«Ich dachte, ich sehe dich nie wieder.» Homer musterte sie – kritisch, fand Hope, als ahnte er, dass sie einiges vor ihm verborgen hielt. «War wohl nichts mit dem Umzug?»

«Ach, weißt du, der Norden ist zwar ganz schön, aber mein Zuhause ist hier.» Hope putzte die Stelle an Homers Kopf, die jede Katze schlecht erreichen konnte, und glättete sein Fell.

Ein paar lange Minuten wartete er, dass sie sofort mit allem herausplatzte, so wie früher. «Wie bist du hierhergekommen?», fragte er schließlich, als er es nicht mehr aushielt. «Haben die Menschen dich mit dem Vogel aus Eisen zurückgeschickt?»

«Eine Katze muss ihren Weg gehen», erklärte Hope betont beiläufig. «Ich bin gelaufen.»

«Das war ein gewaltiger *Walkabout.*» Obwohl Homer wohl lustig klingen wollte, war Hope klar, dass er sie mit neuem Respekt betrachtete. «Du hast dich verändert, Schwesterchen.»

Warte, dachte sie, du wirst dich noch wundern, *wie* sehr ich mich verändert habe. Aber erst wollte sie es genießen, endlich wieder dort zu sein, wo sie hingehörte. Mit geschlossenen Augen stellte sie sich in den Wind, um all die Gerüche aufzunehmen, die sie so vermisst hatte, um all die Laute zu hören, die ihr seit frühester Kindheit vertraut waren.

«Du hattest recht.» Hope öffnete die Augen und legte sich neben ihren Bruder. «Es gibt keinen besseren Platz als zu Hause.»

Ick bin een Berliner

Gibt es ein größeres Geschenk, als
von einer Katze geliebt zu werden?
Charles Dickens

Also, nee, weeßte, auf was für Ideen die Menschen so kommen. Da kann meinereiner nur den Kopp schütteln. Verschleppen die mich doch einfach aus meinem angestammten Revier in die Pampa, ohne mich zu fragen. Wie würden Sie sich fühlen, wenn man Sie von heut auf morgen, von jetzt auf gleich aus ihrm Zuhause zerrt und inne Stadt schleppt, wo Sie nicht mal tot übern Zaun hängen wollen? Nichts gegen Braunschweig – es gibt bestimmt viele, die sich da wohlfühlen. Aber ick nich. Ick bin een Berliner. Mit Leib und Seele, von Kopf bis Schwanz.

Immerhin hab ich's in die Zeitung jeschafft. Bin zu einer kleenen Berühmtheit geworden, behauptet mein Frauchen. Lucky, der Reisekater. Lucky, der Ur-Berliner. Lucky, der Kater, der 240 Kilometer zurücklegte, ohne dass eener weiß, wie er dit jeschafft hat.

Also für die mit den schwachen Nerven sach ich es gleich: Alles ist jut ausgegangen. Aber nicht, weil die Großen was Vernünftiges dazu beigetragen hätten. Sondern weil ich so 'n pfiffiges Kerlchen bin. Aber von Anfang an. Na ja, fast von Anfang an. Mit Geburt und so will ich hier keenen langweilen.

Viele würden ja sagen, ick hätt's nüscht leicht jehabt. So als Sohn vonner Berliner Streunerkatze, die sich auf den Straßen der Stadt durchschlagen musste. Ganz allein, weil Vater, der ist ja, wie es so unsere Art ist, gleich abgehauen. Von Verantwortung für den Nachwuchs hat der nicht viel gehalten. Ein stattlicher Kater war der, hat Mama gesagt, aber eben ein Casanova. Also, auf Mama lass ich nichts kommen. Eine tolle Katze. Kannte alle guten Futterplätze, wusste, wie man Menschen anschnorrt. Und um meine Schwester und mich hatse sich prima jekümmert. Eins A. Aber irgendwann war's dann halt Zeit. Irgendwann muss ein Kater auf eigenen Pfoten stehen und sich seinen Platz in der Welt erobern. Einen letzten Nasenkuss von meiner Mama, einen letzten Pfotenhieb für meine kleine Schwester, und auf ging's in die große weite Welt. Na jut, nur ein paar Straßen weiter, damit ich meiner Familie nicht ins Gehege kam. Aber Berlin ist ja groß genug für uns alle.

Nachdem ich ein bisschen wat einstecken musste (hab ich schon erwähnt, dass das Leben auf der Straße nicht immer ein Sahneschlecken ist?), bin ich den großen Schlägern ausm Weg gegangen. Und ick hatte mich gerade jut in meinem Revier eingerichtet, als die Großen mir das erste Mal dazwischenfunkten. Warum können die einen hart arbeitenden Kater nicht einfach seiner Wege gehen lassen?

Na jut, wenn ich nicht so jung gewesen wäre, wäre ich gar nicht auf die ganze Chose reingefallen. Wenn ich nicht so jung und so hungrig gewesen wäre, hätte ich mir gleich gedacht,

Nachtigall, ick hör dir trapsen, als der verführerische Duft mir in die Nase gestiegen ist. Das merkt doch ein Blinder mit 'nem Krückstock, dass da was faul ist, wenn's mir nichts, dir nichts, nach Thunfisch riecht. Mann, mir läuft jetzt noch dit Wasser im Maul zusammen. Na ja, wie aufgezogen, mit hochgereckter Nase und aufgestelltem Schwanz, bin ick wie 'n Dussel in die Falle getappt.

Nicht mal 'nen Happen Thunfisch hab ich geschnappt, bevor hinter mir die Klappe runterschlug. Vor Schreck sprang ich hoch, kreischte und schubste den Teller um, und der leckere Fisch lag im Dreck. Aber wie Mama immer sagte, so 'n bisschen Dreck reinigt den Magen. Aber erst suchte ich natürlich nach 'nem Fluchtweg. Gab's nicht. Aber egal, was einen erwartet, mit vollem Magen kann man jeder Gefahr ins Auge sehen. Sach ich immer. Also haute ich erst mal rein, ein Auge natürlich weiterhin uff die Umgebung jerichtet. So 'ne Falle taucht ja nicht von selbst auf. Dahinter konnten ja nur Große stecken. Als ob Mama mich nicht vor denen gewarnt hätte.

«Trau den Menschen nich, Sohn», hatte Mama gesagt. «Auf einen, der's jut mit uns meint, kommen drei, die gemein sind.»

«Aber», hatt ich gefragt, weil ich immer alles ganz genau wissen wollte. «Aber ich hab gestern einen getroffen, der bei denen lebt. Glücklich isser, hat er gesagt. Immer Futter. Weiches Bett. Keene Kloppereien.»

Da hat Mama mir eine gelangt, weil ich Widerworte gegeben hatte.

«Junge, wie oft soll ich dir noch sagen, dass du nicht auf Fremde hören sollst?» Mama kniff die Augen zusammen, als sie ihre Pfote noch mal hob. «Ja, es gibt welche, die leben gerne mit den Großen. Aber wir, mein Junge, wir sind frei geboren. Wir lassen uns nüscht einsperrn.»

All das ging mir durch den Kopf, als ich da hilflos in der Falle saß und mich verfluchte, weil ich auf den Trick reingefallen war.

«Hinterher sind wir alle schlauer», soll Mamas Mama immer gesagt haben. Wo sie recht hat, hatse recht. Schon doof, dass einer wie ich, der von so vielen schlauen Katzen abstammt, den Braten nicht rechtzeitig jerochen hat. Nachdem ich alles ausprobiert hatte - kratzen, schreien, beißen, noch mehr schreien, mich gegen die Wände werfen -, blieb mir genug Zeit zum Nachdenken.

Endlich kamen zwei Große, die an und für sich ganz harmlos aussahen, aber - wie Mama sagte: Aufs Aussehen kann man sich nicht verlassen. Weibchen waren das, wie ich sofort erkannte. Nicht mehr jung und jut im Futter.

«Ach, guck mal, da haben wir ja einen Hübschen gefangen.» Die war mir ja gleich sympathisch. Guter Geschmack, die Frau. Ich blinzelte ihr zu, während sie freundlich auf mich einquasselte. «So ein Schöner. Wir nehmen dich mit und finden ein ganz, ganz tolles Zuhause für dich.»

Aber von wegen schönes Zuhause! Mein neues Heim war das Tierheim. Also Knast, obwohl ich mir nichts hatte zuschulden kommen lassen! Aber das konnte unsereinem passieren, einfach weil wir kleiner als die Großen sind. Das erzählten mir die Kumpel im Tierheim.

Kater, Kater, so viele von uns hatte ich noch nie auf einem Haufen gesehen. Alle Farben, alle Größen, jedes Alter, von den kleinen Schnuckeligen bis hin zu den Alten mit stumpfem Fell.

Kater, Kater, und Geschichten konnten die alle erzählen. Von Menschen, die sie einfach inner Wohnung zurückjelassen hatten. Oder in den Grunewald gefahren und ausgesetzt. Oder mit Steinen beworfen.

Im Tierheim haben die mir erst mal meine wichtigsten Teile abgesäbelt. Machen die wohl bei allen – Standardprozedur, wat die ganze Chose nicht besser macht. Aber weil ich vorher auch nie so richtig Glück bei den Damen hatte, fehlt mir nicht wirklich was.

Nach ein paar Tagen Tierheim hatt ich das System durchschaut. War auch nicht so kompliziert, wenn ich ehrlich bin. Futter gab's morgens, mittags und abends. Zwischendrin kamen Große. Die meisten von uns warfen sich dann in die Brust, schmissen sich den Leuten an die Beine oder taten auf jede Art schön, wie man sich dit nur denken konnte. Icke selbstverständlich nicht. Ich sah meine Zukunft nicht im Haustier-Business, sondern in der Freiheit.

Nach vier gescheiterten Ausbruchsversuchen musste ich meine Pläne überdenken. Raus kam ich da nur, wenn ich mir einen Menschen als Haustier suchte. Also blieb mir nix anderes, als auch schön zu tun, mit Schnurren und Schmeicheln und so. Mit wenig Erfolg, muss ick sagen. Aus welchen Gründen auch immer schien ich für die Besucher nicht Top Cat zu sein. Die Tierheim-Frau meinte, es hätte wat mit meiner Farbe zu tun. Und mit meinem Alter.

«Wird schwer, den Hübschen unterzubringen», hatte sie gesagt, als die beiden Frauen mich anschleppten. «Schlichte Grautiger in dem Alter gibt es einfach zu viele.»

Na gut, dann musste ick eben mehr Charme spielen lassen. Ich schaute mir meene Kollegen gut an, um von denen zu lernen. Als das nächste Mal Menschen kamen, stand ich bereit. Ick war janz Charme und Schnuckeligkeit, sodass sie mich einfach mitnehmen mussten.

Drei Wochen hab ich's bei denen ausgehalten. Nicht dass die nicht nett waren, aber ich wollte nicht als Spielzeug für die drei Kinder herhalten, sondern zurück auf die Straße. Also war ich freundlich, tat so, als ob ich mir nix Besseres vorstellen konnte, als ihr Hauskater zu sein. Bis endlich meine große Chance kam und ich aus dem Fenster in die Freiheit sprang.

Tja, nicht für lange.

Fragt mich nicht, wie, aber keene vier Wochen später saß ich wieder im Knast. Freundlich begrüßt von den Mitarbeiterinnen.

«Na, Lucky, das war wohl nicht die richtige Familie für dich.»

«Miang!»

«Vielleicht ist es wie mit dem Heiraten – die zweite Ehe klappt oft besser!»

«Mörgh?»

«Dann lass uns mal schauen, wer zu dir passen könnte.»

«Möp.»

Leider verstand sie nicht, dass ich eigentlich keine Menschen wollte, sondern mein altes Leben zurück. Also kam ich – nach einer Woche Kwaranteene und ein paar unschönen Erlebnissen mit Spritzen und Flohpulver – wieder in die Vermittlung. Und, Überraschung: Da saß ich nicht mal fünf Tage, obwohl ich mich bemühte, den Ball flachzuhalten und keene Großen auf mich aufmerksam zu machen.

«Maaama, der sieht genauso aus wie Tigger. Den will ich haben!»

Um mich herum gingen alle in Deckung. Keiner von uns wünschte sich jemanden mit einer Stimme wie 'ne Motorsäge, die einen wunderbaren alten Baum fällt. Nur ich blieb cool. Uninteressierte, arrogante Grautiger wollte niemand. Allerdings öffnete ich ein Auge, um herauszufinden, welcher armen Socke denn das Tigger-Schicksal blühte.

«Oh, Maaama, der blinzelt auch wie Tigger.»

Vor mir stand ein Kind, das Große sicher niedlich nannten – blonde Locken, süßes Kleidchen, Stiefelchen mit einer grinsenden Katze. Nach kätzischen Maßstäben war das Kind aber dit reine Grauen. Schrille Stimme, kräftige kleine Finger, starke Ärmchen, die mich in einen Würgegriff zogen.

«Maaama, guck, er mag mich.»

«Anouk, lass dem armen Katerchen mal ein bisschen Luft.»

Immerhin war dit Gör so gut erzogen, dass es mir Luft gab. Sofort rief ich um Hilfe. Aber keiner verstand mich. Vielleicht wolltense mich auch nicht verstehen.

«Sind Sie sicher, dass Ihre Tochter reif genug für ein Haustier ist?», fragte meine Beschützerin. Ich ächzte ein dankbares *Miöff*. «Lucky ist ein junger Kater, der den Umgang mit Kindern nicht gewöhnt ist.»

«Ach, machen Sie sich keine Sorgen. Anouk und Tigger waren ein Herz und eine Seele.»

«Was ist denn mit Tigger passiert?»

Wahrscheinlich hatte der arme Kerl Selbstmord begangen.

Die Mutter schwieg.

Ich schluckte.

Wenn die Frau nix dazu sagen wollte, musste Tigger ja was Schreckliches passiert sein. Und dit drohte jetzt auch mir. Ich hielt den Atem an. Was nicht schwer war, weil Anouk mich wieder umklammerte.

«Nun, also ...»

Mach es nicht so spannend!

«Als mein Mann die Anouk und mich verlassen hat, hat er den Tigger einfach mitgenommen. Obwohl das Kind so an ihrem Kater hängt.»

Der Mann verdiente einen Tierschutzpreis. Vielleicht sollte ich fauchen und kratzen, damit Anouk und ihre verlassene Mama erkannten, dass ich nicht der Richtige für sie war.

Zu spät.

«Da Lucky nicht einfach ist …»

Wer, icke? Ich will doch nur meine Ruhe.

«… schlage ich vor, dass Sie ihn erst einmal sozusagen auf Probe mitnehmen.»

Was soll das denn? Bin ich ein Auto oder ein Geschirrspüler?

Um es kurz zu machen: Die ganze Chose ging aus wie befürchtet. Nach sechs Stunden im neuen Heim war ich ein zitterndes Nervenbündel. Ständig lauschte ich, ob die Anouk sich aus irgendeiner Richtung näherte. Fauchen, kratzen, in die Schuhe pinkeln brachten es nicht, also fraß ich nichts mehr, damit Anouk und ihre Mama kapierten, dass aus uns keene glückliche kleine Familie werden würde. Klapperdürr und hungrig wie ein Tiger kehrte ich nach ein paar Tagen ins Tierheim zurück.

«Ach, Lucky, was mach ich nur mit dir?» Die nette Tierheimfrau stellte mir einen Futternapf hin, und ich haute richtig rein. «In Berlin scheinst du nicht glücklich zu werden.»

Halt, nee nee. Das hast du völlig falsch verstanden. Ick liebe Berlin. Und meine Freiheit.

Aber den Menschen ist dit nun mal nich jegeben, unsereiner zu verstehen. Also wurde ich verschickt und fand mich plötzlich im Tierheim in Braunschweig wieder. Warum gerade hier, dit konnte mir auch keiner erklären. War ja nicht so, dass in Braunschweig Katzenmangel jeherrscht hätte. Die einheimischen Kater und Katzen haben sich jedenfalls nicht vor Begeisterung auf den Rücken geschmissen, als unsere Truppe aus Berlin auftauchte. Es gab ein paar Rangeleien, aber irgendwie haben wir uns dann schon arrangiert. Mussten wir ja auch.

Schließlich würden wir 'ne ganze Weile miteinander leben müssen. Dacht ich jedenfalls.

Aber ... ich blieb nicht mal eine Woche im Tierheim, bis Sabine mich adoptierte. Wirklich eine von den Guten. Angenehme Stimme, juter Geruch, immer lecker Futter im Napf. Keine schreiende Anouk. Stattdessen ein kleiner Garten janz für mich alleene. Wäre das Paradies gewesen, wenn ... ja, wenn Sabine und der Garten nicht in Braunschweig gewesen wären. Schön war's ja mit Sabine, die Abende vor dem Fernseher und im Garten, aber mit jedem Tag sehnte ich mich mehr nach Berlin. Bin eigentlich nicht von der rührseligen Sorte, aber ohne die Berliner Luft fühlte ich mich nur wie ein halber Kater.

Ich hab mich wirklich anjestrengt, mit dem zufrieden zu sein, was dit Leben mir da auftischte. War auch nicht schwer, weil Sabine sich wirklich, wirklich Mühe gab.

«Lucky, was magst du lieber – Thunfisch oder Hühnchen?» Das fragte sie mich vor jeder Mahlzeit. Im Tierheim gab's nur die Wahl zwischen fressen oder nicht fressen. «Oder soll ich mal was für dich kochen?»

«Määnng. Morg.»

Kochen. Für mich. Man musste diese Frau einfach lieben. Keene Ahnung, warum sie kein Männchen hatte. Wie gesagt: schöne Stimme, juter Geruch und kann kochen. Was will *Mann* mehr?

Doch obwohl sich Sabine so prima um mich kümmerte, merkte ich nach drei Monaten, wie sehr mir das Großstadtleben fehlte. Das Gärtchen war schön und gut. Drum herum war's auch ganz nett, aber es war alles so klein und überschaubar und ... eben nicht Berlin. Und einfühlsam, wie sie war, merkte meine Sabine bald, dass ich nicht glücklich war. Sofort kaufte sie Spielkram, flitzte mit einer Maus am Faden vor mir her durch die Wohnung, aber das half auch nichts. Da verlegte sie sich wieder aufs Kochen.

Das vollkommen neue Geschmackserlebnis von rohem und gekochtem Lachs riss mich für 'ne Weile aus meiner Hauptstadtsehnsucht, aber schließlich musste ich es doch einsehen.

Ick bin een Berliner - mit Haut und Fell.

Ein letzter Nasenkuss für Sabine, ein jeschickter Sprung über den Gartenzaun und ab auf die Straße. Das Glück in die eigenen Pfoten nehmen und sich auf den Heimweg machen. Der Fernsehbericht über die Katze, die quer durch Australien nach Hause gelaufen ist, hat mir den Anstoß gegeben. Soll mal einer sagen, Fernsehn bildet nicht.

Wat dit Fernsehen allerdings verschwiegen hatte, war, wie wenig Spaß es macht, auf den eigenen Pfoten quer durch die Weltjeschichte zu tappen. Als Erstes stellte sich natürlich die Frage, wie weit weg war Berlin überhaupt? Aber damit nicht genug. In welche Richtung sollte ich laufen? Wo bekam ich was zu fressen und zu trinken her? Als mir diese Fragen und noch ein paar mehr so durch den Kopf gingen, überlegte ich einen Moment, umzudrehen und mein schönes Leben mit Sabine weiterzuführen, aber die Verlockung der Heimat war zu groß.

Ich kniff die Augen zu und konzentrierte mich, bis ich die Richtung meiner alten Heimat gefunden hatte. Schnurstracks machte ich mich auf den Weg. Allerdings lief ich nicht auf Straßen, die Menschen gebaut hatten und mit ihren Autos befuhren, sondern suchte mir angenehme Reisewege durch Gärten und Hinterhöfe, wo ich auch immer mal was zu futtern fand. Entweder das, was andere Katzen hatten stehen lassen, oder das, was Menschen Müll nennen, obwohl es schmeckt und nahrhaft ist. Dit Jagen ersparte ich mir möglichst. Kostet zu viel Energie und Zeit für einen kleenen Happen, der außerdem um sein Leben kämpft.

Nach ein paar Tagen waren meine armen Pfoten wundgelaufen. Also: Zwangspause. In Mackendorf hielt ich Ausschau nach einem Plätzchen für einen Zwischenstopp. Aber nicht irgendeinen – schließlich bin ick ein Kater mit Anspruch. Also bloß keene Kläffer im Haushalt, und seit Anouk war ich nicht mehr janz so begeistert von Kindern.

Also legte ich mich auf die Lauer und suchte mir was Passendes aus: nicht zu alt, nicht zu jung, mit netter Stimme und ehrlichem Geruch. Als ich sie entdeckt hatte, war Schauspielkunst gefragt. Ich zog den Bauch ein, setzte ein jämmerliches Gesicht auf und taumelte auf sie zu.

«Ach du je, du Armer.» Höflich ging die Frau in die Knie und streckte mir die Hand entgegen. «Du siehst ja ganz verhungert aus.»

«Mäp.» Ich hielt ihr meine wunde Pfote hin, bemüht, noch jämmerlicher zu wirken. «Määääp.»

«Oh, das sieht ja schlimm aus.» Langsam kam sie näher. «Komm mit zu mir. Dann päppele ich dich auf.»

«Mup.» Dit lief ja wie jeschmiert.

Das Problem dabei: Leute, die so mir nichts, dir nichts Streuner mit nach Hause nehmen, haben vielleicht ein zu großes Herz für heimatlose Katzen. Mich traf beinahe der Schlag, als sie die Tür zu ihrer Wohnung aufschloss, so viele Gerüche gab's da. Mindestens zehn Katzen mussten dort wohnen. Wie groß die Wohnung wohl war?

Drei Zimmer, Küche, Bad, das machte dit Leben nicht einfach. Überall, wo ick als Neuer hinhumpelte, saß schon einer oder eine. Grollen, Fauchen, Krallen.

«Lass das», maunzte ich die dicke, rote Katze an, die ihre Pfote drohend erhoben hatte. «Ich mach hier nur Zwischenstopp. Kannst dein Revier gern behalten.»

«Das sagen sie alle», grollte sie zurück. «Und dann bleiben sie hier, fressen mir das Futter weg –»

«Na, danach siehste aber nicht aus», konnte ich mir nicht verkneifen. Dit gefiel ihr aber gar nicht, das konnte ich an ihren zurückgelegten Ohren sehn. «Ick will nach Berlin. Also keine Sorge.»

Obwohl sie sauer auf mich war, siegte die Neugier: «Was willst du denn *da*?»

«Warst *du* etwa schon mal da?»

«Nö, aber ganz viele Berliner sind hier.»

«Was? Wie? Wo? Warum denn?»

«Wochenendhäuschen. Wegen der Grenze. Also früher.»

«Welche Grenze?»

«Na, die deutsche. Hier war früher der Zaun. Guckst du denn kein Doku-Fernsehen?»

Sabine stand mehr auf romantische Komödien, und ich guckte gern Krimis. Nur Dokus fanden wir beide langweilig, jedenfalls, wenn keine Tiere drin vorkamen. Aber an der deutschen Einheit kam ja selbst ein Kater nüscht vorbei. Vor allem nicht, wenn er an und für sich Berliner war.

«Ach so, die Grenze.» Aber das erklärte nur die Hälfte. «Also. Die Berliner sind damals fürs Wochenende hierhergefahren. Wegen der Grenze. Aber die ist ja jetzt weg. Und damit wohl auch die Berliner, oder?»

«Nicht alle.» Die Rote fand mein Interesse wohl jut und ließ sich die Antworten aus der Nase ziehen. «Einige haben hier geheiratet, gebaut, Kinder bekommen ... was Menschen halt so tun.»

«Also ist das jetzt ihr Revier? Für immer.»

Meine Hoffnung sank. Wie viel einfacher wäre mein Leben gewesen, wenn es die deutsch-deutsche Grenze noch gegeben hätte. Ganz viele Berliner, die alle wie ich nach Hause wollten.

«Nicht für alle. Die von nebenan ...» Die Katze beugte sich ein bisschen vor. War wohl eine von den Klatschsüchtigen, die alles über die Nachbarn wissen. «Also, die lassen sich scheiden. Sie zieht wieder nach Berlin. Nächste Woche.»

Endlich ein Silberstreif am Horizont. Ich konnte mich eine Woche bei der Katzenfreundin verwöhnen lassen und mir in Ruhe überlegen, wie ich mich an den Umzug hängen konnte und damit bequem nach Berlin käme. Das musste ein Wink des Schicksals sein.

Also ließ ick mir ein paar Tage von der netten Katzendame aufpäppeln, kloppte mich mit den Kollegen und guckte ab und zu nach den Umzugsvorbereitungen nebenan. Erst dachte ich, dass die Menschen es sich anders überlegen könnten. Aber für die Ehe war Minze und Baldrian verloren, dit war offensichtlich. Pech für die, Glück für mich.

Am Abreisetag sagte ich meiner Retterin freundlich danke und auf Wiedersehen. Bin ja jut erzogen. Dann legte ich mich beim Umzugswagen auf die Lauer. Wartete, bis die Möbelpacker den Wagen fast voll beladen hatten, dann sprang ich unbemerkt hinein. Auf der Couch suchte ich mir ein verstecktes Fleckchen und haute mich erst mal hin. Die Fahrt verschlief ich, und das bisschen Ruckelei machte mir nix. Sonst hätte ick mir die Pfoten platt jelatscht und Monate oder Jahre gebraucht, um nach Hause zu kommen.

Der Wagen stoppte. Ein Möbelpacker öffnete die Türen. Sofort sprang ich auf, hüpfte an ihm vorbei auf die Straße. Ja, hier war ich richtig. So roch nur Berlin.

«Mensch, kiek mal. 'ne Katze.»

Bevor der Mann oder sein Kumpel auf dumme Ideen kam, machte ich die Biege. Ein paar Straßen weiter blieb ich stehen, um meinen Erfolg zu genießen. Endlich zu Hause. Endlich wieder Berlin. Der Geruch meiner Stadt. Der Lärm der ewigen Baustellen. Das Getöse der Autos. Die vielen Menschen, Einheimische und Touristen. Mir ging dit Herz auf.

Ick war so selig, ich passte nicht auf. Und zack. Da erwischte er mich. Der Radfahrer. Konnt ich noch nie leiden, die blöden Drahtesel. Autos, die sind was Reelles, laut und stinkend. Aber Fahrräder – einen Moment nicht achtgegeben, und zack, semmelt dich so 'n Ding übern Haufen.

Ich spürte einen Schlag an der rechten Seite, flog durch die Luft und war so überrumpelt, dass ich nicht mal auf den Pfoten landete. Ich weiß nicht, was schlimmer war: der Schmerz oder die Peinlichkeit, da aufm Bürgersteig auf der Seite zu liegen, platt wie 'ne Flunder.

«Katze, ich hab dich einfach nicht gesehen.» Vorsichtig stupste der Radfahrer mich an. Brav hatte er angehalten und sorgte sich jetzt um mich. Viele andere wären einfach weitergefahren. Von der Sprache her janz eindeutig keen Berliner. «Was mach ich nur? Was mach ich nur?»

«Wie wär's, wenn Sie dit arme Viech zum Tierarzt bringen?», mischte sich ein Berliner ein. Kopfschüttelnd schaute er auf den Radfahrer hinunter, der hilflos neben mir kniete. «Oder willste 'ne Ambulanz rufen?»

«Tierarzt. Eine gute Idee. Danke.» Mein Unfallgegner griff in seine Hosentasche und holte sein Handy heraus.

«Miargh!»

Damit wollte ich dem Menschen kundtun, dass ich nüscht, aber auch jar nüscht von Tierärzten hielt und dass mir schon nüscht Schlimmes passiert wäre. Als Beweis sprang ich auf … und fiel jaulend wieder hin.

Mist.

Der Radfahrer hatte mich schlimm erwischt. Auf dem rechten Hinterbein konnte ich nicht stehen. Also doch Tierarzt. Ich war ja gespannt, wie mein Retter mich da hinbekommen wollte. Hoffentlich kam der nicht auf die dämliche Idee, mich per Fahrrad …

O nein. O nein. Ich konnte nur hoffen, dass mich niemand sah. Ich in einem Fahrradkorb auf dem Weg zum Tierarzt.

«Bitte. Wir brauchen Hilfe.» Der arme Kerl klang, als würde er gleich vorm Tierarzt-Tresen umkippen. «Die Katze. Ich … ich habe sie nicht gesehen und mit dem Fahrrad erwischt.»

«Zeigen Sie mal her.» Ach, wie ich sie liebe. Meine Berliner. Zupackend und schnell. «Scheint was mit dem Bein zu sein. Sie kommen gleich dran.»

Schneller, als mir lieb war, kamen wir ins Behandlungszimmer. Der scharfe Geruch erinnerte mich an den Tag, an dem ich meine besten Teile eingebüßt hatte. Ich fauchte wütend.

«Ist schon gut. Dir wird hier nichts passieren.» Eine ruhige, angenehme Stimme. Für 'nen Tierarzt sah der recht vertrauenerweckend aus. Weiße Haare, Brille, Fältchen um die Augen. «Lass mich mal sehen, wie wir dir helfen können.»

«Miaff.»

«Wird sie überleben?» Mein Fahrradfahrer hatte sich nicht nehmen lassen, mich zu begleiten. «Hat sie Chancen?»

«Beruhigen Sie sich.» Der Tierarzt sprach mir aus dem

Herzen. Der Fahrradfahrer hatte mich mit seiner Panikmache nämlich schon anjesteckt. Ich glaubte inzwischen, bald sterben zu müssen. «Erst einmal ist es ein Er. Zweitens ist es ein Beinbruch. Unangenehm, aber nicht tödlich. Wir müssen operieren.» Ich schluckte. Der sagte das einfach so dahin, aber dit war schließlich mein Bein. «Ist der Kater nüchtern?»

«Keine Ahnung. Er gehört mir nicht.»

«Wir riskieren es. Claudia, bitte bereiten Sie alles für die OP vor.» Vorsichtig tasteten die Hände des Tierarztes mich ab. Dann hielt er mir ein komisches Gerät an die Schulter.

«Aha», sagte er. «Unser unbekannter Verkehrsrowdy ist gechipt. Claudia, schauen Sie mal bei Tasso, wo er hingehört.»

Ohne Vorwarnung gab er mir eine Spritze. Plötzlich fühlte ich mich cool und entspannt. Nicht mal die Antwort der Helferin brachte mich aus der Ruhe.

«Seltsam. Der Kater ist in Braunschweig registriert. Da muss es einen Systemfehler gegeben haben.»

Claudia verschwand, und ich schwebte langsam davon. Kurz bevor ich endgültig weg war, hörte ich, dass sie zurückkam.

«Sie werden es nicht glauben, Herr Doktor.» Selbst für meine dumpfen Ohren klang ihre Stimme aufgeregt. «Lucky ist vor sage und schreibe zehn Tagen in Braunschweig als vermisst gemeldet worden. Wie er die Strecke bis hier in der kurzen Zeit bewältigt hat ...»

Danach schlief ich ein. Als ich wach wurde, steckte mein armes Bein in Gips und mein Hals in so einem blöden Kragen, den kein Kater braucht.

«Ich hab mit der Besitzerin telefoniert. Die kann erst am Wochenende aus Braunschweig kommen, um ihren Kater abzuholen. Was wollen wir vier Tage mit ihm machen?», fragte die Tierarzthelferin gerade.

«Wir können ihn hierbehalten. Das müsste seine Halterin natürlich bezahlen. Oder er kommt ins Tierheim.»

Na prima. Mein Leben wurde besser und besser. Nicht nur, dass mein Bein schmerzte, ich eine kahlrasierte Stelle hatte und meine Zeit in Berlin ablief, jetzt sollte ick meine wenigen Tage in der Heimat entweder hinter Gittern in einer Tierarztpraxis oder im Tierheim verbringen. Womit hatte ich das verdient?

«Miaf!», versuchte ich den Menschen zu erklären, dass ich weder vier Nächte in ihrer Obhut verbringen wollte noch dass es mich nach Braunschweig zog. «Miarf!»

Jetzt mischte sich der Radfahrer ein, der bisher eher wie ein unbeteiligter Zuschauer neben meinem Krankenbett jestanden hatte.

«Ähem, also, irgendwie ist es ja meine Schuld», sagte mein Unfallgegner. Vorsichtig strich er mir über den Kopf. Er hatte bestimmt Angst, dass ich ihn aus Rache beißen würde. «Ich würde die Kosten übernehmen. Oder ...»

Er zögerte einen Moment. Erwartungsvoll schauten wir ihn an – die Helferin, der Arzt und ich.

«Oder ich nehme ihn mit zu mir. Für vier Tage wird das schon gehen.»

«Kennen Sie sich mit Katzen überhaupt aus?»

«Als Kind hatte ich mal eine ...»

Dem kritischen Blick der Tierarzthelferin nach zu urteilen, klang dit nicht nur in meinen Ohren vage. Aber Bettler können nicht wählerisch sein. Also fand ich mich erneut in dem Fahrradkorb wieder, dieses Mal sicher verpackt in einer Transportkiste. Außerdem hatte mein Retter, der sich mir als Frank vorstellte, noch etliche Medikamente und gute Ratschläge für mich auf den Weg mitbekommen.

Endlich schleppte Frank mich in seine Wohnung im dritten Stock. Kein Garten. Immerhin einen winzigen Balkon entdeckte ich, als ich mein neues Revier erhumpelte.

«Hier muss doch noch eine Schüssel sein, die wir als Klo nehmen können. Sand und Futter kaufe ich gleich.»

Während er in der Zweizimmerwohnung herumsuchte, klingelte sein Telefon.

«Hallo. Woher haben Sie meine Telefonnummer?»

«Vom Tierarzt. Ach so.»

Jut, dass Frank von der gesprächigen Sorte war.

«Ja, ich habe den armen Kater angefahren.»

«Ich kann Sie auch abholen, wenn Sie mit dem Zug kommen.»

Meine Sabine doch nicht!

«Okay. Aber mit dem Auto ist's schwer, einen Parkplatz zu finden. Kommt Ihr Freund mit?»

Längere Pause. Sabine hatte wohl wirklich viel zu sagen.

«Also okay. Bis in vier Tagen dann.»

Warum klang der denn jetze so aufgeregt?

Nach einigem Nachdenken kam ich drauf. Seltsame Balzrituale der Menschen – das war doch eine Chance für mich!

Sabine. Single. In Braunschweig. Tolle Frau, nicht meine Stadt.

Frank. Single. In Berlin. Tolle Stadt, etwas braver Typ.

Da musste sich doch wat machen lassen. Wenn ick dafür sorgte, dass Frank Sabine jefiel, dann ... – dass sie ihm jefallen würde, war ja mal klar. Schließlich hatte ich mit der Frau zusammengelebt. Also ... ich musste es schaffen, dass Sabine und Frank ein Paar wurden. Sabine würde dann nach Berlin ziehen und meinereiner hätte alles, wat er sich wünschte. Sabine und Berlin. Und Frank – aber der war erst mal nicht so wichtig.

Schluck. Da fiel mir siedend heiß eine kleene, aber immens wichtige Schwachstelle von meinem Plan ein. Sabine und Frank wurden ein Paar, und gemeinsam zogen wir nach Braunschweig ...

Dann musste ich eben wieder auf Wanderschaft jehn. Ich konnte nur gewinnen. Für einen Großen war Frank jar nüscht unsympathisch, obwohl er so gar nicht in Sabines Beuteschema passte. Im Fernsehen hatte sie immer bei so großen Dunkelhaarigen geseufzt. Die unzugänglich und geheimnisvoll wirkten, wie Siamkatzen, nur eben als Mensch.

Frank war zwar groß, sehr groß für meene Begriffe, aber er war nicht dunkel, sondern hatte hellbraune, irgendwie verwuschelte Haare. Auf gar keinen Fall ein Rassekater. Maximal Europäisch Kurzhaar, also: Hauskater, so wie ich. Und dat unsereiner schwer vermittelbar ist, hatte ich ja oft genug gehört. Andererseits – Sabine hatte ja mich ausgesucht. Vielleicht würde sie dann auch Frank nehmen. Diese Überlegungen machten mich janz kribbelig. Wär mein Bein nicht verbunden gewesen, ich wär in Franks Wohnung auf und ab getigert. So konnte ich bloß auf dem Sofa sitzen und mir den Kopp mit Plänen füllen. Vier Tage hatte ich ja Zeit.

Nach den vier Tagen war mir zwar kein vernünftiger Plan einjefallen, wie ich Sabine nach Berlin bringen und mich von Braunschweig fernhalten konnte. Aber die beiden hatten inzwischen mindestens zehnmal miteinander telefoniert – und dabei ging es nicht nur um meine Gesundheit.

Endlich klingelte es. Sollte ich zur Tür humpeln oder besser mit Leidensmiene auf dem Sofa sitzen bleiben?

Frank nahm mir die Entscheidung ab. Stolperte zur Tür, als würde er dafür bezahlt. Im Flur guckte er noch in den Spiegel und strich an seinen Haaren rum. Aha. Er hatte also Sabines Foto bei Facebook jefunden.

«Hallo, ich bin Sabine.» Sie lächelte. Das Lächeln, das mir so gefehlt hatte, wirkte auch mächtig auf Frank. «Die Frau, vor der Lucky bis nach Berlin geflohen ist.»

«Und ich bin Frank, der Mann, der Luckys Flucht mit Hilfe seines Fahrrads aufgehalten hat.» Frank räusperte sich verlegen. «Wobei ich mir beim besten Willen nicht vorstellen kann, warum er vor dir davonlaufen wollte.»

«Danke. Für alles.» Sabine spähte an ihm vorbei, auf der Suche nach mir, was mir jut jefiel. Ich stand schon mal auf. «Darf ich reinkommen?»

«Selbstverständlich. Entschuldigung. Lucky liegt auf dem Sofa. Da hinten.»

O nein. Franks Ohren waren knallrot anjelaufen. So würde dit ja nie was. Hoffentlich war Sabine zu aufgeregt, um es zu bemerken.

Aber ick hatte mir mal wieder viel zu viel Sorgen jemacht. Nachdem Sabine mich begrüßt und ausgiebig bedauert und meine Heldenreise gelobt hatte, saß sie bald schon neben Frank auf dem Sofa. Die zwei sahn aus, als hättense früher die Wurfkiste geteilt. Ich döste vor mich hin, während sie über Menschendinge redeten: Bücher, Filme, Lieblingsessen, Musik ...

Ich gähnte herzhaft. Aber plötzlich war ick janz Ohr:

«Du überlegst schon länger, nach Berlin zu ziehen?», fragte Frank. «Wie kommt's?»

«Ach, Braunschweig ist toll, aber mir fehlt die Berliner Luft.» Sabine strich ihm 'ne Haarsträhne aus der Stirn. «Und jetzt, wo ich ein Job-Angebot hier habe ...»

«Hast du schon mal in Berlin gelebt?»

«Oh, ich bin hier geboren. Hörste dit denn nich?»

Da stand ich auf, humpelte zu den beiden und maunzte, bis sie mich hochnahmen. Dann schmiegte ich mich an Sabine. Das ich dit nicht früher jemerkt hatte! Keen Wunder, dass wir uns gleich so gut verstanden hatten – meine Berlinerin und ich.

Ein Zuhause für Struppi

Wenn Sie ihrer Zuneigung würdig sind,
wird eine Katze Ihr Freund,
aber niemals Ihr Sklave sein.
Théophile Gautier

Nach vielen Regentagen zeigte sich der Frühling endlich von seiner schönsten Seite. Die lilafarbenen Blüten der Jacarandabäume zeichneten sich kräftig vor dem sanften Blau des Himmels ab, über den weiße Wolken zogen. Schwer hing der süßliche Duft des blühenden Sternjasmins in der Luft, mischte sich mit dem Geruch der Trompetenbäume, deren trügerische Schönheit darüber hinwegtäuschte, wie giftig sie waren. Die Eidechsen waren aus ihren Verstecken gekommen und ließen sich von der Frühlingssonne wärmen. Ein Schwarm Tauben hatte sich auf der Straße niedergelassen, um in einer Pfütze zu baden.

Gurrend erhoben sie sich in die Lüfte, als ein lautes Fauchen den friedlichen Nachmittag störte. Blitzschnell huschten die Eidechsen davon, in die Sicherheit ihrer Mauerhöhlen.

«Meins! Verzieh dich!», grollte der riesige rote Kater, dessen

Narben und aufgerissene Ohren von Kampferfahrung zeugten, tief aus seiner Kehle.

Langfell presste sich bebend vor Angst an den Boden. Ihr Herz hämmerte, und ihr Schwanz peitschte nervös durch die Luft. Aber sie wich nicht zurück. Zu verlockend war der Duft des Futters, zu groß ihr Hunger. Als ihr Magen vernehmlich knurrte, fauchte der Kater sie an.

«Denk nicht einmal dran!» Er hob eine gewaltige Pranke und fuhr seine langen Krallen aus. «Noch einen Schritt ...»

Langfell wagte es einfach nicht, gegen den roten Kater anzutreten. Zu viele Kämpfe hatte sie schon verloren. Ihr linkes Ohr war aufgeschlitzt, weil sie gegen eine Katzenhorde am Hafen um einen stinkenden Fisch gekämpft hatte. Ihre rechte Pfote war geschwollen und schmerzte vom Biss eines schwarzen Katers, der einen toten Vogel nicht mit ihr hatte teilen wollen.

Nur einmal hatte Langfell Freundlichkeit von einer anderen Katze erfahren. «Versuch es bei den blauen Bäumen», hatte ihr eine zerzauste, einäugige Weiße mit schwarzem Kopf geraten. Das Fell der Alten war noch strubbeliger gewesen als das von Langfell, als hätte die Schwarz-Weiße schon vor langem aufgegeben, sich zu pflegen. «Dort geben die Großen unsereins etwas zu essen.»

«Da-da-danke», hatte Langfell gestottert, vollkommen verwirrt wegen der unerwarteten Gefälligkeit. «Willst du nicht mitkommen?»

«Nein», hatte die Alte gemaunzt. «Meine Zeit ist gekommen. Alles Gute für dich, Kleines.»

«Danke», hatte Langfell wiederholt, bevor sie die andere allein gelassen hatte. Ob ich wohl auch eines Tages so enden werde?, hatte Langfell traurig gedacht. Einsam, ungepflegt, ohne Hoffnung?

Aber nein, es gab ja wieder Zuversicht, nun, wo sie von der Futterstelle gehört hatte, bei der es mehr Fressen geben sollte, als sie sich vorstellen konnte.

Doch jetzt wollte der große rote Kater Langfell vertreiben. Nicht weil es zu wenig zu fressen gab. Nein, nur weil er größer und stärker war als sie. Mit gesenktem Kopf schlich sie davon, suchte sich einen schattigen Platz, wo sie wartete, bis der rote Kater seine Mahlzeit beendet hatte, um sich danach die Futterreste zu holen.

Weil sie mit den Resten kaum ihren schlimmsten Hunger hatte stillen können, ging Langfell am nächsten Tag erneut zu der weißen Katze, in der Hoffnung, dass diese ihr eine weitere Futterstelle verraten könnte. Eine ohne bösartigen Kater.

Doch zu Langfells Überraschung standen dort zwei Menschen und beugten sich zur Weißen hinunter. Was sollte Langfell nur tun, wenn sie die arme alte Katze quälten? Vorsichtig schlich Langfell sich näher an sie heran, dicht an den Boden geduckt, damit niemand sie sehen konnte. Als ob Menschen je auf sie geachtet hätten.

«Fass die Katze besser nicht an.» Der Mann hielt Abstand zur Weißen. Auf seinem Gesicht zeichnete sich eine Mischung aus Abscheu und Ekel und einer Spur Mitleid ab. «Du siehst doch, dass sie krank ist.»

Langfell musste dem Menschen zustimmen. Heute sah die weiße Katze noch elender aus als gestern. Ihr Fell war stumpf und verfilzt, ihr eines Auge schien vom Schnupfen verklebt zu sein. Mühsam blinzelte die Weiße, um zu erkennen, wer dort vor ihr stand.

«Sie ist die Erste, die so schlecht aussieht», antwortete die Frau. Aus ihrer Stimme hörte Langfell Mitgefühl, aber auch Verwunderung heraus. «Die vielen anderen, die wir bisher gesehen haben, wirkten gesund und satt.»

«Wahrscheinlich wegen der vielen Futterstellen», erwiderte der Mann mit einem Seufzer. «Du hättest also nichts kaufen müssen.»

Futter, dachte Langfell, aber sie traute sich nicht noch weiter an die Menschen heran.

«Ja, du hattest wohl recht, wie immer.»

«Lass uns weitergehen. Wenn wir heute noch in den Jardim Botanico wollen, sollten wir uns beeilen.»

«Ich komme gleich.»

Als Langfell sah, wie die Frau vor der weißen Katze das mitgebrachte Futter ablegte, lief ihr das Wasser im Maul zusammen. Der Duft des Fressens war so verführerisch, dass sie beinahe alle Vorsicht vergaß. Aber ihre Angst blieb stärker als der Hunger, sodass sie nur zusehen konnte, wie die Weiße mühsam das Futter verspeiste.

«Iss mal, vielleicht hilft es dir ein bisschen», spornte die Frau sie an.

«Kommst du endlich?», rief der Mann ungeduldig. Er war ein Stück vorausgegangen und drehte sich nun zu seiner Frau um. Langfell konnte seine Anspannung erkennen. «Ich bin nicht nach Madeira gefahren, um Katzen zu besichtigen.»

«Ist ja gut», antwortete die Frau laut. Für ihn unhörbar setzte sie leise nach: «Toller Urlaub. Von wegen, wir retten unsere Ehe.»

Nach einem letzten bedauernden Blick auf die Weiße eilte sie ihrem Mann nach. Doch zu Langfells Überraschung blieb sie auf halbem Weg stehen, drehte sich um, kehrte zurück und kniete sich vor die Weiße. Langfell hielt den Atem an. Was hatte sie vor? Vorsichtig hob die Frau die Hand, um sie sanft auf das Fell der alten Katze zu legen. Selbst von ihrem sicheren Versteck aus hörte Langfell deren glückliches Schnurren.

«Du Arme. Nur weil du alt und krank bist, heißt das nicht, dass du keine Freundlichkeit verdienst.»

«Wasch dir bloß gleich die Hände.» Zorn klang aus der Stimme des Mannes, der sich zu seiner Frau gesellt hatte. «Und beschwer dich nicht, wenn du dir jetzt eine eklige Krankheit eingefangen hast.»

«Du siehst immer nur das Negative», zischte die Frau ihm zu, so böse, dass Langfell zusammenzuckte und auch die Weiße schauderte. «Lass mich einfach eine Minute in Ruhe. Du erschreckst die Katze.»

«Sie tut mir ja auch leid, aber wenn du ihr wirklich helfen willst, musst du mit ihr zum Tierarzt», lenkte der Mann ein. «So ein paar Streicheleinheiten machen sie nicht gesund.»

«Darum geht es nicht!» Die Frau strich der Weißen noch einmal über den Kopf, dann stand sie auf. «Tschüs, Katze. Alles Gute.» Mit durchgestrecktem Rücken und erhobenem Kopf ging sie davon, ohne auf ihren Mann zu achten.

Der schaute die Weiße an, seufzte und machte ebenfalls kehrt. «Warte doch», hörte Langfell ihn noch sagen. «Es tut mir leid. Wenn du willst, gehen wir zurück ...»

Dann verschwanden die Großen aus der Hörweite. Seltsame Leute, die gut zu einer schmutzigen alten Katze sind, dachte Langfell, während sie sich das Aussehen der Menschen einprägte. Nette Große gab es so selten, dass man sie sich gut merken musste.

«Manchen von ihnen kannst du vertrauen», sagte die weiße Katze, als Langfell zu ihr ging. Die Stimme der Alten war nur noch ein Hauch. «Geh zu ihnen, falls sie zurückkommen. Ich möchte nun allein sein.»

Ein letztes Mal leckte Langfell ihr über den Kopf, wohl wissend, dass die Weiße sich zum Sterben zurückziehen wollte. Jetzt verliere ich die Einzige, die je freundlich zu mir war, dachte Langfell voller Trauer.

«Was willst du denn schon wieder hier?» Kopfschüttelnd folgte der Mann drei Tage später seiner Frau, die zielstrebig voranging. «Ich dachte, wir fahren heute mit der Seilbahn.»

«Erst will ich wissen, wie es meiner Katze geht», antwortete sie, während sie sich suchend umschaute. «Siehst du sie irgendwo?»

«Nein. Glaubst du etwa, die wartet hier drei Tage auf dich?», fragte er entrüstet, als hätte sie gerade etwas sehr Dummes gesagt. «Die einzige Katze ist die grau gestreifte da vorne.»

Augenblicklich wandte die Frau den Blick in Langfells Richtung. Langfell zögerte. Der Hunger war so stark, dass sie bereit war, sie um Hilfe zu bitten. Aber gleichzeitig schrie die Angst ihr zu, dass sie davonlaufen sollte, weit, weit weg von den Menschen, denen man nicht vertrauen konnte.

Langsam ging die Frau auf sie zu. «Komm her, Kleines.» Kurz vor Langfell blieb sie stehen und ging langsam in die Knie. «Du siehst aber hungrig aus.»

«Nicht schon wieder!», seufzte der Mann. «Du wolltest doch erst die kranke weiße Katze retten. Lass uns die suchen.»

«Aber schau doch nur. Das arme Kleine.» Die Frau beugte sich zu Langfell herunter, um ihr behutsam die Hand entgegenzuhalten. «Ganz Augen und riesige Ohren. Als wäre ein Elternteil eine Fledermaus gewesen.»

Vorsichtig, aber höflich rieb Langfell ihr Köpfchen an der Hand, damit die Frau merkte, was für ein angenehmes Kätzchen sie war. Der Mann schaute immer noch misstrauisch zu.

«Fass das Viech besser nicht an», sagte er und legte eine Hand auf die Schulter seiner Frau, wohl, um sie von Langfell wegzuziehen. «Du weißt nicht, ob es irgendwelche Krankheiten hat. Sieh doch, wie struppig es ist.»

«Gerade dann müssen wir uns um das arme Hascherl kümmern.» Mit einer schnellen Bewegung schüttelte die Frau ihn ab. «Guck mal, wie ordentlich es die Pfötchen nebeneinandergestellt hat. Was bist du nur für eine Hübsche!»

Als Antwort begann Langfell, ganz leise zu schnurren. Die Freundlichkeit der Frau kam für sie so unerwartet und wirkte so ehrlich, dass sie wieder zu hoffen wagte. Vielleicht würde Langfells Schicksal diese Menschen rühren, sie würden nicht an ihr vorbeigehen wie so viele andere und erkennen, wie hungrig und voller Angst die Katze war.

«Du kannst sie nicht alle retten.» Trotz der harten Worte klang er sanft. Wieder legte er seiner Frau die Hand auf die Schulter, und dieses Mal schüttelte sie ihn nicht ab. «Was willst du denn mit ihr machen? Wir können sie ja schlecht mit ins Hotel nehmen, oder?»

«Aber ich kann sie hier auch nicht ihrem Schicksal überlassen.» Warum hörte sich die Stimme der Frau so gepresst an? Aufmerksam schaute Langfell zu ihr auf. Die Augen der Frau glänzten, als wäre sie krank. «Du siehst doch, sie hat sich uns ausgesucht.»

«Schatz. Du weißt es besser. Die Kleine geht bestimmt auf alle Menschen zu. Und denk nur an die ganzen Formalien. Bestimmt darf man keine Katzen von Madeira mit nach Deutschland nehmen.»

«Wenn sie uns bis zum Hotel folgt, nehme ich sie mit.» Abrupt stand die Frau auf.

Erschreckt lief Langfell ein paar Schritte davon, aber bald darauf kehrte sie wieder zurück. Diese Menschen waren ihre letzte Chance. Noch einen Tag ohne etwas zu essen würde sie nicht überleben. Schon heute Morgen war es ihr schwergefallen, die Augen zu öffnen und aufzustehen, um sich auf Futtersuche zu begeben. Einfach weiterschlafen und den knurrenden Magen vergessen, das hatte sie sich gewünscht. Aber der Überlebensinstinkt war stärker gewesen und hatte sie zu den Menschen hinausgetrieben, die sie vor ein paar Tagen mit der kranken Weißen gesehen hatte.

«Wir können sie nicht mit aufs Zimmer nehmen.» Resigniert seufzte er auf. «Ich mach dir einen Vorschlag: Wenn sie uns nachläuft, suchen wir ein Tierheim für sie. Einverstanden?»

«Besser als nichts.» Wieder ging die Frau in die Knie, streckte ihre Hand aus. «Komm her, Kleines. Nun komm schon. Das ist deine große Chance.»

Als ob Langfell das nicht wüsste. Aber ihr tiefverwurzeltes Misstrauen ließ sie Abstand halten, sosehr ihr Magen auch knurrte. Sie stand auf, setzte sich wieder, stand erneut auf – aber sie konnte sich nicht entscheiden. Zu tief saß die Furcht vor Grausamkeiten und Schmerzen. «Margh», stieß sie schließlich zaghaft aus, was ihre Verwirrung zeigte.

«Bleib du hier», sagte die Frau daraufhin energisch. «Ich hole etwas zu essen. Vorhin sind wir an einem Laden vorbeigekommen.»

Fressen - endlich fressen. Die Menschen sprachen von Futter, hatten weder nach ihr getreten noch mit Steinen nach ihr geworfen. Vielleicht meinten sie es wirklich gut mit ihr. Und selbst wenn nicht, Langfell war zu hungrig und zu erschöpft, um wegzulaufen. Also stellte sie die Vorderpfoten wieder ordentlich nebeneinander, während sie gemeinsam mit dem Mann darauf wartete, dass seine Reisegefährtin zurückkehrte.

«Hier, schau mal», sagte die Frau noch im Laufen und schwenkte einen seltsam geformten Korb. «Den hat mir der Angestellte im Laden geliehen, als ich ihm von der Katze erzählt habe.»

«Hat er dir auch gesagt, wo das Tierheim ist?»

«Gar nicht weit von hier.» Die Frau schüttelte eine Tüte, dann riss sie sie auf und schüttete etwas Futter auf die Straße, direkt neben den Korb, aber zu weit von Langfell entfernt.

Der Duft des Fressens stieg ihr in die Nase und verdrängte alles andere: Misstrauen, Angst, Zweifel verschwanden hinter dem bohrenden, nagenden Hungergefühl. Ohne nachzudenken, stürzte Langfell sich auf das Futter, schlang so viel in sich hinein, wie sie mit ihrem Mäulchen fassen konnte. Nach kurzer Zeit war die Straße leer, als hätte dort niemals etwas Essbares gelegen. Erwartungsvoll hob Langfell den Kopf und blickte die Frau auffordernd an.

«Mack!», maunzte sie, ohne dass die Frau reagierte. «Mack! Mack!»

«Meinst du, sie ist so hungrig, dass wir sie damit in den Tragekorb locken können?»

«Auf jeden Fall hört sie sich sehr hungrig an, und das Futter war in null Komma nichts weg.» Der Mann zuckte mit den Schultern. «Versuch's einfach.»

Inzwischen hatte die Angst Langfell wieder im Griff, sodass sie langsam von den Menschen wegschlich – ohne jedoch den Blick vom Futter abzuwenden, das so nah und doch so unerreichbar war. Den schlimmsten Hunger hatte sie gestillt; die nächsten Tage könnte sie überstehen, auch wenn sie nur wenig zu fressen fände. Aber es hatte so gut geschmeckt ...

«Komm her, Kleines. Hier ist noch mehr für dich.»

Erneut schüttelte die Frau die Tüte – und dem Geräusch konnte Langfell nicht widerstehen. Mit gesenktem Kopf, aufgestellten Ohren und angespannten Muskeln schlich sie sich wieder an die Menschen heran. Die Frau nahm eine Handvoll Futter, das sie in den Korb warf. Langfell blieb stehen. Nur zu gut erinnerte sie sich daran, wie die Menschen einer anderen Katze eine ähnliche Falle gestellt hatten. Sie hatte die Katze nie wiedergesehen.

Da stieg ihr wieder der verführerische Duft des Futters in die Nase. Vertrauen oder davonlaufen – was sollte sie tun? Etwas Besseres als den ewigen Hunger würde sie nur finden, wenn sie sich auf diese Menschen einließ. Also machte Langfell einen großen Satz in den Korb hinein und versenkte ihr Schnäuzchen im Futter. Plötzlich ertönte hinter ihr ein Klacken. So schnell es in dem engen Korb ging, drehte Langfell sich um.

Gefangen! Sie war gefangen!

Mit aller Kraft warf die Katze sich gegen die Wände des Korbs, kratzte mit ihren Krallen an den Gittern, doch ohne Erfolg. Für ein bisschen Futter hatte sie ihre Freiheit, möglicherweise sogar ihr Leben aufgegeben. Langfell stieß einen Schrei der Verzweiflung aus, heulte und jaulte ihren Zorn hinaus, um andere Katzen zu warnen.

«Ist schon gut, Kleines, du musst keine Angst haben», sprach die Frau beruhigend auf sie ein. «Wir wollen dir nichts Böses.»

Aber wenn die beiden es gut mit ihr gemeint hätten, dann hätten sie ihr das Futter gegeben und sie danach ihrer Wege ziehen lassen. Panisch zog Langfell ihre Krallen über den Boden und die Seiten des Korbs, aber das Material gab nicht nach, sodass ihr nichts anderes übrig blieb, als so laut wie möglich zu kreischen.

«Vielleicht sollten wir sie freilassen.»

Langfell verstummte. Niemals hätte sie erwartet, dass der Mann so etwas Vernünftiges sagen könnte. Hoffentlich hörte die Frau auf ihn ...

«Du hast doch gesehen, wie elend sie aussieht», widersprach die Frau. «Sie ist zu klein und zierlich, um auf der Straße zu überleben.»

«Sagst du das nur, weil ich den Vorschlag gemacht habe?»

Trotz der Panik war Langfells Neugier geweckt. Worum stritten die beiden? Um Fressen, einen guten Platz zum Schlafen oder das Recht, allein in diesem Revier zu herrschen? Oder gab es etwa noch etwas anderes, um das es sich zu kämpfen lohnte?

«Es geht nicht immer nur um dich, auch wenn du das anscheinend denkst.» Wäre sie eine Katze, hätte die Frau jetzt sicher das Fell gesträubt und die Krallen ausgefahren. «Du hast doch nur keine Lust, dich mit dem Tier zu beschäftigen.»

«Aber dir geht es auch nicht wirklich um die Katze», knurrte er seine Antwort wie ein Kater, dem jemand die Beute streitig machte. «Egal was ich sage, du hast etwas daran auszusetzen.»

Die Frau schwieg und beschleunigte stattdessen ihre Schritte, sodass der Korb wild schaukelte und Langfell von einer Seite zur anderen geworfen wurde. Sie stieß ein ängstliches Maunzen aus.

«Oh, Mist. Entschuldige, Kleines.» Die Frau blieb stehen, stellte den Korb ab und blickte Langfell besorgt ins Gesicht. «Du solltest nicht darunter leiden, dass ich den Falschen geheiratet habe.»

Obwohl der Mann sie bald eingeholt hatte, gingen die Menschen wortlos nebeneinander her. Ihr Schweigen war derart unbehaglich, dass Langfell sich die Haare aufstellten. Sie fürchtete sich vor dem Ort, an den die beiden sie bringen würden, aber sie wagte es nicht, ihrer Angst maunzend Ausdruck zu verleihen. Aus Angst pinkelte Langfell in den Korb, was ihr furchtbar peinlich war. Bald wurde es im Körbchen sehr ungemütlich, weil es stank und sich abkühlte. Der Weg zog sich schier unendlich hin.

«Wir sind da», sagte der Mann nach einer halben Ewigkeit. Er klang immer noch verärgert. «Hoffentlich sprechen sie hier Deutsch oder Englisch.»

«Keine Sorge, ich bin Deutsche», antwortete da eine freundliche Stimme. Jemand nahm den Korb und trug Langfell davon. «Hab keine Angst, Kleines, dir wird es hier gutgehen.»

«Sie ... töten die Katzen hier aber nicht, oder?», fragte die Frau mit flacher Stimme. «So wie in Spanien?»

«Auf keinen Fall. Mit den öffentlichen Stellen haben wir nichts zu tun; wir sind eine private Initiative», kam die beruhigende Antwort. «Bei uns können die Katzen so lange bleiben, bis sie vermittelt sind.»

«Was geschieht jetzt mit ihr?»

«Erst einmal wird unsere Tierärztin sie untersuchen. Dann

kommt sie für ein, zwei Tage in Quarantäne, bevor sie mit den anderen Katzen zusammenleben darf.»

«Danke», sagte die Frau leise. «Alles Gute für dich, Kleines.» Sie klang ein wenig traurig, als sie sich verabschiedete.

«Wir hatten angerufen.» Langfell horchte auf: Die Stimme kannte sie. Sie gehörte zu der Frau, die Schuld daran trug, dass Langfell vor einer Woche an diesem Ort gelandet war. Neugierig schlich die Katze näher. «Morgen fliegen wir nach Deutschland zurück, und wir möchten Flugpaten werden.»

«Wie schön.» Ein Lächeln erhellte das Gesicht der Tierheimfrau, die normalerweise ziemlich erschöpft aussah. «Wir haben hier sehr viele Katzen und vier Hunde, die sehnlichst auf ihr neues Zuhause warten und noch nicht ausfliegen konnten.»

«Wie viele Tiere dürfen wir mitnehmen?», fragte der Mann, der zu Langfells Überraschung entspannter und freundlicher klang als beim letzten Mal. «Ob Hund oder Katze ist uns eigentlich egal. Oder, Schatz?»

«In der Regel können Sie ein Tier pro Person mitnehmen.» Die Pflegerin suchte nach Unterlagen auf ihrem Schreibtisch, auf dem zwei graue Kater ihren Schlafplatz gefunden hatten. «Wir bringen sie Ihnen am Abflugtag zum Flughafen und kümmern uns um die Formalitäten.»

«Nehmen wir unsere Patentiere mit ins Flugzeug?», erkundigte sich die Frau.

Endlich hatte die Tierheimfrau die gesuchten Papiere gefunden und drückte sie dem Ehepaar in die Hand. «Hier ist eine Liste mit den am häufigsten gestellten Fragen.»

Es folgte ein kurzes Schweigen, während die Menschen die Hinweise studierten. «Wir müssen also nur unsere Namen zur Verfügung stellen und am Flughafen in Deutschland auf die Leute warten, die die Tiere abholen?» Der Mann schien etwas unsicher zu sein, als erwartete ihn ein Abenteuer.

«Ja», antwortete die Pflegerin. «Ohne einen Menschen dürfen wir keine Patentiere fliegen lassen.»

«Und wenn niemand am Flughafen ist?», fragte er weiter.

«Ich gebe Ihnen die Telefonnummer unserer Schwesterorganisation in Deutschland. Sie müssen die Tiere nicht behalten», erklärte sie und lachte leise.

«Da wir schon einmal hier sind ...», begann da seine Frau zögernd. «Vor einer Woche haben wir ein Kätzchen gefunden und es Ihnen gebracht. Wie geht es ihm?»

«Ach, Sie waren das.» Die Tierheimfrau schluckte, Traurigkeit spiegelte sich in ihren Zügen. «Es tut mir leid.»

«O nein!», rief die Frau erschreckt aus. «Ist es etwa gestorben?»

«Nein.» Die Angestellte des Tierheims schüttelte so vehement den Kopf, als könnte sie dadurch weiteres Unheil abwenden. «Noch nicht. Aber die Kleine hat sich aufgegeben.»

«Was soll das denn heißen?», mischte der Mann sich ein. Auf einmal klang er derart harsch, dass Langfell sich in die hinterste Ecke des Käfigs verkroch. Wenn Menschen zornig wurden, war es für eine Katze klüger, das Weite zu suchen. «Wie kann ein Tier sich aufgeben?»

«Manche Katzen ertragen das Leben im Heim nicht, egal wie sehr wir uns bemühen.» Die Tierheimfrau seufzte traurig, sie hatte wohl in ihrem Leben schon zu viel Elend gesehen. «Sie verweigern so lange das Fressen, bis sie erlöst werden müssen.»

«Kann man denn gar nichts tun?», fragte die Frau mit gepresster Stimme, als würde sie gleich in Tränen ausbrechen.

«Leider nein. Hier sind zu viele Katzen und zu wenige Menschen für ihre Betreuung. Das Tierheim ist eben kein Zuhause.» Die Pflegerin zuckte mit den Schultern; offenbar hatte sie dieses Gespräch schon oft führen müssen.

«Aber die Katze war wild, als wir sie gefunden haben», meinte der Mann nachdenklich. «Sie weiß doch gar nicht, was ein Zuhause ist.»

«Vielleicht sollte sie freigelassen werden, wie du gesagt hast», sprang seine Frau ihm bei und griff nach seiner Hand. «Vielleicht lebt sie tatsächlich lieber in Freiheit.»

«Das haben wir auch schon überlegt. Aber sie ist so schmächtig. Draußen gibt es zu wenig zu fressen, zu viele Parasiten. Dort würde sie nicht lange durchhalten.»

«Das darf doch nicht wahr sein!», grollte der Mann. «Da versuchen wir, eine Katze zu retten, und verdammen sie zum Tod. Wenn das kein schlechtes Omen ist ...»

Langfell verstand nicht, auf wen er so wütend war. Die Tierheimfrau bemühte sich sehr, ihren Schützlingen ein gutes Leben zu bieten. Warum fauchte der Mann sie dann an?

«Können wir die Kleine nicht retten?», fragte seine Frau beharrlich. «Durch eine Spende vielleicht?»

Diese Große hoffte wohl immer auf ein glückliches Ende. Oder sie dachte einfach nicht nach, bevor sie handelte. Schließlich war es ihre Schuld, dass Langfell hier gelandet war.

Jetzt lächelte die Tierheimfrau wieder ein wenig. «Geld ist uns natürlich immer willkommen, nur hilft es Struppi nicht. Vielleicht, wenn die Katze ein Zuhause fände. Aber Sie haben die Kleine ja gesehen: Sie ist nicht besonders hübsch, nicht sehr verschmust ...»

Misstrauisch spielte Langfell mit den Ohren. Was sollte das heißen: nicht besonders hübsch? Wenn sie genug zu essen bekäme und nicht immer Angst haben müsste, dass irgendwer sie angriff, könnte sie ihr Fell wieder pflegen und bestimmt eine schmucke Katze sein.

«Wir haben hier über hundert Katzen. Kitten, Rassekatzen, Schmusetiger – da geht so ein kleiner Streuner unter.»

«Was muss man denn tun, um eine Katze zu adoptieren?», fragte die Frau. Mit Schrecken registrierte Langfell die Entschlossenheit in ihrer Stimme. Wozu menschliche Entschlossenheit führte, hatte sie schon einmal erleben müssen. «Muss man etwas nachweisen, so etwas wie einen Führerschein?»

Der Mann gab einen überraschten Laut von sich. «Bist du sicher?», flüsterte er der Frau zu.

Sie drückte seine Hand. «Ja, bitte. Es hört sich vielleicht komisch an, aber ich glaube, das Schicksal hat das Kätzchen und uns zusammengeführt.»

«Wenn man ein Leben rettet, ist man dafür verantwortlich, sagen die Indianer ... oder die Chinesen», gab er sich geschlagen. Langfell konnte ihm ansehen, wie wenig es ihn begeisterte, für sie verantwortlich zu sein. «Da müssen wir uns wohl unserer Aufgabe stellen.»

«Sieh es mal so», sagte die Frau lächelnd. «Andere bringen Wein oder Paradiesvogelblumen oder Tischdecken aus ihrem Madeira-Urlaub mit. Wir ein Kätzchen.»

Langfell fauchte, so laut sie konnte. Sie hatte genug von den Menschen. Wieder einmal wollten sie über ihr Leben entscheiden, ohne zu fragen, ob sie überhaupt bei ihnen wohnen wollte.

«Sind Sie sicher, dass Sie Ihren Entschluss nicht bereuen werden?», fragte die Tierheimfrau ernst. «Eine Katze zu haben verändert das Leben. Katzen kratzen an Möbeln, hinterlassen überall Haare, manchmal kotzen sie … Schöner Wohnen und Katzen passen nicht zusammen.»

«Schöner Wohnen ist uns nicht wichtig», erklärte der Mann, wobei er den Arm um seine Frau legte. «Aber Sie haben recht. Sich ein Tier anzuschaffen sollte gut überlegt sein.»

Eindringlich schaute seine Frau ihn an. «Bitte. Ich … ich könnte es nicht ertragen, an diesen Urlaub zu denken und zu wissen, dass unseretwegen die struppige Katze gestorben ist.»

«Das will ich auch nicht.» Er küsste sie. «Du sollst den Urlaub als den in Erinnerung behalten, in dem wir unsere Ehe gerettet haben.»

«Worauf müssen wir achten?», wandte die Frau sich fragend an die Pflegerin.

«Sie haben sich für einen Streuner entschieden.» Täuschte Langfell sich, oder hörte sie immer noch Zweifel in der Stimme der Tierheimfrau? «Möglicherweise wird Struppi nie zahm und lässt sich nie streicheln. Können Sie damit leben?»

«Ja. Mir ist bewusst, dass die Katze eine eigene Persönlichkeit ist, und das soll sie auch bleiben.»

Langfell fauchte noch lauter. Sie wollte hierbleiben. Auf der Insel, auf der sie geboren war. Sie wollte in Freiheit leben. Niemals würde sie nett zu den Menschen sein, niemals ihnen um die Beine streichen, wie sie es bei anderen Katzen und Katern beobachtet hatte.

«Wir arbeiten mit deutschen Tierschützern zusammen.» Erneut suchte die Tierheimfrau etwas auf ihrem Schreibtisch. Der dickere graue Kater schnaubte empört, weil sie ihn dabei aufscheuchte. «Hier ist die Adresse. Jemand wird sich für einen Kontrollbesuch bei Ihnen melden.»

«Kein Problem.» Langfell konnte hören, wie die Stimme der Frau zitterte, als wäre sie sich ihrer Sache nicht sicher. Aber die Tierheimfrau merkte nichts – Menschen hatten eben so schlechte Instinkte. «Wir werden alles uns Mögliche tun, um Struppi ein schönes Heim zu geben.»

«Überlegen Sie es sich gut.» Die Pflegerin zog einen weiteren Zettel aus dem Durcheinander. «Katzen können sehr alt werden. Sie müssen jemanden haben, der sich um das Tier kümmert, wenn Sie in den Urlaub fahren ...»

«Das klingt ja, als wollten Sie uns die Katze ausreden?», sagte der Mann merklich gereizt. «Hier würde sie sterben!»

Voller Bewunderung beobachtete Langfell, dass die kleine Tierheimfrau sich von dem viel größeren Mann nicht einschüchtern ließ. Sie stand aufrecht und starrte ihm in die Augen, bis er den Blick abwandte. «Struppi ist eine sensible Katze. Ich möchte nicht, dass sie noch mehr leiden muss», blieb sie eisern. «Gehen Sie in Ihr Hotel. Schlafen Sie noch eine Nacht darüber. Struppi hat alle notwendigen Papiere und Impfungen.»

«In Ordnung, dann bis morgen», lenkte die Frau ein. «Danke, dass Sie so ehrlich zu uns sind.» Während sie untergehakt bei ihrem Mann das Tierheimgelände verließ, hörten Langfells gute Ohren sie noch sagen: «Ich bin bereit, es zu versuchen. Mit allen Konsequenzen ...»

«Haben Sie eine Entscheidung getroffen?»

Obwohl Langfell sich am nächsten Tag in der hintersten Ecke des Tierheimgeheges versteckt hatte, bekam sie trotzdem mit, dass das Ehepaar wieder da war. Ähnlich wie die Tierheimfrau blickte sie den beiden misstrauisch entgegen.

«Ja. Wir würden gerne den alten Hund mitnehmen, der schon so lange auf eine Familie wartet.» Der Mann schien sich seiner Sache sehr sicher zu sein.

Aha, dachte Langfell, habe ich euch richtig eingeschätzt. Gestern wart ihr noch Feuer und Flamme für mich, und heute interessiert ihr euch stattdessen für einen Kläffer. Obwohl sie sich von den Menschen nicht hatte enttäuschen lassen wollen, spürte sie einen Stich, als würde ihr Herz brechen. Sie rollte sich ein, legte den Schwanz über Kopf und Nase und richtete die Ohren nach vorne, damit sie nichts mehr von ihnen hören musste.

Plötzlich packte eine Hand sie fest am Nackenfell, und Langfell erschrak. Fauchend und spuckend schlug sie um sich, versuchte mit aller Kraft, sich gegen den Angreifer zu wehren.

«Schon gut, Kleines. Ganz ruhig», sprach die Tierheimfrau leise auf sie ein. «Du bekommst ein Zuhause. Versuch wenigstens, ein bisschen freundlich auszusehen.»

Vor Verwunderung vergaß Langfell Wut und Zorn und bemerkte kaum den kleinen Piks, der sie an der Seite traf. Auf einmal wurde sie entsetzlich müde. Überrascht und widerstandslos ließ sie sich in den Korb schieben, in den sie hergebracht worden war. Sie musste sich sehr konzentrieren, um den Menschen zuzuhören.

«In Frankfurt wird jemand vom Tierschutzverein auf Sie und den Hund warten. Beide Tiere haben Beruhigungsspritzen bekommen, damit sie den Flug verschlafen.» Die Pflegerin beugte sich über den Transportkorb. «Alles Gute für dich, meine Hübsche.» Dann übergab sie den Korb dem wartenden Ehepaar. «Ich würde mich freuen, wenn Sie mir berichten, wie Struppi sich bei Ihnen eingelebt hat», sagte sie mit belegter Stimme.

«Das machen wir gern. Ihre E-Mail-Adresse haben wir ja»,

antwortete der Mann. «Vielen Dank und alles Gute für Sie und Ihre Schützlinge.»

Den Rest hörte Langfell nicht mehr. Nur dumpf spürte sie, wie jemand den Transportkorb in ein Auto stellte, wie sie ein wenig hin- und hergeschüttelt wurde. Als viele fremde Stimmen erklangen, die darüber redeten, sie solle im Gepäckraum mitfliegen, bekam Langfell es mit der Angst zu tun. Aber um wach zu werden, fehlte ihr die Kraft, sodass sie sich schließlich ihrer Müdigkeit hingab und einschlief.

«Hallo, Schlafmütze. Wir sind da», hörte sie die Stimme derjenigen Frau, die sie aus ihrer Heimat entführt hatte. «Gleich bist du zu Hause.»

«Hoffentlich hat deine Mutter alles für die Katze eingekauft.» Der Mann gähnte lautstark. Ob er wohl auch eine Spritze für den Flug bekommen hatte?

Ein Schlüssel drehte sich im Schloss, dann strömten fremde Gerüche auf Langfell ein, die sie noch nie in ihrem Leben wahrgenommen hatte. Das Schaukeln des Transportkorbs in der Hand des Mannes trug noch dazu bei, dass ihre Panik wuchs.

«Guck mal, auf dem Küchentisch. Futter. Näpfe. Ein Klo. Streu. Alles da.» Die Frau klang erleichtert. «Ich fülle schnell Streu und Futter ein, bevor wie Struppi rauslassen.»

Ein seltsam rauschendes Geräusch drang an Langfells Ohren. Staub wallte auf, der sie zum Niesen brachte. Und endlich roch sie Futter. Langfells Magen knurrte. Als sich die Tür zu ihrem Gefängnis öffnete, schoss sie heraus. Suchend schaute sie sich im Laufen um, bis sie ein Versteck entdeckte. Egal wie verführerisch dieser Thunfisch auch duftete, erst einmal brauchte sie Sicherheit. Sie machte sich klein, damit sie unter ein riesiges viereckiges Ding krabbeln konnte, das nach Holz roch. Von dort aus musterte sie mit großen Augen ihre Umgebung. Ein Raum wie im Tierheim, nur gab es hier keine anderen Katzen oder Kater. Dafür standen viele Gegenstände herum. Wofür die Menschen das nur alles brauchten?

«Struppi! Komm, Struppi. Guck mal, Futter.» Die Frau kniete vor dem Holzteil, den Kopf auf den Boden gelegt, sodass Langfell ihr ins Gesicht sehen konnte. Mit der Hand schob sie ihr den Napf voller Thunfisch entgegen.

«Lass sie doch. Gib ihr Zeit, sich einzugewöhnen.»

«Aber sie muss etwas essen. Und vor allem muss sie trinken.» Seltsamerweise klang die Frau enttäuscht. «Dass sie so gar nicht zugänglich ist. Auf Madeira ist sie doch auf uns zugekommen.»

«Du wusstest doch, dass sie scheu sein würde», meinte der Mann freundlich. «Vorher hat sie nur der Hunger angetrieben.»

«Ja, aber gehofft hatte ich trotzdem etwas anderes.» Die Frau stand auf. «Na gut, ich lasse sie allein. Ich bin auch wirklich müde.»

«Nur noch schnell auspacken, dann haben wir morgen Ruhe.» Er öffnete das Kofferschloss.

«In der Zeit schreibe ich eine E-Mail ans Tierheim, dass wir sicher angekommen sind und den alten Hund abgegeben haben.» Damit setzte die Frau sich vor ein schwarzes Gerät und klappte den Deckel auf.

Langfell lauschte. Als sie sicher war, dass die Menschen weit genug von ihr entfernt waren, schoss sie unter dem Holzkasten hervor, schnappte sich ein Maul voller Thunfisch und raste wieder in ihr Versteck. Erst als sie sicher war, dass die Menschen nicht zurückkehrten, nahm sie sich Zeit zum Fressen, trank etwas Wasser und probierte den Behälter aus, in dem weiche Streu lag. Sie nutzte die Ruhe, um sich endlich einer ausgiebigen Fellpflege zu widmen und ein Nickerchen einzulegen.

Nachts, als sie an den ruhigen Atemzügen der Menschen hörte, dass sie schliefen, machte Langfell sich auf einen Erkundungsgang durch ihr neues Revier. Groß war es, hatte mehr Räume, als sie Pfoten besaß. In einem Zimmer roch es angenehm nach Fressen, aber trotz eifriger Suche konnte sie nichts finden. In einem anderen Raum wuchs ein großer Baum in weicher Erde, die sie benutzte, wie sie es von zu Hause gewohnt war - viel, viel angenehmer als die Streu.

Zum Schluss führte ihr Weg sie in die Höhle der Menschen. Als sie die Frau und den Mann schlafen sah, verspürte auch Langfell Müdigkeit. Prüfend schaute sie sich um. Kurz entschlossen hüpfte sie mit einem Sprung auf das Bett und streckte sich an der Seite der Frau aus, von der eine angenehme Wärme ausstrahlte.

Einige Zeit später erwachte Langfell, weil Finger sanft über ihr Fell strichen. So vorsichtig, als wäre sie ein kostbares Wesen, das unter einem festeren Zugriff zerbrechen könnte.

«Wach auf, Schatz», hörte Langfell die Frau flüstern.

Die Katze hielt die Augen geschlossen, während sie alle Muskeln anspannte, bereit, bei der geringsten Gefahr zu fliehen.

«Hä?», grunzte der Mann und wälzte sich herum.

«Vorsicht», zischte die Frau leise, aber bestimmt. «Struppi liegt neben mir. Weck sie bloß nicht auf.»

Ganz vorsichtig stemmte ihr Partner sich hoch. Als er eine Hand hob, spannte Langfell die Hinterbeine noch stärker an.

Aber auch er strich nur sehr, sehr sachte über ihren Rücken. Nach und nach entspannte sie sich. Langsam begann sie sogar, das Streicheln zu genießen, sodass sie leise zu schnurren anfing.

«Sie schnurrt», kommentierte die Frau, als hätte Langfell etwas Großartiges geleistet. Offenbar konnten Menschen sich über Kleinigkeiten freuen. «Ob wir das Licht anmachen dürfen?»

«Besser nicht, sonst haut sie noch ab.»

«Lass es uns versuchen. Ich muss das sehen, um es wirklich zu glauben.»

Auf einmal durchbohrte ein heller Lichtstrahl die Dunkelheit, und Langfell erschrak. Aber da die Menschen sich nicht vor der Helligkeit fürchteten, blieb sie liegen, um weiter das angenehme Streicheln zu genießen.

«Schau nur, wie gut ihr Fell aussieht. Unsere Madeirakatze entpuppt sich noch als echte Schönheit.»

«Wenn sie noch hübscher wird, müssen wir ihr einen neuen Namen geben.»

«Ich würde es gern bei Struppi belassen, damit wir uns immer daran erinnern, wie wir sie gefunden haben.»

«Gut, dann eben Struppi», stimmte die Frau zu. «Könntest du mit Prinzessin Struppi von Madeira leben?»

«Du musst immer das letzte Wort haben.»

«Ja.»

Lange nachdem das Paar wieder eingeschlafen war, lag Langfell noch wach und starrte in das Halbdunkel des Zimmers. Konnte sie hier leben? *Wollte* sie hier leben, eingesperrt in diese Räume, in denen es nur wenige Bäume und Blumen gab? Allerdings gab es aber auch keine anderen Katzen, die ihr das Futter streitig machten, keinerlei Gefahr, vor der sie ständig auf der Hut sein musste. Und zu Hause hatte es niemanden gegeben, den ihr leises Schnurren in Entzücken versetzt hatte.

Dann sollte es eben dieses Land sein. Mit diesen Menschen. Und mit diesem Namen: *Prinzessin Struppi von Madeira*. So etwas konnte auch nur Menschen einfallen.

Trims Märchen

Die Katzen sind Katzen, kurz gesagt,
und ihre Welt ist die Welt der Katzen,
von einem Ende zum anderen.
Rainer Maria Rilke

«Maman, ich kann nicht schlafen!» Zum fünften Mal in dieser Nacht stand das Katzenmädchen vor dem Schlafplatz aus Gras, in dem die Eltern lagen. Donner grollte, und Blitze zuckten über den Himmel. «Und Streifenfell und Weißschwanz auch nicht. Maaaman.»

«*Chéri*, kannst du den Kindern eine Geschichte erzählen, bitte?», fragte die hübsche Katzenmutter. Doch der schwarze Kater mit den weißen Pfoten schlief so tief und fest, als könnte ihn nicht einmal Kanonendonner wecken. Sie stupste ihn mit der Pfote an, worauf er grollte und sich zur Seite drehte, ohne die Augen zu öffnen. «Kater. Was bist du für ein müder Vater!»

«Morgen», murmelte er im Halbschlaf. «Morgen erzähle ich ihnen eine Geschichte.»

«*Alors.*» Die Katze streckte sich und gähnte ausgiebig. «Nun komm, Pinselohr. Aber nur eine Geschichte. Bis das Gewitter vorbei ist.»

Auf leisen Pfoten schlich die Katze zum Nest, das sie ihren Kindern aus weichen Farnen und Moosen gebaut hatte. Das Kätzchen, das bei jedem Blitz zusammenzuckte, schmiegte sich eng an sie. Das Geräusch der *Fanaloka*, einer kleinen Schleichkatze, die sich ihren Weg durch das Unterholz bahnte, ließ Pinselohr erschreckt in die Luft hüpfen.

«Keine Sorge, Kleines», maunzte die Mutter beruhigend.

Im Nest schauten die beiden Katerchen ihnen erwartungsvoll entgegen.

«Was soll ich euch erzählen?», fragte die Katze, nachdem sie jedem ihrer Söhne einen Nasenkuss gegeben hatte. «Was möchtet ihr hören?»

«Die Geschichte von dem mutigen Kater, der zur See fuhr», bettelte Weißschwanz, das schwarze Katerchen, das aussah wie eine Miniaturausgabe seines Vaters. «Mit ganz viel Abenteuern und wilden, gefährlichen Tieren.»

«Aber nicht zu wild», maunzte Streifenfell leise. Mit seinem silbergrauen Fell ähnelte er seiner Mutter. Er war ebenso zierlich und elegant wie sie und leider ein bisschen zu ängstlich.

«Und mit Liebe. Mit viel Liebe.» Pinselohr, silbergrau wie die Mutter, aber mit weißen Pfötchen wie ihr Vater, seufzte leise. Ihre Mutter schüttelte den Kopf. Ihre Tochter war so winzig, aber schwärmte jetzt bereits von der Liebe. «Und Romantik.»

«Alors», begann die Katze. Sie setzte sich aufrecht hin und legte den Schwanz elegant um die Pfoten. «Es war einmal ...»

«Ach, kein Märchen», maunzte Weißschwanz. «Das ist was für kleine Kitten.»

«Du bist ein Kitten.» Sanft stupste die Katzenmutter ihn mit der Nase an. Sie warf einen strengen Blick aus ihren unergründlichen blauen Augen in die Runde. «Wenn ihr nicht ruhig seid, erzähle ich nur eine kleine Geschichte. Mit wenig Abenteuern, aber viel Liebe.»

«Ist ja schon gut.» Verlegen tretelte der kleine Kerl auf der Stelle.

******

Es war einmal ein kleiner Kater, der auf einem großen Schiff geboren wurde. Ein niedlicher kleiner Kater, mit schwarzem Fell, dunkler als die tiefste Nacht, und Pfoten, so weiß wie Orchideen. Nun fragt ihr euch bestimmt, wie es kommt, dass einer von unserer wasserscheuen Art an Bord eines Schiffs zur Welt kam. Die Mutter unseres Helden arbeitete als Schiffskatze. Sie fing Ratten und Mäuse, die der Ladung gefährlich werden konnten, und zum Dank gaben die Matrosen ihr ab und zu eine Leckerei. Ihr Sohn, den sie Weißpfote nannte, erwies sich schon früh als Abenteurer und Entdecker, was ihn beinahe seine sieben Leben gekostet hätte. Kaum konnte Weißpfote laufen, erkundete er jede Ecke des Schiffs.

Eines Tages tollte der Kleine an Deck und jagte einem Sonnenstrahl hinterher. Das Funkeln lockte ihn so sehr, dass Weißpfote nicht aufpasste und plötzlich mit einem eleganten Sprung über Bord ging. Sofort versank er im kühlen Wasser der See. Für viele andere wäre das der sichere Tod gewesen, doch unser Held war schon als Kitten ein Kämpfer. Prustend und spuckend kämpfte er sich an die Oberfläche, paddelte und strampelte, bis endlich das Schiff zurückkehrte. Die Matrosen warfen ihm ein dickes Tau zu. Mit Zähnen und Krallen klammerte er sich an dem Seil fest und kletterte langsam, aber stetig zurück zum rettenden Schiff.

******

«Hat er es geschafft?», fragte Streifenfell mit aufgerissenen Augen. Er krabbelte näher an seine Mutter heran.

«Natürlich, du Doofi.» Weißschwanz stupste seinen Bruder in die Seite. «Maman hat uns die Geschichte schon sooo oft erzählt.»

«Aber sie ist immer wieder sooo schön.» Pinselohr setzte sich aufrecht hin. «Psst. Lasst Maman erzählen.»

Während das Gewitter sich langsam verzog und nur noch die Geräusche des nächtlichen Dschungels sie begleiteten, erzählte die Katze weiter.

******

Jedes andere Kätzchen hätte von nun an das Wasser gefürchtet, doch Weißpfote sollte noch einige Male Bekanntschaft mit dem nassen Element machen, bis er lernte, seine Abenteuerlust zu zügeln. So ein Schiff brachte auch wenig Gelegenheit, etwas Neues zu erleben. Ratten fangen, Mäuse fangen, Kunststückchen lernen, um die Mannschaft zu erfreuen - jeden Tag das Gleiche. Daher begann Weißpfote, sich nach neuen Abenteuern zu sehnen. Bald sollte sich das Schicksal unseres Helden wenden, als ein Mensch namens Matthew Flinders seinem Charme verfiel. Unter den Menschen hatte Matthew Flinders sich einen Namen als Entdecker gemacht, obwohl er noch sehr jung war.

******

«Was ist ein Entdecker?», unterbrach Streifenfell die Erzählung.

«Ein Mensch, der von einem Land ins andere reist, um sich dort umzuschauen», antwortete die Katzenmutter.

«Müsste er dann nicht Umschauer heißen?», mischte sich Weißschwanz ein. «Und was soll so Besonderes daran sein, wenn man sich umsieht?»

«So sind die Menschen nun einmal.» Die Katzenmutter gähnte. «Wollt ihr die Geschichte nun hören oder nicht?»

******

Der Mann gab Weißpfote einen Namen, so wie es Menschen gern tun. Trim nannte er den Kater. Nach einer literarischen Figur – Corporal Trim aus Tristram Shandy *stand Pate für den Namen, den unser Held fortan tragen sollte. Als ob unsereins darauf hören würde wie die Kläffer.*

Trim war Matthew Flinders so ein guter Gefährte, dass dieser dem Kater alles anvertraute, was ihn beschäftigte.

«Das hättest du dir nicht träumen lassen, kleiner Trim», flüsterte Matthew Flinders dem Kater zu, während er dessen Nacken kraulte. «Dass du einmal die Welt bereisen wirst.»

«Miörg», antwortete Trim höflich, damit der arme Mensch nicht das Gefühl haben musste, dass er nur mit sich selbst redete. «Mack.»

«Als ich noch ein Junge war, Trim», sprach der Mensch weiter, als hätte der Kater nichts zur Unterhaltung beigetragen, «da habe ich Robinson Crusoe *verschlungen. Mein größter Traum war es, ein Seefahrer zu sein und Abenteuer zu erleben. Und nun schau uns an ...»*

«Möff», erwiderte der Kater. «Mirau?»

«Hier sind wir beide. Auf dem Weg zu großen Entdeckungen.»

Abenteuer – das klang gut in den Ohren des Katers, auch wenn seine Mutter ihm zum Abschied gesagt hatte, dass es mehr im Leben einer Katze geben sollte, als der Aufregung nachzujagen. Doch

Weißpfote war jung und wollte nichts davon hören, dass ein Kater Verantwortung übernehmen muss. Ohne sich noch einmal umzudrehen, hatte er seine Mutter und seine Geschwister verlassen, um gemeinsam mit Matthew Flinders auf der HMS Reliance zu segeln.

Mit seinem hübschen Äußeren und seinen Kapriolen gewann Trim die Herzen der Mannschaft. Natürlich verfolgte der Kater eigene Ziele, wenn er über Stöckchen hüpfte oder Bällchen jagte. Die Seeleute zollten ihren Tribut bei jeder Mahlzeit. Trim war stets der Erste, der seinen Platz im Speiseraum einnahm. Nur selten musste er die Männer darin erinnern, dass ihm eine Belohnung für seine Freundlichkeit zustand.

Doch all die Abenteuer an Bord waren nichts, verglichen mit denen, die unser Held an Land erlebte. Schließlich war es die Mission von Matthew Flinders, einen neuen Kontinent zu katalogisieren. Dort, wo der Mensch mit Notizbuch und Stift Flora und Fauna zu begreifen versuchte, nahm der Kater, der ihn begleitete, jedoch den direkten Weg. Gar viele Vierbeiner und Flattertiere hatte Trim Weißpfote zu jagen und zu fressen, um sie einzuordnen in die wichtigen Kategorien: Geschmack und Gefährlichkeit.

******

«So, nun schlaft», sagte die Katzenmutter, als sie ihre Erzählung an dieser Stelle abbrach. «Morgen erzählt Papa euch das Ende der Geschichte.»

Liebevoll schleckte sie ihren Jungen über die Köpfe. Den Kleinen fielen vor Müdigkeit schon die Augen zu.

Sie blieb noch eine Weile bei ihnen sitzen, bis das leise Schnarchen zeigte, dass die Kleinen schliefen. Angespannt lauschte die Katze in den Dschungel, ob sich Gefahren für ihre

Kinder näherten, doch nur das Gebrüll der *Lemuren* störte die Stille der Nacht. Vor wenigen Tagen erst hatte sie eine *Fossa*, die Frettkatze, vertrieben und ihr sehr deutlich gezeigt, dass sie sich von den Jungen fernzuhalten hatte. Alles schien ruhig, sodass die Mutter auf sanften Pfoten zu dem Kater schlich, der ein Auge öffnete und sie anblinzelte.

«Haben sie endlich Ruhe gegeben?»

«Ich musste ihnen versprechen, dass du ihnen morgen das Ende der Geschichte erzählst.» Sie schmiegte sich an ihn und schloss die Augen. «Aber vergiss nicht, viel Abenteuer und viel Liebe einfließen zu lassen.»

«Dann muss ich die Geschichte ja nur so erzählen, wie sie wirklich passiert ist.» Sanft schleckte er über ihren Kopf, putzte die Stelle, die eine Katze allein nur schwer erreichen kann. «Gefährliche Abenteuer und die größte Liebe aller Zeiten.»

«Oui, chéri», antwortete sie im Halbschlaf. «Eine Liebe, die stärker war als der Krieg.»

******

Die Hitze des Tages verschlief die Familie. Dann warteten sie eng aneinandergekuschelt darauf, dass die Nacht begann und mit ihr die Kühle, die eine gute Jagd versprach. Nachdem er gegähnt und sich ausgiebig gestreckt hatte, verschwand der Kater im Dschungel. Nur leise raschelnd verrieten ihn die Blätter. Hungrig wartete die Familie auf seine Rückkehr.

Endlich öffnete sich das Grün, und der weiße Brustfleck des Katers blitzte hervor.

«Papa.» Aufgeregt trippelte Pinselohr von einer Pfote auf die andere. «Wir möchten das Ende der Geschichte hören.»

«Erst essen wir», antwortete der Kater, nachdem er seine

Beute vor ihnen abgelegt hatte. Ein paar *Wassertenreks*, die kleinen Spitzmäuse der Insel. Und einen *Votsota*, eine Riesenratte, von der sogar eine sehr hungrige Katzenfamilie satt werden konnte. Schweigend fraßen sie, begleitet von einem Konzert der Frösche, die nach dem gestrigen Gewitter lauthals quakten.

«Nun gut.» Der Kater streckte sich, gähnte und putzte sich Maul und Krallen, bevor er endlich die Geschichte weitererzählte.

******

Eines Tages nahm Matthew Flinders seinen Gefährten auf den Arm, sah ihm in die grünen Augen und sagte: «Es wird Zeit für uns beide, einen Hafen anzulaufen, mein Freund.»

«Miarf», antwortete der Kater neugierig.

«Ich kehre zurück nach England, um zu heiraten.» Matthew Flinders' Lächeln wirkte etwas gequält. «Keine Abenteuer mehr für uns beide.»

Als wäre es kein Abenteuer, ans andere Ende der Welt zu reisen, einmal die ganze Welt zu umsegeln.

England – fremde Heimat, dachte unser Held, als das Schiff in den Londoner Hafen segelte. Eine Vielzahl von neuen Gerüchen strömte auf ihn ein, als er seine Pfoten an Land setzte: Fischabfälle, Pferde, eine Unmenge an Menschen. Und über allem der Londoner Regen, der Tag und Nacht aus einem grauen Himmel fiel und nie zu enden schien. Feuchtigkeit, die sich im Fell festsetzte, in die Ohren tropfte und in den Augen brannte. Bald verließen sie London, damit Matthew Flinders seine Verlobte wiedersehen konnte. Doch unser Held konnte sich nicht eingewöhnen in dem kalten Land. Sosehr er sich auch bemühte – für einen Kater, der in Freiheit aufgewachsen war, bedeutete das Königreich England zu viele Einschränkungen. Selbst sein Charme half ihm nicht. Die Katzenpension, in die Matthew Flinders ihn einquartiert hatte, musste Trim schneller verlassen, als eine Maus in ihrem Loch verschwindet. Zu jagdfreudig war er, zu versessen darauf, die Maus zu fangen, sodass er Porzellan zerschlug – aber das brachte ihn immerhin zurück zu seinem Herrn.

Auch der empfand England als zu eng. Kurz nach der Hochzeit verließ Matthew Flinders seine frisch angetraute Ehefrau, denn es zog ihn wieder hinaus auf See und ans andere Ende der Welt. Er und der Kater umsegelten Neuholland, erkundeten das weite Meer und viele Inseln, stets auf der Suche nach einem weiteren Abenteuer. Doch dieses Leben forderte einen hohen Preis. Auf dem Weg durch den Golf von Carpentaria ließen Hitze, Futtermangel und harte Forschungsarbeit unseren Helden an Gewicht verlieren und vor seiner Zeit ergrauen, sodass Matthew Flinders um das Leben seines treuen Gefährten fürchtete. Doch als sie in den Hafen zurückgekehrt waren und Trim Weißpfote meine Lieblingsspeisen erhielt, gewann er sein altes Selbst und meine attraktive schwarze Färbung zurück.

Allerdings überkam den Menschen eine seltsame Unruhe, wohl weil er seine Frau vermisste. Gemeinsam mit unserem Helden wollte Matthew Flinders auf der Porpoise nach England zurückkehren. Doch eine Korallenbank setzte diesem Vorhaben ein frühes Ende. Am 17. August 1802, einem Datum, das als schwarzer Tag in die Annalen der Seefahrt eingehen wird, erlitt die Porpoise Schiffbruch.

******

Die beiden Katerchen und das Kätzchen maunzten laut vor Aufregung, standen auf und drehten sich zweimal um sich selbst. Jedes Mal an dieser Stelle konnten sie es vor Spannung kaum noch aushalten. Die beiden kleinen Kater rückten ein

Stück näher zusammen, um sich aneinander zu wärmen. Ihre Schwester zog eine Schnute.

«Wo ist denn die Liebe?», maulte sie. «Immer das olle Abenteuer.»

«Die Liebe, mein Schatz», antwortete der Kater und schleckte seinem ungeduldigen Töchterchen den Kopf. «Die Liebe kommt am Ende, weil das Wichtigste immer am Schluss steht.»

«Dauert es noch lange?»

«Wenn du Papa immer unterbrichst, werden wir nie fertig.» Spielerisch hob Weißschwanz seine Pfote, um nach seiner Schwester zu schlagen. «Außerdem kann es nur Liebe geben, wenn der Held überlebt.»

Weil das schwarze Katerchen als Erster auf die Welt gekommen war, hielt er sich immer für ein wenig klüger als seine Geschwister, was er denen nur zu gerne zeigte. Ihre Eltern wechselten einen amüsierten Blick, bevor der Kater mit seiner Geschichte fortfuhr.

******

Zwei Monate, die mir … ihm wie ein ganzes Leben vorkamen, saßen unser Held und die ganze Crew auf einer kleinen Insel fest. Tage vergingen. Als sie schon die Hoffnung aufgeben wollten, zeigten sich rettende Schiffe am Horizont. Nun stand unser Held vor einer gewichtigen Entscheidung: Sollte er mit dem Großteil der Mannschaft ins ferne China fahren, um dort seine Forschungen fortzusetzen, oder sollte er mit Matthew Flinders weiterreisen? Obwohl China sein Interesse weckte, hielt der Kater seinem Menschen die Treue und folgte ihm an Bord der Cumberland. Ein Fehler, wie sich bald herausstellen sollte.

******

Der Kater legte eine Pause ein, um die Spannung ein wenig zu steigern, was die Kätzchen mit empörtem Maunzen quittierten.

******

Die Cumberland schlug ständig leck, sodass die Besatzung gezwungen war, vor Mauritius zu ankern. Ihr könnt euch das Erschrecken und das Erstaunen der Besatzung nicht vorstellen, als plötzlich andere Menschen vor ihnen standen und sie Spione schimpften. Wie der Kater kurz darauf erfuhr, nannte man diese seltsam sprechenden Menschen Franzosen. In der Zeit, in der Trim Weißpfote und Matthew Flinders unfreiwillig auf der kleinen Insel festgesessen hatten, war ein Krieg zwischen England und Frankreich ausgebrochen. Obwohl die Engländer nicht einmal von dem Krieg wussten und ihre Unschuld beteuerten, sperrten die Franzosen die gesamte Besatzung ein. Trim Weißpfote ließ es sich nicht nehmen, seinen Menschen in den Kerker zu begleiten, obwohl Mauern ihn doch nicht aufhalten konnten. Eine Weile vergnügte der Kater sich damit, seine Mitgefangenen durch Sprünge und allerlei Kapriolen zu unterhalten, doch abenteuerlustig, wie er nun einmal war, nutzte er die erstbeste Gelegenheit, am Wächter vorbei in die Freiheit hinauszuschlüpfen.

Und dann schlug das Schicksal erneut zu. Als der Kater die Insel erkundete, sah er sie und ... wieder legte der Kater eine Pause ein, bis die Kätzchen fauchten ... *verlor sein Herz.*

******

«Ah, endlich», seufzte Pinselohr. «Die Liebe seines Lebens, nicht wahr?»

«Das möchte ich dem Helden geraten haben», sagte die

Katze, die bisher geschwiegen hatte. «Schließlich wird sie seinetwegen ihr Leben hinter sich lassen.»

«Nicht alles verraten, nicht alles verraten!», riefen die Kätzchen im Chor. «Bitte, erzähl weiter.»

Selbst die Katerchen, die vorgaben, dass sie sich nur für Abenteuergeschichten interessierten, blinzelten gegen den Schlaf an.

******

Nébuleuse - Nebel -, so nannten die Menschen die Schönheit, die dort auf einem Mäuerchen saß und sich in der Sonne putzte. Rauchgrau ihr dichtes Fell, mit zarten, dunklen Streifen. Augen von einem erstaunlichen Blau, wie die See an einem Sommertag. Kurz und gut, auf den ersten Blick verliebte sich unser Held, Schnurrhaar über Pfote, in die fremde Schönheit.

«Darf ich mich Euch nähern, schönste Dame?», fragte der Kater, wobei er seine gesamte britische Höflichkeit in das Schnurren legte. «Ist es gestattet?»

«Ah, un Anglais», antwortete sie. «Was hat Eusch 'ierher verschlagen? Seid Ihr nischt mein Feind?»

«Niemals könnte ich Euer Feind sein, Madame», antwortete Trim Weißpfote, während er eine Tatze vor die andere setzte, um sich der Schönen zu nähern. Nach allen Regeln der Kunst umgarnte unser Held die begehrte Dame, der dies zu gefallen schien. Doch gerade, als er ihr seine Liebe erklären wollte, läuteten die Glocken des Kirchturms und erinnerten mich ... ihn an seine Pflicht.

«Ich muss mich verabschieden, ma belle», bemühte der Kater das wenige Französisch, was er in den Häfen aufgeschnappt hatte. «Zurück in die Gefangenschaft. Aber ich werde wiederkommen. Für Euch entfliehe ich dem Kerker.»

«Mais oui, das 'offe isch», antwortete sie, und in ihren Augen las er ein Versprechen, das ihn vor Aufregung trippeln ließ. «Isch werde auf Eusch warten.»

Als er am Abend Matthew Flinders mit Kunststückchen unterhielt, flohen die Gedanken des Katers immer wieder aus dem Kerker. Zu ihr, zu der einen, die er unbedingt wiedersehen wollte. Würde er seinen Menschen für Nébuleuse verlassen, fragte sich der Kater? Aber warum sollte er sich mit dieser Frage plagen, konnte er doch weiterhin beides verbinden - die sonnigen Tage verbrachte er mit der schönsten Katze, die er je gesehen hatte; in den kühlen Nächten leistete er seinem Menschen Gesellschaft, der immer schlechterer Dinge war.

So hätte unser Held sein Leben verbringen können, hätte das Schicksal nicht andere Pläne mit ihm gehabt. Eines schönen Nachmittags, den er mit seiner Herzenskatze in der Sonne verbrachte, zogen dunkle Wolken über ihr Liebesglück.

«Isch fürschte, dass die dummen Menschen uns trennen werden, chéri», sagte die schöne Katzendame. «'eute 'örte isch sie davon reden, dass Maßnahmen wegen die britischen Spione getroffen werden. Das klang bedrohlisch.»

«Fürchte dich nicht, ma chérie», antwortete unser Held, inzwischen ein Experte in französischen Koseworten. «Ich werde nicht zulassen, dass man uns trennt.»

Doch seine Wachsamkeit war geweckt, und schneller als erwartet musste er handeln. Matthew Flinders, der um die Sicherheit seines Katers besorgt war, bat eine französische Dame, Trim Weißpfote aufzunehmen, als Spielgefährten ihrer Tochter. Weit entfernt von seiner geliebten Katze sollte unser Held sein Dasein als Schmusetier eines verwöhnten Kindes fristen.

Niemals. Doch der Mensch konnte ihn nicht verstehen.

«Ach, Trim. Wir werden uns nur eine kurze Zeit trennen.» Mat-

thew Flinders kraulte dem Kater den Kopf. «Bei der Französin bist du sicher. Sicherer als hier. Und wenn ich wieder frei bin, gehen wir zusammen auf große Fahrt.»

«Miörgh», antwortete unser Held, voller Trauer und Wehmut, wusste er doch, dass es ein Abschied für immer war.

«Bist ein guter Freund, Trim», sagte Matthew Flinders, während er gedankenverloren den Kater streichelte. «Wir sehen uns bald wieder.»

Ein letzter Blick auf den Menschen, mit dem der Kater sein Leben verbracht hatte, ein letztes Moargh zum Abschied. Dann trug ihn die Französin davon. In einem Korb, als wäre er Gemüse, das man vom Markt geholt hatte. Obwohl seine Gastgeber alles versuchten, ihn einzusperren, gelang es dem Kater schnell, zu entwischen. Denn die Kraft der Liebe zog ihn zu seiner wunderschönen Katze.

Es kostete ihn einige Überredungskunst, die schöne Nébuleuse davon zu überzeugen, dass sie mit ihm durchbrennen und frei in den Wäldern leben sollte, hatte die verwöhnte Lady in ihrem Leben doch bisher noch nicht eine Maus gefangen.

******

«Autsch», sagte der Kater, weil ihn die Katze an dieser Stelle biss. So wie jedes Mal. «Aber wenn es doch wahr ist.»

«Erzähl weiter. Nur die Geschichte. Ohne freche Ausschmückungen.»

******

Aber da das Feuer der Liebe in ihr genauso stark brannte wie in ihm, gelang es Weißpfote, sie zur gemeinsamen Flucht zu überreden. Katze und Kater mussten sich sehr geschickt anstellen, um ihren Häschern zu entkommen, hatte Trim Weißpfotes Flucht doch große Aufmerksamkeit erregt. Das kühne Entkommen des Katers hatte es zu einer Nachricht in die örtliche Zeitung gebracht, eine Belohnung von zehn spanischen Dollar war ausgesetzt, falls jemand ihn dem Mädchen zurückbrächte.

Die unvermutete Aufmerksamkeit zwang die Flüchtigen dazu, sich zu tarnen. Die schöne Nébuleuse wälzte sich im Ruß, bis ihr wunderbar silbernes Fell von einer langweilig grauen Farbe war. Auch der Kater nutzte den Ruß, um seine auffallenden Pfoten und den Stern auf meiner Brust zu kaschieren. Hätten die Menschen sie aufmerksamer angesehen, so wäre ihnen sicher aufgefallen, dass die Katze und der Kater nur getarnt waren, aber Menschen sehen nur das, was sie erwarten, sodass die beiden erfolgreich ein neues Leben beginnen konnten.

******

«Papa, was ist aus deinem Menschen geworden?», fragte Streifenfell und gähnte. «Ist er in das kalte Land zu seiner Frau zurückgekehrt?»

«Ich fürchte, er ist noch immer ein Gefangener.» Beruhigend fuhr der Kater dem Kätzchen übers Fell, nachdem es ihn erschrocken angesehen hatte. «Aber ich hörte, er nutzt die Zeit, um ein Buch zu schreiben.»

«Im Gedenken an seinen treuen Kater Trim», ergänzte die Katze, die sich enger an den Vater schmiegte. «Der Mensch schätzte dich mehr, als du dachtest.»

«Ja», antwortete der Vater. «Aber ein Kater muss wissen, wo sein Platz ist und wann die Zeit der Abenteuer vorbei ist.»

«Warum im Gedenken?», fragte Weißschwanz, der immer noch auf weitere Abenteuer hoffte.

«Wie ich hörte, glaubt Matthew Flinders, dass entlaufene und hungrige Sklaven seinen Kater gefangen, gebraten und gegessen hätten, was ihn sehr betrübte», antwortete der Kater. «Als ob ich so dumm wäre, mich fressen zu lassen.»

«Der arme Mensch», sagte die Katze. «Allein im Kerker und voller Schuldgefühle.»

«Gute Nacht!», riefen da die Kätzchen, denen das Gespräch viel zu ernst wurde. «Erzählt ihr uns morgen wieder eine Geschichte?»

«Machen wir. Aber nun schlaft.» Die Katze putzte jedes ihrer Kinder. Dann wandte sie sich dem Kater zu. «Wünschst du dir manchmal wieder das Abenteuer herbei?»

«Kann es ein schöneres Abenteuer geben, als zu sehen, wie unsere Kleinen von Tag zu Tag größer werden?» Er gab ihr einen Nasenkuss. «Und an dir finde ich mehr Entdeckenswertes als an Neuholland.»

«Bist du sischer, dass du kein Franzose bist, ma chéri?», fragte die Katze. «So viel Charme bringt ihr Engländer doch niemals auf.»

«Du bringst das Beste in mir hervor, mein großes Abenteuer.»

Linus Langnase, Ausbrecherkönig

Katzen sind ein geheimnisvolles Volk –
es geht ihnen mehr durch den Kopf,
als uns bewusst ist.
Walter Scott

«Was hast du nur mit dem Flur, Linus? Oder willst du wieder in den Keller, Spinnen jagen?», fragte die Frau. Inzwischen kannte Linus Langnase die Menschen so gut, dass er die Mischung von Unverständnis und leichter Verzweiflung aus ihrem Tonfall heraushörte. «Wir haben extra nach einer Wohnung mit Balkon gesucht, damit ihr rausgehen könnt.»

Linus Langnase miepte einmal laut und drehte eine kleine Runde vor der Tür. Er bemühte sich sehr, sich seine Enttäuschung nicht anmerken zu lassen, weil die Frau immer noch nicht begriffen hatte, was er sich von ihr wünschte. Dabei war es doch so einfach: Miepen und einen Kreis laufen bedeutete, dass er die Welt vor der Tür erkunden wollte. Ein lautes «Möff» hieß, dass er wieder Einlass in die Wohnung begehrte, um sich auf dem warmen Bett zusammenzurollen, oder dass er etwas zu fressen nicht abgeneigt war.

An manchen Tagen begriff die Frau seine Forderungen auf Anhieb. Aber dann gab es wieder Tage wie diesen, an dem sie seltsame Seufzer von sich gab und ihm weiszumachen versuchte, dass er doch bitte nicht vor die Tür gehen solle. Warum es Menschen so schwerfiel, Kätzisch zu verstehen, konnte sich Linus Langnase beim besten Willen nicht erklären. Schließlich hatte er nur ein paar Tage gebraucht, um die Sprache der Menschen zu lernen. Die einzige Schwierigkeit bestand darin, sie nicht merken zu lassen, wie viel er wirklich verstand, sondern vorzugeben, dass er gerade mal seinen Namen und das Wort «Fressi» (auch wenn er das extrem dümmlich fand) begriff.

«Ach, Lini-Bärchen, wenn ich dich rauslasse, dann wollen die anderen auch nach draußen, und irgendwann landet einer von euch noch auf der Straße.»

Straße? Meinte sie den breiten grauen Streifen, den Langnase vom Fenster aus beobachten konnte? Dieses dunkle Band, auf dem die Menschen und Kläffer und diese seltsamen, lauten Stinker sich entlangbewegten? Die Frage, wohin sie alle wohl verschwanden, hatte ihn lange beschäftigt. Wieder einmal hatten die Kater, mit denen er hier zusammenlebte, keine vernünftigen Antworten gewusst.

«Kleiner, was machst du dir immer für unnötige Gedanken», hatte der große schwarze Kater gemauzt. Aus zusammengekniffenen Augen hatte er Langnase bedrohlich gemustert. Bei ihm konnte man nie ganz sicher sein, ob er nicht unvermutet angriff. «Es ist doch egal, wohin die Menschen gehen, solange sie nicht in unser Revier eindringen.»

«Fremde? In unserem Revier?», erklang es panisch von oben. Als Langnase hochsah, entdeckte er die Ohrenspitzen des großen weiß-schwarzen Katers, der sich flach auf den Schrank duckte, um nur ja nicht gesehen zu werden. «Wo sind sie?»

«Krieg dich wieder ein», schimpfte der mollige, grau getigerte Kater, der sich zu ihnen gesellt hatte, weil er auf etwas zu fressen hoffte, so wie stets. «Wir sprachen von hythetischen Fremden.»

«Von was?» Mit aufgerissenen Augen stand der Weiß-Schwarze am Rand des Schranks, bereit zu springen, um sich ein besseres Versteck zu suchen. «Sind hythetische Fremde gefährlich?»

«Er meint *hypothetisch*», antwortete der große Schwarze gelangweilt, während er sich die linke Hinterpfote putzte, um deutlich zu zeigen, wie wenig er von dem Grautiger hielt. «Wenn man Fremdwörter nicht beherrscht, sollte man sie besser nicht in den Mund nehmen. Sonst steht man da wie ein Blödmann.»

«Wen nennst du hier Blödmann?» Schneller, als Linus Langnase ihm zugetraut hätte, sprang der Graugetigerte nach vorne, schlug dem Schwarzen die Krallen ins Fell und galoppierte davon. «Selber Blödmann!»

«Ich krieg dich, Blödmann!» Mit gewaltigen Sätzen raste der schwarze Kater seinem Gegner hinterher.

Von den drei Blödmännern bekomme ich nie eine Antwort auf meine Fragen, dachte sich Langnase. Vielleicht konnte ihm der Neuzugang helfen. Erst vor wenigen Wochen war ein winziger schwarzer Kater in ihrem Revier aufgetaucht und hatte unter Einsatz von Zähnen und Krallen klargestellt, dass er vielleicht zierlich, aber keinesfalls ungefährlich war. Bisher hatte Langnase lieber Abstand gehalten, aber jetzt war seine Neugier groß genug, den Winzling zu suchen.

«*Hola*», gurrte Langnase den kleinen Kater namens Krummschwanz freundlich an. Der lag auf der Fensterbank und ließ sich die Sonne auf den Pelz scheinen. Langsam öffnete er die

Augen ein wenig und musterte Langnase. «*Hola*», wiederholte der. «Störe ich?»

«Komm mir bloß nicht auf plump-vertraulich, nur weil wir beide aus Spanien sind. Was willst du?» Krummschwanz stand auf und reckte sich, wobei er seine langen Krallen ausfuhr. Immens lange Krallen für einen so kleinen Kerl und eine deutliche Warnung an Langnase, nicht näher zu kommen. «Das ist mein Platz.»

«Ich will ihn dir nicht wegnehmen.» Zum Zeichen seiner friedlichen Absichten legte Langnase sich hin und blinzelte mehrmals, bis der kleine Kater sich wieder beruhigte. «Ich möchte dich nur etwas fragen.»

«Hab auch keine Ahnung, wie wir hierhergeraten sind», wiegelte Krummschwanz ab. Er gähnte ausgiebig. «Interessiert mich auch nicht. Hier gibt es genug zu essen und weniger von uns als da, wo ich vorher gewohnt habe.»

«Das stimmt», musste Langnase zugeben. Wie es sein konnte, dass er morgens auf seiner Heimatinsel Teneriffa eingeschlafen war, um abends hier aufzuwachen, hatte ihn am Anfang seines neuen Lebens umgetrieben. Aber inzwischen hatte er sich damit abgefunden, weil es ihm sowieso niemand hatte erklären können. «Aber ich wollte wissen, ob du mir etwas darüber erzählen kannst, was die Menschen ‹Straße› nennen.»

«Ich?» Krummschwanz zuckte mit den Ohren. «Ich bin doch erst seit kurzem hier. Frag die anderen.» Damit drehte er Langnase den Rücken zu. Nur an seinen Ohren, die sich immer noch bewegten, erkannte Langnase, wie aufmerksam der kleine Kater blieb, obwohl er auf den ersten Blick entspannt wirkte.

«Danke», gurrte Langnase. Ein bisschen Höflichkeit hat noch keinem geschadet, das hatte seine Mutter ihm beigebracht. Etwas leiser maunzte er aber: «Auch wenn ich jetzt genauso schlau bin wie vorher.» Es war, wie Langnase erwartet hatte: Letztlich blieb es wieder an ihm hängen, die Geheimnisse der Welt zu lüften.

Die anderen Kater waren zufrieden mit ihrem Leben, wie es war. Für sie war die Straße etwas, das es vor der Tür gab, das sie nicht bedrohte und das man nicht fressen konnte. Also gänzlich uninteressant. Aber dass dort etwas Sensationelles auf ihn wartete, das spürte Linus Langnase in den Spitzen seiner Schnurrhaare. Er musste nur noch eine Gelegenheit finden, den Geheimnissen auf die Spur zu kommen.

Auf seine Menschen konnte er dabei nicht zählen. Der Mann öffnete ihm nie die Tür – im Gegenteil: Oft stritt er mit der Frau, wenn sie Langnase wieder einmal auf den Flur gelassen hatte. Aber auch die Frau hatte ihm noch nie eine der beiden anderen Türen geöffnet, hinter denen Langnase die Straße vermutete. Da halfen nur Geduld und Warten. Etwas, das Langnase gut beherrschte.

«Willst du eine Maus fangen, nützt dir Geduld mehr als Schnelligkeit», lautete das erste Jagdgebot, das seine Mutter ihm beigebracht hatte. «Schnell sind viele, geduldig nur die Klugen. Möchtest du zu den Klugen gehören, Langnase?»

«Ja, Mama», hatte er brav geantwortet und unendlich lange vor den Mauselöchern ausgeharrt, bis seine Mutter ihn abholte. An manchen Tagen beschlich Langnase das Gefühl, sie setzte ihn immer vor leere Löcher, damit er sich in Geduld üben lernte. Aber sie hatte recht behalten. Geduldig auf seine Chance warten zu können hatte Langnase bisher stets weitergebracht.

Also wartete er und tat so, als hätte er kaum noch Interesse daran, vor die Tür zu gehen. Wenn die Frau ihn hinausließ, blieb er so lange in Sichtweite, bis sie sich offenbar in

Sicherheit wiegte. Ihre Aufmerksamkeit ließ nach, sodass er seine Chance förmlich vor der Tür stehen sah.

«Miöp?»

«Na gut. Ausnahmsweise, weil das Wetter so schön ist. Und weil ich ein schlechtes Gewissen habe, wenn ich dich einsperre.» Sie öffnete die Tür einen Spaltbreit. «Aber dass du mir nicht stiften gehst.»

«Nöck», antwortete Langnase. Das bedeutete, dass er sich bemühen würde, ihr aber nichts versprechen konnte, aber sie verstand ihn ja leider nicht. «Nöck, nöck.»

Auf der anderen Seite der Tür schaute er sich noch einmal um. Die Frau sah ihm nach, schien zu überlegen, ob sie ihn nicht wieder in die Wohnung bugsieren sollte. Das war das Signal für Langnase, in einem schnellen Trab die Treppenstufen bis zur Kellertür hinabzulaufen, die zu seiner Freude offen stand. Heute würde er Achtbeiner jagen, selbst wenn sich ihre Spinnweben in seinem Fell und den Schnurrhaaren verfingen. Einen Moment blieb er vor der Kellertreppe stehen, um zu lauschen, ob da wirklich kein Mensch war. Neulich war Langnase beinahe in den Nachbarn von links unten gerannt, der im Keller sein Fahrrad reparierte. Sie hatten sich beide erschreckt, aber Langnase hatte sich schneller wieder gefangen und war davongerast.

Nein, heute war Ruhe. Er lief die Treppe hinab, da verspürte er unvermutet einen Luftzug. Langnase schnupperte. Er erkannte Gras und Erde und Vögel.

Vögel! Beute!

Zielsicher folgte er seiner Nase zur zweiten Tür, die normalerweise immer verschlossen war. Heute stand sie offen. Wann, wenn nicht jetzt? Draußen wartete das Abenteuer! Die linke Pfote bereits an der Kellertür hielt Langnase einen Augenblick inne. Ach, was sollten dort schon für Gefahren drohen? Falls es ihm zu unheimlich wurde, blieb ihm jederzeit die Flucht zurück ins Haus.

Stufe um Stufe erklomm er den Weg in die Freiheit und das Abenteuer. Oben angekommen, sah Langnase sich um. Ihm schwindelte von der Weite, die sich vor seinen Augen erstreckte. Rasen, Häuser, Garagen, Blumen und Bäume – all das hatte er vom Fenster aus gesehen, aber nie war ihm klar gewesen, wie groß die Welt wirklich war, wie stark sie roch und wie intensiv sie auf seiner Zunge schmeckte. Langnase musste sich setzen, so viele Eindrücke strömten auf ihn ein. Er schaute nach oben zum Balkon, von wo aus er sonst herunterguckte.

Oh! Auf dem Balkon stand der Mann, goss die Blumen und starrte Langnase an. Der nahm das zum Anlass, geduckt in den Garten davonzuschleichen.

«Guck mal, die Katze da unten sieht aus wie Linus», hörte er den Mann rufen. «Komisch, die habe ich hier noch nie gesehen.»

«Verflucht! Linus! Liiinus!», schrie die Frau, riss hektisch die Wohnungstür auf und lärmte die Treppen hinunter. «Lini, komm her, du Mistvieh!»

Rattendreck! Sie hatten ihn entdeckt – dabei hatte er noch nicht einmal erkunden können, ob sich in der Hecke vor ihm Vögel versteckten, die ein leichtes Mittagessen hätten werden können. Sollte er fliehen oder abwarten, was geschah? Aber es würde ihm nicht gelingen auszubüxen; zu früh hatten die Menschen ihn bemerkt. Also blieb er besser hier sitzen und schaute sich an, wie seine Menschen reagierten.

Der Mann ließ die Gießkanne fallen, um seiner Frau hinterherzulaufen. «Wie oft habe ich ihr gesagt, dass sie die Kater nicht auf den Flur hinauslassen soll!», grollte er vor sich hin.

Doch je näher Langnase die Schritte der Frau kommen hörte, desto mehr fragte er sich, ob er sich wirklich fangen lassen sollte. Nein! Es erschien ihm viel klüger, ins Haus zu laufen und sich dort ein Versteck zu suchen, in dem er abwarten konnte, bis alle sich wieder beruhigt hatten.

Also rannte er an der Frau vorbei die Kellertreppe hinunter, auf der anderen Seite die Stufen wieder hoch bis in den Flur, von dort galoppierte er mit senkrecht hochgestelltem Schwanz die Treppen hoch, am Mann vorbei. Vor der Wohnungstür bremste er so abrupt ab, dass sein Hintern nach links ausbrach, nur knapp konnte er sein Gleichgewicht halten. Schnell über den Flur, ins Schlafzimmer, unters Bett. Hinter sich hörte er die Menschen die Treppe hoch und in die Wohnung kommen.

«Die Mieter von unten haben die Kellertür offen gelassen.» Die Frau rang um Atem. «Das konnte ich ja nicht ahnen.»

«Damit musst du rechnen. Die Haustür steht auch oft auf. Ich sag doch immer, lass die Kater nicht raus.»

«Du hast ja recht. Jetzt ist aber nur wichtig, dass Lini nichts passiert ist.»

«Ich hoffe, du hast wenigstens was draus gelernt.»

«Ach, komm, du weißt doch, dass Kater Jäger sind und die Welt erkunden wollen.» Inzwischen hörte die Frau sich verärgert an. «Du kannst sie nicht in Watte packen und vor allem beschützen.»

Vorsichtig streckte Linus Langnase den Kopf unter dem Bett hervor. Sein Herz pochte laut und schnell, weil er so eilig die Treppe hochgerannt war. Weil er dort draußen so viel gesehen und gerochen und gespürt hatte, dass ihm nun ganz flau war: der angenehm duftende Boden, der an seinen Pfoten pikste, das leise Gewisper von Beutetieren. Die unendliche Weite des

Himmels, der sich über seinem Kopf erstreckte. Und die große Freiheit mit ihren Versprechungen von Abenteuern und neuen Erfahrungen.

Nur eine Tür stand zwischen ihm und all diesen Verheißungen. Und ein Mann und eine Frau, die sich gerade seinetwegen stritten. Sosehr er auch darüber nachdachte – Linus Langnase wollte einfach keine Erklärung dafür einfallen, warum seine Menschen ihn einsperrten und warum es seinen Mitkatern nichts auszumachen schien. Sie waren zufrieden, wenn sie im Sommer auf dieses Stück Stein treten konnten, das die Menschen Balkon nannten.

Was einmal funktioniert hatte, würde auch ein zweites Mal funktionieren, das sagte ihm seine Lebenserfahrung. Langnase stellte sich vor die Tür und gab einen kläglichen Laut von sich. Natürlich erst, nachdem der Mann in seinem Arbeitszimmer verschwunden war.

«Ach, Kater, hast du heute nicht schon genug erlebt?», fragte die Frau. Unschlüssig blieb sie vor der Tür stehen. «Wenn *du* wieder abhaust, kann *ich* mir wieder was anhören.» Dennoch bewegte sich ihre Hand auf die Türklinke zu.

Langnase witterte seine Chance. Er hob den Kopf, schaute die Frau mit großen Augen bittend an und gab ein zaghaftes «Miarf» von sich, dem sie sicher nicht widerstehen könnte. Warum auch immer, die Frau plagte ein schlechtes Gewissen, wenn sie Linus einen seiner Wünsche abschlug. Das funktionierte auch beim Fressen gut: Maunzen, Augen aufreißen – und es gab etwas Leckeres. «Miarf», wiederholte Langnase, um deutlich zu machen, wie wichtig es ihm war, im Keller nach dem Rechten zu sehen. «Miaaarf.»

«Ach, wird schon gutgehen. Kurz vor Mitternacht sind die Türen bestimmt zu. Bis gleich, Süßer.»

Rasch schlüpfte er durch den Türspalt, bevor sie es sich anders überlegen konnte. Während er die Treppe hinablief, roch er bereits den Duft der Freiheit. Schnell, schnell, bevor die Frau merkte, wie sehr sie sich geirrt hatte, zog Linus Langnase mit der Pfote die angelehnte Kellertür so weit auf, dass er sich hindurchschlängeln konnte.

Freiheit!

Freiheit und Dunkelheit.

Linus Langnase blieb stehen. Er duckte sich an den kühlen Boden. Erstaunlich, von drinnen hatte die Dunkelheit nie so ... *dunkel* ausgesehen. Noch konnte er zurück, und seine Menschen würden seinen erneuten Ausbruchsversuch nicht einmal bemerken. Aber er wäre nicht Linus Langnase, wenn er sich von so ein bisschen Dunkelheit einschüchtern ließe – auch wenn die sehr, sehr dunkel war. Sicherheitshalber schlich Langnase zur Hauswand, um von dort aus die Welt zu erkunden.

Sein Herz hämmerte so laut, dass er die Geräusche der Umgebung kaum hören konnte. Also streckte er die Nase in die Luft, um herauszufinden, ob von irgendwoher Gefahr drohte. Gras, frisch und kräftig nach dem Regen der letzten Tage. Eine Spur von Vögeln, aber zu alt, als dass es sich gelohnt hätte, auf die Jagd zu gehen. Die Markierungen eines Kläffers, überall, aber glücklicherweise ebenfalls schon älter. Vorsichtig setzte Linus eine Pfote nach vorn, dann noch eine, bereit, sich ins Abenteuer zu stürzen.

Aber was war das?

Langnase erstarrte. Nur seine Ohren spielten nach vorn und

nach hinten, um der Ursache des plötzlichen Geräuschs auf die Schliche zu kommen. Handelte es sich um Beute oder um einen Feind? Konnte er den Verursacher fressen, oder würde er gefressen werden? Ein dünner Lichtstrahl strich über Gras und Mauern und verfehlte Linus nur knapp. Er duckte sich noch tiefer auf den Boden und schloss die Augen, damit ihn deren Funkeln nicht verriet.

«Liiihinus?», ertönte es. «Lini, komm nach Hause.»

«Wie oft habe ich gesagt, dass du ihn nicht rauslassen sollst?» Der Mann. Rattendreck!

«Nicht jetzt. Wenn wir Lini gefunden haben, kannst du mir deine Predigt halten.» Die Frau klang so ängstlich, dass Langnase beinahe zu ihr gelaufen wäre. Aber dann würde er sicher nie wieder die Gelegenheit erhalten, die Freiheit zu erkunden.

«Linus, komm her. Linus!», rief auch der Mann, während er durch die Dunkelheit ging. Ein-, zweimal kam er Langnases Versteck sehr nahe, aber zum Glück besaßen Menschen ja nur schwache Sinne, sodass er ihn im Dunkeln weder sehen noch riechen konnte.

«Ich hole Futter. Du bleibst hier und suchst nach ihm. Haben wir keine bessere Taschenlampe?» Die Stimme der Frau zitterte.

«Geht schon. Er kann ja nicht so weit gelaufen sein.»

Linus konnte den Zweifel im Tonfall des Mannes hören, der zum Glück nicht ahnte, wie nah er der Wahrheit war. Ganz, ganz vorsichtig drückte Linus sich tiefer in den Schatten der Mauer und hoffte, dass sein schwarzes Rückenfell ihn tarnte und der Lichtstrahl der Taschenlampe nicht zufällig über seinen weißen Bauch oder seine weißen Pfoten strich.

«Lini, komm her!» Die Frau war zurückgekehrt, in der Hand

hielt sie etwas und schüttelte es. Das Geräusch erkannte er sofort. Fressen.

Langnase lief das Wasser im Maul zusammen. Bevor er nachdenken konnte, hatte die Gier ihn schon zwei Sprünge auf die Frau zugetrieben. Im letzten Moment hielt er an. Da hätte sein Magen ihm beinahe einen Streich gespielt! Tief duckte der Kater sich ins Gras, damit die Frau ihn nicht entdeckte.

«Lini, komm. Lecker Fressi-Fressi.» Sie seufzte. «Er ist nicht hier. Ich suche ihn vor dem Haus, vielleicht stand die Haustür ja auch offen.» Rufend ging sie langsam davon.

Der Mann lief ziellos auf und ab, schwenkte den dünnen Lichtstrahl von einer Seite zur anderen, ohne dass Linus Langnase nur einmal Gefahr gelaufen wäre, ertappt zu werden. «Mist. Als hätte ich es ihr nicht dauernd gesagt. Hoffentlich passiert dem Kater nichts», murmelte der Mann vor sich hin. «Lihini, komm her. Kater, komm», rief er leise.

Aus der Sicherheit seines Verstecks beobachtete Linus Langnase das Geschehen. Er musste zugeben, dass es draußen langweiliger war, als er sich vorgestellt hatte. Wo waren die Amseln, die er vom Fenster aus gesehen hatte? Nur ein schwacher Duft bezeugte, dass er die Vögel nicht geträumt hatte. Wenn hier weiter so wenig passierte, konnte er auch gleich wieder nach Hause zurückkehren.

Vorsichtig, damit der Mann ihn nicht bemerkte, trabte Langnase an der Hauswand entlang zur Kellertreppe.

«Linus!»

Rattendreck! Wie hatte der Mann ihn nur entdeckt? Schnell zurück in die Wohnung, bevor es Ärger gab! Wieder hetzte Langnase los, die Kellertreppe hinunter, durch den Keller, die Kellertreppe hinauf, über den kleinen Flur, die Haustreppen nach oben, bis er vor der Wohnungstür stand. Geschlossen!

Aufgeregt trippelte er von einer Pfote auf die andere. Von drinnen konnte er die anderen Kater hören, die neugierig hinter der Tür lauerten. Dumm nur, dass keiner von ihnen die Tür öffnen konnte.

«Da bist du ja, Kater.» Langnase hatte den Mann bereits die Treppe heraufpoltern gehört; Menschen war es einfach nicht gegeben, sich unauffällig zu bewegen. «Du Ausbrecherkönig.»

Kaum hatte sein Herrchen die Tür einen Spaltbreit aufgeschoben, schlüpfte Linus Langnase an ihm vorbei und galoppierte in die Sicherheit des Schlafzimmers. Unter dem Bett konnte er in Ruhe darüber nachdenken, warum der Mann ihn entdeckt hatte.

«Wie hast du ihn nur gefunden?», hörte Langnase die Frau fragen, die inzwischen ebenfalls wieder zurück war.

«Reines Glück. Er hat mich entdeckt und ist dann schnurstracks ins Haus gelaufen.»

«So ein Schlawiner.» Die Erleichterung war ihr anzuhören.

«Wenn du ihn nicht rausgelassen hättest ...»

«Wer lässt schon nachts die Kellertür offen stehen? Das ist unverantwortlich», verteidigte sich die Frau.

«Lenk nicht davon ab, dass du ihn nach draußen gelassen hast. Wenn der Kater unter ein Auto gekommen wäre ...» Der Mann klang so gereizt, dass Langnase sich noch etwas tiefer unter das Bett zurückzog.

«Du hast ja recht», lenkte die Frau ein. «Aber ich kann Lini einfach nicht widerstehen, wenn er mich aus seinen großen Augen anguckt.»

In der Sicherheit unter dem Bett konnte sich Langnase ein breites Cheshire-Cat-Katergrinsen nicht verkneifen. Weil die Frau seinetwegen Ärger mit ihrem Mann hatte, meldete sich kurz sein schlechtes Gewissen, aber Langnase schüttelte es rasch wieder ab. Schließlich konnte niemand verlangen, dass er seine Neugier einschränkte, nur weil der Mann es so wünschte.

«Versprich mir, dass du den Kater nicht mehr auf den Flur lässt.»

«Das kann ich nicht. Das will ich auch nicht», sagte die Frau entschieden. «Ich kann Lini nicht nur in der Wohnung halten ...»

«Also gut. Dann achte wenigstens darauf, dass die Türen nach draußen geschlossen sind.»

«Großes Ehrenwort!», antwortete die Frau. Dann ging sie neben dem Bett in die Knie, schaute Linus Langnase an und flüsterte ihm zu: «Also, Kater, du hast es gehört: keine Expeditionen mehr. Du bist doch nicht Trim, der Forschungskater.»

Nein, dachte Langnase, aber neugierig wie alle meiner Art. «Niup», sagte er, um sie zu beruhigen.

«Wo ist Linus?» Der panische Schrei der Frau war durch die ganze Wohnung zu hören. Sie riss die Tür zum Balkon auf. «Hier ist er auch nicht.»

«Hast du unterm Bett nachgesehen?»

«Selbstverständlich!»

«In der Badewanne?»

«Na sicher.»

«Im Arbeitszimmer?»

«Doppelt und dreifach. Der Kater ist nirgends.»

«Dann ist er wieder stiften gegangen.»

«Nicht schon wieder!»

Langnase hörte, wie seine Menschen durch die Zimmer liefen, Türen aufrissen und wieder zuschlugen. Währenddessen stritten sie sich lautstark.

«Die Haustür stand offen, als ich nach Hause gekommen bin!», grollte der Mann. «Du hast doch versprochen, ihn dann nicht rauszulassen.»

«Habe ich auch nicht», entgegnete die Frau. «Er muss an mir vorbeigeschlüpft sein, als ich das Altpapier vor die Tür gestellt habe.»

«Und du hast es nicht gemerkt?» Der Zweifel im Tonfall des Mannes war nicht zu überhören. «Na gut, ich suche wieder hinter dem Haus. Du guckst vorne.»

Eine Weile herrschte Ruhe in der Wohnung, was Langnase zu einem ausgiebigen Schläfchen nutzte. Als sich der Schlüssel im Schloss drehte, öffnete er die Augen und gähnte.

«Was sollen wir nur machen?» Die Frau schien den Tränen nah. «Von den Nachbarn hat ihn auch keiner gesehen. Soll ich im Tierheim anrufen?»

«Bleib ruhig.» Wie immer blieb der Mann etwas gelassener. «Linus ist ein kluger Kater. Die letzten Male ist er auch von allein wieder nach Hause gekommen.»

«Meinst du wirklich?»

«Ja, Katzen sind doch schlau. Neulich habe ich von einer gelesen, die quer durch Australien gelaufen ist, um nach Hause zu finden.»

«Ganz so weit hat Linus es ja nicht. Lass uns die anderen füttern. Holst du ein paar Dosen aus dem Schrank?» Langsam klang die Frau wieder etwas fröhlicher.

Licht drang in Linus Langnases Versteck. Müde blinzelte er den Mann an, der ihn überrascht anstarrte. «Komm mal her. Schnell!», rief er über seine Schulter. «Das glaubst du nicht.»

«Was ist denn?» Linus hörte, wie sich Schritte näherten. Kurz darauf bestaunte ihn auch die Frau.

Langnase erhob sich, streckte sich nach vorne und nach hinten und gähnte ausgiebig. «Miargh?» Hoffentlich begriffen die Menschen, dass ihm ein kleiner Imbiss jetzt genehm wäre.

«Dieser verflixte Kater. Guckt uns an, als könnte er kein Wässerchen trüben. Wie ist er da nur hineingekommen?» Das Lachen des Mannes verriet, dass er Linus nicht böse war.

«Ich habe vorhin Milch aus dem Schrank geholt, da muss er sich an mir vorbeigeschlichen haben.» Die Frau schüttelte den Kopf. «Also, Kater. Das war bisher dein Husarenstück.»

Wieso? Langnase hatte sich doch nur einen Platz gesucht, an dem er ungestört schlafen konnte. War das jetzt etwa auch verboten? Er hüpfte aus dem Schrank und ging gefolgt von der Frau zur Wohnungstür. «Nuck?», fragte er. Nach dem Schläfchen könnte er jetzt ein Abenteuer gut vertragen. Oder lieber erst etwas essen?

«Ach, Lini-Bär, was mach ich nur mit dir?», fragte ihn die Frau.

«Lass die Tür eben zu.» Langnase sah seine Chancen schwinden, heute noch nach draußen zu gelangen.

«Aber wenn er so gerne hinausmöchte ...»

«Das geht hier eben nicht», beharrte der Mann. Willst du etwa, dass er überfahren wird?»

«Natürlich nicht, das weißt du doch. Ich kann aber verstehen, dass Linus die Welt erkunden will.»

«Er ist eben kein Hund, mit dem du spazieren gehen kannst.»

«Mensch, das ist eine Idee!»

Die Frau klang begeistert, trotzdem blieb Langnase erst einmal vorsichtig. Er wusste schon, dass die angeblich guten Ideen der Menschen nicht unbedingt in seinem Sinne waren. Verschlossene Türen zum Beispiel.

«Morgen kaufe ich ein Katzengeschirr, und dann geht's ab in den Garten, Lini.»

Ein Katzengeschirr? Das hörte sich bedrohlich an, aber wenn er damit in die Freiheit kam, würde er auch ein Katzengeschirr akzeptieren. Aber vorher brauchte er dringend etwas zu fressen und ein Nickerchen, damit er morgen ausgeruht und satt der Freiheit und dem Katzengeschirr entgegentreten konnte.

Das Abenteuer seines Lebens

Katzen lieben einen so sehr - mehr,
als sie zugestehen können.
Aber sie haben so viel Weisheit,
es für sich zu behalten.
Mary Wilkins Freeman

«Geht es meinem Schnurri-Burri gut? Hat dir dein Happi-Schlappi geschmeckt?»

Das dümmliche Gesäusel beleidigte seine Ohren, während zwei Finger mit grellrot lackierten Nägeln sein Kinn kraulten. Prince Charming schüttelte den Kopf und nieste. Tiffany hatte wieder viel zu viel von dem künstlichen Zeug aufgelegt. Warum nur meinten Menschen, dass sie ihren natürlichen Geruch überdecken müssten? Er wandte sich ab und nieste erneut.

«Ist mein Wuschi-Puschi krank?», piepste sie besorgt, bevor sie sich umdrehte und mit scharfer Stimme fragte: «Elisa, ist Ihnen das nicht aufgefallen? Prince Charming niest.»

Eilig hastete seine Betreuerin ins Zimmer. Sie kniete sich neben seine Besitzerin. Gemeinsam musterten die Frauen ihn mit großen Augen. Unergründlich blickte er zurück. Seine grünen Augen funkelten.

«Er sieht gesund aus», verteidigte sich die stämmige, dunkelhaarige Elisa, die dafür zuständig war, ihn zu füttern und zu kämmen. Seine Katzentoilette wurde zweimal täglich von einem Mann gesäubert. Der Mann wechselte, je nachdem, wohin die Reise sie führte. Elisa blieb bei ihm. Auch hier in Venedig, obwohl ihre Familie in der Lagunenstadt lebte. Prince Charming mochte sie, weil sie ihn verstand und es nie gewagt hätte, ihn mit kindischen Kosenamen zu bedenken. Ganz im Gegensatz zu der großen blonden Frau, die sich seine Besitzerin nannte. Die ihn vor zwei Jahren mit viel Gequietsche und Geturtel aus seinem Wurf ausgesucht hatte.

«Oh, was für ein hübscher kleiner Kater», hatte Tiffany gesäuselt und ihn an sich gedrückt. «Den möchte ich haben. So einen kleinen Prince Charming.»

Er hatte sich angekuschelt, nicht, weil er sie mochte, sondern weil er sich vor den Blitzlichtern fürchtete, die von allen Seiten auf ihn einprasselten. Das hatte er bald gelernt: Wohin auch immer seine Besitzerin ihn mitnahm, stets war sie umgeben von Blitzlicht und Menschen. Zu Beginn hatte er sich fauchend dagegen gewehrt, so bedrängt zu werden, aber schnell erkannt, dass es klüger war, sich zu fügen und das Leben zu genießen, das sie ihm bot. Frisches Hühnchen, leicht angebratener Thunfisch oder Lachs, ab und zu Garnelen - dafür nahm er in Kauf, dass Tiffany nur selten Zeit für ihn fand. Ihn so gut wie nicht beachtete, wenn nicht gerade ein Fotograf in der Nähe war. Schlimmer noch - inzwischen hatte sie sich einen winzigen Kläffer angeschafft, dem es nichts ausmachte, in ein rotes Mäntelchen gehüllt in einer Handtasche herumgetragen zu werden. Dinge, die sich Prince Charming von Anfang an verbeten hatte.

Seit er dem Kläfferchen einmal zwei gezielte Krallenhiebe auf die Nase versetzt hatte, die das Hündchen für Stunden wimmernd unters Bett getrieben hatten, war Prince Charming von der Anwesenheit des Köters befreit. Wohin immer sie auch reisten, bekamen der Kläffer und er getrennte Hotelzimmer. Zimmer, in denen er seine Tage damit verbrachte, aus dem Fenster zu starren, etwas Huhn oder Fisch zu sich zu nehmen, zu schlafen und zu warten, bis seine Besitzerin für einen Moment hereinschneite.

«Vielleicht hat er eine Staubflocke in die Nase bekommen.»

Mit einer leichten Neigung seines Kopfes wandte Prince Charming seine Aufmerksamkeit Elisa zu. Obwohl ihre Stimme ruhig klang, konnte er ihre Angst riechen. Tiffany war gefürchtet für ihre Launen. Wenn ihr etwas nicht passte, war sie schnell dabei, jemanden kurzerhand zu entlassen. In den zwei Jahren, die er bei ihr lebte, hatte er schon sieben Frisöre, vier Köche, fünf Visagisten und drei Modeberaterinnen kommen und gehen sehen. Nur seine Betreuerin und der Personal Trainer waren geblieben. Elisas Nervosität verwirrte und beunruhigte ihn, sodass er fragend gurrte.

«Habe ich es nicht gesagt?» Tiffany sprang auf und stampfte mit dem Fuß auf. «Habe ich es nicht gesagt! Es geht ihm nicht gut.»

Elisa erhob sich mit gesenktem Blick, ohne etwas zu erwidern.

«Reicht es nicht, dass mein Verlobter mir heute per SMS das Ende unserer Liebe verkündet hat?» Theatralisch hob Tiffany die Hände. «Nun ist auch noch mein Kuschi-Wuschi krank. Sie ... Sie ...»

«Er ist nicht krank», wagte Elisa zu sagen. Prince Charming zuckte nervös mit den Ohren. Sie hätte es besser wissen müssen. Wenn die Besitzerin in so einer Stimmung war, war es klüger, den Kopf einzuziehen und zu schweigen. «Gestern erst war der Tierarzt da.»

«Tierarzt!», schnaubte Tiffany. «Wohl einer aus Venedig. Ein Verwandter von Ihnen. Man weiß doch, was man von denen halten kann. Rufen Sie die amerikanische Botschaft an. Ich will einen Tierarzt, der in Amerika ausgebildet wurde.»

Sie beugte sich wieder zu ihm herab. «Für meinen Katzi-Schatzi nur das Beste, nicht?»

«Nein!»

Gleichzeitig hoben Tiffany und Prince Charming die Köpfe, schauten Elisa überrascht an. «Was. Haben. Sie. Da. Gesagt?» Wenn Tiffanys Stimme so leise klang, so akzentuiert und klar, dann ... ja, spätestens dann war es Zeit, unter dem Bett oder auf dem Schrank zu verschwinden. «Sie wagen es? Sie ... Sie unnützes Ding, das nicht einmal geeignet ist, eine Katze zu betreuen?»

«Prince Charming ist ein *Kater.*» Elisa richtete sich auf und schob trotzig ihr Kinn vor. «Ein hübscher, kluger Kater, um den Sie sich viel zu wenig kümmern. Er ist kein Spielzeug, sondern ein Lebewesen.»

«Raus!», kreischte Tiffany, so laut, dass Prince Charmings empfindliche Ohren schmerzten. Mit gesträubtem Fell sprang er vom Bett auf den Schrank, um von oben den Streit der beiden Frauen zu beobachten. «Raus! Sie haben eine halbe Stunde, um Ihre Sachen zu packen. Dann sind Sie weg!», rief Tiffany und stapfte aus dem Zimmer.

Das konnte sie doch nicht machen. Wer würde sich denn nun um ihn kümmern? Niemand sonst kannte ihn so gut wie Elisa. Niemand sonst wusste von der Stelle hinter seinen Ohren, die er so gerne streicheln ließ.

Elisa blickte zu ihm auf. «Tut mir leid, mein Schöner», sagte sie mit sanfter Stimme. Auffordernd hielt sie ihm ihre Hand entgegen. Vorsichtig tappte Prince Charming an den Rand des Schranks, um seinen Kopf gegen ihre Hand zu stupsen. «Aber ich konnte es einfach nicht mehr aushalten. Dafür habe ich nicht die Ausbildung zur Tierpflegerin gemacht.»

Er sprang vom Schrank hinunter und schmiegte sich an ihre Beine, um ihr zu zeigen, dass er sie verstand und ihr nicht böse war.

«Das ist doch kein Leben für einen Kater.» Sanft kraulten Elisas Finger seinen Kopf, fuhren über sein Rückenfell. «Diese ständige Herumreiserei. Dieses Jetset-Leben. Du solltest in der Sonne liegen, Blättern nachjagen und es dir gutgehen lassen. Vielleicht mal eine Maus fangen. Du musst sie ja nicht umbringen oder fressen.»

Elisa verstummte, als hätte ihr etwas die Sprache verschlagen. Er hob den Kopf, um sie anzusehen. Tränen rannen über ihr Gesicht.

«Es tut mir leid, mein Süßer. Ich würde dich so gerne mitnehmen, aber das würde sie nie zulassen.» Die Betreuerin schluckte. «Nicht, weil du ihr etwas bedeutest. Sondern weil du mir so viel bedeutest.»

Sanft schmiegte er seinen Kopf in ihre Hand, strich an ihrem Arm entlang, um sie zu markieren. Noch hoffte Prince Charming, dass Tiffany zurückkäme und ihren Fehler korrigierte. Sie musste doch erkennen, wie wichtig Elisa ihm war.

Doch die Tür blieb geschlossen. Während Elisa leise schluchzend ihre Habseligkeiten in einen Koffer packte, sprang Prince Charming auf das Fensterbrett. Regungslos starrte er hinaus, nicht einmal seine Ohren verrieten, dass er jede Bewegung Elisas wahrnahm. Endlich trat sie an ihn heran und murmelte ein Adieu. Aufmerksam schaute er sie an.

«Ich gehe zu meinen Eltern, die in *Cannaregio* wohnen. Ich bleibe also ganz in deiner Nähe.» Ein letztes Mal strich sie ihm über den Kopf und schloss die Tür hinter sich. Für immer.

Lange saß er am Fenster, um Elisa nachzuschauen. Ihre kräftige Gestalt, etwas schief durch den schweren Koffer, den sie in der rechten Hand hielt, wurde kleiner und kleiner, bis sie in eine schmale Gasse abbog. Niemals zuvor hatte der Kater sich Gedanken über die Welt dort draußen gemacht. Sicher wusste er, dass es vor den Türen und Fenstern der Hotels eine Welt gab, die ihm versperrt und fremd blieb. Aber warum hätte er darüber nachdenken sollen? Schließlich existierte in seiner kleinen Welt all das, was er benötigte: Elisa, gutes Futter und wunderbare, weiche Schlafplätze. Doch nun, wo ihm Elisa genommen worden war, fragte sich Prince Charming, wie sein Leben weitergehen würde, ob es nicht mehr geben sollte als eine unendliche Reihe wechselnder Hotelzimmer.

Tiffany würde es sicher nicht einmal bemerken, wenn er sie verließe. Wenn Tiffany auch nur ein wenig an ihm gelegen wäre, dann hätte sie nicht die einzige Person weggeschickt, die ihn kannte und sich um ihn sorgte.

Elisa.

Was hatte sie ihm versprochen? Dass sie in seiner Nähe bleiben wollte, irgendwie. Doch warum sollte er hoffen, dass sie ihr Versprechen hielt? Warum nicht sein Schicksal in die eigenen Pfoten nehmen und sich auf die Suche nach Elisa begeben? Er musste nur ein wenig abwarten, bis jemand die Tür öffnete – und dann, ja, dann würde er sie finden. Hier in dieser Stadt, die Elisa nicht so schnell verlassen würde. Jedenfalls hoffte er das. Also legte er sich auf die Lauer. Sprang auf das bequeme Bett und beobachtete die Tür, die Muskeln bereit für den Sprung in die Freiheit. Aber nichts geschah. Müdigkeit drohte ihn zu überkommen, doch der Gedanke an Elisa hielt ihn wach.

Endlich klopfte es, und die breite Tür öffnete sich. Ein Wagen, auf dem sich Handtücher und Bettwäsche stapelten, fuhr herein, geschoben von einer jungen Frau. Da sie sich allein wähnte, gähnte sie ausgiebig, bevor sie einen Packen Handtücher vom Wagen nahm. Sobald sie sich umdrehte, sprang er vom Bett, rannte flach an den Boden gepresst zur Tür und schlüpfte hindurch, begleitet von lauten Schreien der Frau.

«*O no! Il gatto! Il gatto!*»

Hinter sich hörte er ihre schweren Schritte, während er den langen Flur entlanghetzte, seine Pfoten über den schweren roten Teppich jagten. Im Laufen schaute er sich um, auf der Suche nach einer Fluchtmöglichkeit. Rechts und links von ihm nur geschlossene Türen. Da ertönte vor ihm ein helles Pling. Prince Charming stoppte abrupt. Noch eine Tür, breiter als die anderen, verziert mit goldenen Ranken. Sie öffnete sich, und ein dicker Mann trat heraus.

«Was ist denn das?», rief der Mann aus, als Prince Charming an ihm vorbeischlüpfte. «Da brat mir doch einer 'nen Storch. Eine Katze, die Aufzug fährt.»

«*Il gatto!*», hörte er noch, bevor sich die Tür mit einem leisen Pling schloss. Heftig atmend schaute der Kater sich um. Ein seltsamer Raum. Ein dunkler Fußboden, um ihn herum Spiegel, die sein Bild dutzendfach reflektierten. Einen Augenblick amüsierte Prince Charming sich damit, vor den Spiegeln zu paradieren, bis es plötzlich ruckte und sich die Tür wieder öffnete.

Der Kater sprang hinaus, zwischen vielen Beinen hindurch, die in den Aufzug drängten. Mit einem Blick erkannte er, wohin ihn die Reise geführt hatte. In die Hotelhalle. Geschickt schlängelte er sich zwischen den Menschen hindurch, die seine Gegenwart mit überraschten oder empörten Ausrufen kommentierten. Dem Hotelpagen in seiner eleganten rot-goldenen Uniform, der ihn ungeschickt fangen wollte, wich Prince Charming mit einer fließenden Bewegung aus.

Noch ein weiterer Sprung, und da war sie – die Freiheit. Um sicher zu sein, lief Prince Charming noch eine Weile in gestrecktem Galopp und blieb schließlich mit rasendem Herzen stehen. Wegen des schnellen Laufs, aber auch, weil es seine ganze Aufmerksamkeit gekostet hatte, den vielen Beinen aus dem Weg zu gehen, die sich durch die schmalen Gassen drängten. Ein-, zweimal war es dem Kater nur mit knapper Not gelungen, einem Fußtritt auszuweichen. Und nun drängten sie schon wieder, kamen auf ihn zu. Eine Vielzahl von Menschen, die in den unterschiedlichsten Sprachen miteinander redeten, durch die Sucher von Kameras blickten oder in Reiseführern lasen, sodass ihre Aufmerksamkeit vom Weg abgelenkt war.

So hatte Prince Charming sich die Freiheit nicht vorgestellt. Mit bebender Brust suchte er nach einem Platz, wo er in Ruhe überlegen konnte, wohin ihn seine Reise führen sollte. Sein Blick fiel auf einen steinernen Löwen, der hoch über den Menschen aufragte. Mit zwei gewaltigen Sätzen sprang der Kater auf die Statue. Von hier aus hatte er einen guten Blick über das Gewirr der Gassen und Kanäle, aus denen es zum Himmel stank. Überall waren Tauben und Menschen, als hätte jemand sie über die Stadt gestreut wie Konfetti.

Nun war er also frei. Wohin wollte er gehen? Wo gab es Futter? Ob es wohl noch andere Katzen in Venedig gab, die wie er das Leben in Freiheit einem Leben im Luxus vorzogen?

Als wollte das Schicksal seine Fragen beantworten, nahm Prince Charming einen bekannten Geruch wahr, nur sehr leicht hinter dem Gestank nach Fischabfällen und menschlichen Exkrementen, der aus dem Kanal vor ihm stieg. Der Geruch von anderen seiner Art. Suchend hob er den Kopf.

«Schau ihn dir an», hörte Prince Charming eine spöttische Katzenstimme. Prince Charming blickte sich um. Niemand zu sehen. «Was sucht ein Kater nur zwischen den ganzen Menschen? Ob er ein Filmstar ist?»

«Dumm genug stellt er sich ja an», antwortete eine zweite Katze. «Sieh nur, wie eifrig er uns sucht.»

«Wo seid ihr?» Sogar als er sich um sich selbst drehte, konnte Prince Charming die Spötter nicht entdecken. «Zeigt euch, ihr Feiglinge.»

«*Tigrata*, ich fürchte, du hattest recht.» Wieder die erste Stimme. «Er ist hübsch, aber nicht besonders schlau.»

«Trau dich, mir das ins Gesicht zu sagen», fauchte Prince Charming. Er verwünschte die vielen Menschen und Tauben, die ihm den Blick versperrten. Gleichzeitig bewunderte er die Katzen dafür, dass sie so seelenruhig sprachen, obwohl die Straßen derart überfüllt waren.

«Wenn du uns entdeckst, schenke ich dir sogar eine leckere Eidechse, *tesoro mio*.» Jetzt kicherten sie auch noch.

«Was soll das denn heißen?»

«Mein Schatz. Weißt du nicht, *grazioso*, dass man in fremden Ländern andere Sprachen spricht?»

«Ach, lass ihn.» Die erste Stimme klang gelangweilt. «Ich hab's gesagt. Hübsch, aber dumm. Lass uns weiterziehen.»

«Gib ihm noch eine Chance.»

«Du bist ja nur neugierig, was ein verwöhntes Luxuskaterchen hier auf den Straßen der Serenissima verloren hat.»

«Neugier steht uns gut.»

Während die beiden sich stritten, hatte Prince Charming sich konzentriert, um erlauschen zu können, wo die Katzen sich befanden. Endlich fand Prince Charming die Lösung und schaute nach oben. Auf dem Dach eines vierstöckigen Hauses mit eleganten Fensterbögen saßen eine schneeweiße und eine grau getigerte Katze, die ihn aus spöttischen Augen anfunkelten.

«Ah, er hat uns entdeckt», maunzte die Tigerin. «Schaffst du es, zu uns heraufzukommen, Kater? Oder hat dich dein Schoßtierdasein verweichlicht?»

Prince Charming würdigte sie keiner Antwort, sondern setzte mit einem gezielten Sprung auf einen Fenstersims, von dort aus in den Säulenbogen eine Etage höher, weiter ins nächste Stockwerk, bis er endlich neben den beiden Katzen landete.

«Gibt es viele von euch in der Stadt?», fragte Prince Charming. Noch nie hatte er sich Gedanken darüber gemacht, wie andere Katzen wohl lebten. Eigentlich hatte er sich bisher niemals gefragt, wie es anderen außer ihm ging. «Wo leben eure Menschen?»

«Unsere Menschen?» Die grau getigerte Katze schaute ihn verwundert an, so als hätte er sie gefragt, ob ihr bester Freund ein Kläffer sei. «Wir sind die *freien* Katzen der *freien* Stadt Venedig. Wir brauchen keine Menschen.»

«Na ja. Nicht ganz», mischte sich die weiße Katze ein. Sie putzte ihre Pfoten und gewährte Prince Charming einen Blick auf gutgeschärfte Krallen. «Die *gattare* möchte ich nicht missen.»

«Welche Gatter? Ihr … ihr lebt hinter Zäunen?» Prince Charming verstand kein Wort mehr. «Ich denke, ihr legt so viel Wert auf Freiheit?»

Die beiden Katzen schauten ihn an, als wäre er ein Kitten, das gerade die Augen geöffnet hatte und nun staunend die ihm fremde Welt betrachtete.

«Eine *gattara* ist eine Frau, die sich um unsereins sorgt, uns etwas zu fressen bereitstellt, ohne von uns zu erwarten, dass wir ihr schöntun oder bei ihr leben», sagte die Weiße schließlich. Sie sprach sehr langsam, als fürchtete sie, dass er sonst nichts von ihren Worten begreifen würde. «Weißt du denn gar nichts von der Welt?»

«Nichts von *dieser* Welt», antwortete Prince Charming scharf. Er mochte es nicht, für dumm gehalten zu werden. «Mein … mein Mensch und ich leben in Hotelzimmern. Ich fresse von edlem Porzellan. Die Straße und das Betteln sind mir fremd.»

«Wenn deine Welt so wunderbar ist, warum bist du dann hier?» Die Graugetigerte schoss ihm einen derart bösen Blick zu, dass Prince Charming die Ohren anlegte. Was hatte er nur an sich, dass er die Katze so sehr in Wut versetzte? «Geh doch zurück dahin, wenn es dir hier nicht gefällt.» Sie machte einen Buckel, plusterte ihr Fell auf und hob die linke Pfote, die Krallen ausgestreckt.

«Bleib ruhig», sagte die weiße Katze mit gelassener Stimme, während sie neben die Graugetigerte trat, um deren Kopf zu lecken. «Was soll der Kater von unserer Gastfreundschaft denken, wenn du ihn gleich verhaust?»

«Dann soll er mir mein Leben nicht madig machen», fauchte die Graugetigerte, deren Schwanz noch immer gesträubt war. «Als wüsste ich nicht selbst, wie gefährlich die Freiheit ist.»

«Entschuldigung.» Prince Charming senkte friedfertig den Kopf. «Ich wollte dich nicht verärgern. Aber du hast auch kein Recht, auf mein Leben herabzusehen.»

«Also!» Die Graugetigerte fauchte noch immer. «Was machst du hier? Hat dich dein Luxus gelangweilt?»

«Ich ... ich ...» Prince Charming ließ den Kopf hängen, weil er nicht zugeben wollte, was ihn wirklich dazu getrieben hatte, das Hotel zu verlassen. Einsamkeit und Langeweile schienen ihm keine Gründe zu sein, mit denen er die beiden frei lebenden Katzen für sich gewinnen würde. Also erfand er eine Ausrede. «Ich suchte die Freiheit.»

Die weiße Katze erhob sich und streckte sich. «Komm mit. Wir zeigen dir unsere Welt. Mal sehen, ob du hinterher noch immer die Freiheit schätzt. Ich heiße übrigens *Bianchezza*, meine schlechtgelaunte Freundin ist *Tigrata*.»

«Wollen wir uns wirklich unter die Menschenmassen begeben?» Prince Charming sträubte sich das Fell bei dem Gedanken an die Füße und Beine, denen er hatte ausweichen müssen. «Sie sind so viel größer als wir.»

«Menschenmassen. Das ist doch noch gar nichts», sagte die Tigerkatze, wobei sie ihn spöttisch musterte. «Da müsstest du mal Karneval hier sein. Ein Wunder, dass die Serenissima nicht untergeht, wenn so viele Menschen die Straßen bevölkern.»

«Und das Konfetti», ergänzte die weiße Katze und schüttelte sich. «Das elende Zeug bekommt man so schwer aus dem Fell.»

«Ist Karneval noch größer als die Filmfestspiele?» Der Kater wollte sich gar nicht vorstellen, wie eng es auf den Straßen und Gassen der Stadt dann zugehen mochte. «Was treibt die Menschen hierher?»

«Das mögen die Ratten wissen. Aber nun komm.» Elegant sprang die weiße Katze auf das Dach eines benachbarten Palazzo. «Wir reisen nicht über die Straße. Venedigs Katzen nehmen den Weg über die Dächer.»

«Wohin gehen wir?» Auch wenn sie von seiner Art waren, so wusste Prince Charming nicht, ob er den fremden Katzen wirklich trauen konnte. Vor allem die Graugetigerte wirkte so, als wäre es für sie kein Problem, ihn in den Kanälen der Stadt zu ertränken.

«Wir bringen dich zu einem *gattare*-Platz. Dort kannst du etwas futtern.»

Jetzt, wo sie es angesprochen hatte, merkte Prince Charming, dass sein Magen knurrte. Wann hatte er das letzte Mal etwas zu fressen bekommen? Bei dem Gedanken an Thunfisch, gekochtes Huhn oder gar Garnelen lief ihm das Wasser im Maul zusammen.

Ihr Weg führte sie über die Dächer der Stadt, vorbei an breiten Kanälen, auf denen Gondeln, gefüllt mit Touristen, fuhren. Vorbei an schmalen Kanälen, aus denen es zum Himmel stank, sodass Prince Charming die Nase rümpfte. Vorbei an Standbildern von Löwen, die es überall in der Stadt zu geben schien. Das musste ein gutes Zeichen sein, dachte der Kater. Eine Stadt, die Löwen Denkmäler setzte, musste Katzen lieben.

«Beeil dich. Sonst ist das gute Futter weg.» *Tigrata* eilte an Prince Charming vorbei und sprang in einen Hinterhof, in dem sich bestimmt ein Dutzend Katzen um eine Frau versammelt hatte, deren Haare so weiß waren wie ihr Kleid schwarz. Das, was zu ihren Füßen in unzähligen Schüsseln stand, roch zwar verlockend, aber es sah nicht annähernd so gut aus wie das, was Elisa ihm zu reichen pflegte. Prince Charming zögerte einen Moment, aber dann übernahm sein Magen das Kommando. Gierig schlang er so viel Futter in sich hinein, wie er bekommen konnte. «Das war gut.» Prince Charming streckte sich. Dankbar ging er zu der Frau, um sich an ihrem Bein zu reiben.

«Du bist neu hier. Und so ein Hübscher. Pass gut auf dich auf», sagte die Frau, die sanft über seinen Rücken strich. «Die Katzenjäger sind wieder unterwegs.»

Während Prince Charming noch grübelte, was die *gattara* wohl meinte, hörte er, dass sich *Bianchezza* und *Tigrata* lautstark anfauchten.

«*Bianchezza!* Willst du ihn wirklich mit zum Rudel nehmen?», hörte er die Graugetigerte grollen. Nervös peitschte ihr Schwanz durch die Luft. «Wir wissen doch nicht, ob seine Geschichte stimmt.»

«*Tigrata*, du bist zu misstrauisch», antwortete die weiße Katze. «Den Menschen vertraust du nicht, und nun zweifelst du selbst an unseren Leuten?»

«Habe ich nicht allen Grund dazu?», fragte die Getigerte.

Bevor die Weiße ihr antworten konnte, mischte sich Prince Charming ein. «Wenn ihr mir nicht vertraut, dann suche ich mein Glück allein.»

«Da solltest du besser vorsichtig sein.» Wieder redete die Weiße mit ihrer sanften Stimme, als wollte sie ein freches Jungkaterchen zur Ordnung rufen. «In letzter Zeit machen die Menschen Jagd auf uns. Sie wollen keine wilden Katzen in ihrer schönen Stadt.»

«Warum nicht?» Erneut fühlte Prince Charming sich ahnungslos und naiv.

«Oh, wir sind viele. Zu viele, sagen sie», antwortete *Tigrata*, deren Zorn anscheinend verraucht war. «Die Menschen mögen die Lieder nicht, die wir singen, wenn wir uns lieben.»

«Das allein ist es nicht», ergänzte *Bianchezza* mit leiser Stimme. «Sie jagen und töten uns, weil der Anblick struppiger, alter oder kranker Straßenkatzen die Augen der Touristen beleidigen könnte.»

Die Worte der weißen Katze trafen Prince Charming wie ein Schlag. «Aber ... aber ... das ist ja furchtbar.» Er schluckte mühsam. «Man darf doch niemanden töten, nur weil er nicht hübsch genug ist. Oder weil ihr zu viele seid.»

«Sag das den Menschen», fauchte *Tigrata*, nun wieder voller Zorn. «Denen, die mir meine Kitten nahmen und sie in den Kanälen ertränkten.»

Das pure Entsetzen verschlug Prince Charming die Sprache. Obwohl er nicht an den Worten der Graugetigerten zweifelte, konnte er sich nicht vorstellen, dass Menschen derart böse waren. Gedankenlos und oberflächlich vielleicht, so wie Tiffany, aber mörderisch?

«Mein Mensch war laut und nicht besonders klug, aber ... aber ...», maunzte der Kater kleinlaut. «Aber so etwas Grausames hätte Tiffany nie getan.»

«Vielleicht sind nicht alle Menschen gleich.» *Bianchezza* schlug nervös mit dem Schwanz, als wollte sie sich nicht weiter mit diesen Fragen beschäftigen. «Vielleicht hast du Glück gehabt.»

«Das allein kann es nicht sein.» Prince Charming schüttelte den Kopf, als könnte er so den Schrecken vergessen. «Es muss eine Erklärung geben.»

«Hör ihn dir an», spottete *Tigrata*, die an den Näpfen entlangging und gierig alles verschlang, was sie finden konnte. «Erst sucht er die Freiheit, dann einen Sinn in den Handlungen der Menschen.»

«Wissen ist Macht», antwortete Prince Charming. Das hatte er Elisa einmal sagen gehört. Elisa – sie war auch ein Mensch. Ein liebevoller, freundlicher Mensch, der niemals

Kitten ermorden würde. «Wenn ihr nicht neugierig seid, suche ich allein nach Antworten.»

«Wo willst du denn suchen?», fragte *Tigrata*. «In den Kanälen vielleicht? Oder willst du die Tauben fragen?»

«Vielleicht können ihm die drei Weisen vom *acqua alta* weiterhelfen.» *Bianchezza* lächelte. «Wenn die die Antwort nicht kennen, dann weiß es niemand.»

«Was ist der *acqua alta?*», fragte Prince Charming. Inzwischen hatte er es aufgegeben, sich darüber zu ärgern, was er alles nicht wusste. Lieber einmal mehr fragen, als unwissend ins Unglück zu stolpern – auch das hatte Elisa einmal gesagt.

«Das hohe Wasser.» *Tigrata* genoss es, mit ihrem Wissen zu protzen. «So nennen wir Venezianer das Hochwasser, das jeden Winter die Stadt besiegt.»

Hochwasser – das klang nicht gut. Das klang nach nassen Pfoten und Kälte und Ertrinken.

«Jedes Jahr? Das ist doch furchtbar.»

«Das ist eben so, wenn man in Venedig lebt», sagte *Bianchezza*. Die Tigerkatze nickte zustimmend. «Meist ist es nicht so schlimm.»

Den Rest des Weges verbrachte Prince Charming mit Grübeln. Er grübelte, warum Menschen eine Stadt bauten, die im Wasser zu versinken drohte. Er grübelte, warum die Katzen sich nicht daran störten. Doch am meisten grübelte er darüber, warum sie ihn ins Hochwasser führen wollten und wer die drei Weisen wohl waren.

«Träum nicht, Kater.» Ein Pfotenhieb begleitete die Worte der Tigerkatze. «Wir sind angekommen. Voilá. Die *Calle Lunga S.M. Formosa.*»

Neugierig schaute Prince Charming vom Dach nach unten. Als Erstes entdeckte er einen kleinen Laden, vor dem ein Mann saß, der etwas Buntes in der Hand hielt. Im Schaufenster stapelten sich prächtige Karnevalsmasken, eine schöner und ausgefallener als die andere. Was für ein seltsamer, beinahe verwunschener Ort.

«Hier leben die Weisen?», fragte Prince Charming. «Das passt zu ihnen. Ein magisches Haus.»

«Nein, nicht hier.» Mit eleganten Schritten lief *Bianchezza* voran. «Sie leben in einer Buchhandlung. Ihr Mensch nennt es den schönsten Buchladen der Welt.»

Nun war Prince Charmings Neugier geweckt. Bücher hatten ihn schon als Kitten fasziniert. Elisa hatte ihm oft Passagen vorgelesen, die sie besonders gelungen fand oder über die sie sich geärgert hatte.

Vor der Buchhandlung standen Tische, die sich unter der Last vieler, vieler Bücher bogen.

«Dürfen wir hier überhaupt hinein?» Soweit er wusste, hatten Katzen und auch Kläffer keinen Zugang zu Geschäften.

«O ja. Schließlich leben die Weisen hier», antwortete *Tigrata*, wobei sie einen Blick mit *Bianchezza* wechselte, den Prince Charming nicht zu deuten verstand. «Komm einfach.»

Also stolzierte der Kater den beiden Katzen hinterher in die Buchhandlung, als wäre er ein Kunde. Innen blieb er überwältigt stehen. Bücher. Überall Bücher. Wohin er auch sah, wohin er auch seine Pfote setzen wollte, überall stapelten sich Bücher, oft zu derartig hohen Türmen, dass man fürchten musste, dass eine kurze Berührung mit dem Schwanz sie umstürzen könnte. Elisa hätte es hier gefallen, dachte Prince Charming.

Zu hohen Stapeln an den Steinwänden aufgereiht, ließen die Bücher nur schmale Gänge zum Laufen frei. An manchen Stellen waren die grauen Felssteine des Bodens kaum zu sehen. Vorsichtig schlich der Kater weiter, bis er erschrocken stehen blieb. Puppen in Karnevalskostümen hingen an der Decke, was den Kater verwirrte, da er sie einen Augenblick für lebende Menschen gehalten hatte. Doch am meisten wunderte er sich über eine lebensgroße Gondel, vollgestapelt mit Büchern. Und obenauf thronte ein rundlicher schwarzer Kater, der Prince Charming aus großen, runden Augen musterte. Zu seinen Füßen saß ein kleiner roter Kater, der den Schwarzen bewundernd anschaute.

«Buongiorno!», sagte der schwarze Kater. «Was führt dich zu uns, mein fremder Freund?»

«Ich suche die drei Weisen ...», stammelte Prince Charming.

«Dann bist du hier richtig.» Der schwarze Kater gähnte ausgiebig. «So nennt man uns, weil wir derart belesen sind, dass wir auf jede Frage eine Antwort finden. Nicht wahr?»

«Ja, Meister», antwortete der kleine rote Kater, dessen Blick jeder Bewegung des Schwarzen folgte. «Niemand ist weiser als Ihr drei. Wobei Ihr natürlich der Weiseste seid.»

«Danke, mein sehr junger *Padawan.*» Da er Prince Charmings erstaunten Blick bemerkte, erklärte der rundliche Kater: «*Star Wars.* Bester Weltraumfilm aller Zeiten.»

«So ein Quatsch. Wie kannst du dich weise nennen?» Auf leisen Sohlen näherte sich ein grau getigerter Kater. Auch er stand gut im Futter. Mit seinem Hintern stieß er einen Bücherstapel um, was ihn nicht im Geringsten zu stören schien. Auch der Mensch, dem der Buchladen gehörte, sah nur kurz von seiner Lektüre auf. «*Star Trek* schlägt *Star Wars* um Lichtjahre. *Live long and prosper.*»

Prince Charming verstand beim besten Willen nicht, worüber die Kater stritten, aber er ahnte, dass sie weniger weise waren, als sie vorgaben.

«Na, na», ertönte eine tiefe Stimme, die dem gewaltigsten

Kater gehörte, den Prince Charming je gesehen hatte. Sein Fell war tiefbraun, was ihn wie einen kleinen Bären aussehen ließ. Ihm folgte eine winzige schwarzweiße Katze, die eine Maus im Maul trug. «Was soll unser Gast nur von euch denken?»

Na endlich, dachte Prince Charming. Die Stimme der Vernunft. Vielleicht würde er doch Antworten auf seine Fragen bekommen.

«Weder *Star Wars* noch *Star Trek* gebührt die Ehre.» Der braune Kater setzte sich direkt vor Prince Charming und versperrte ihm die Sicht auf die anderen. «*Lautlos im Weltall* ist der einzig wahre Film.»

«Ach, nicht der olle Schinken», fauchte der schwarze Weise.

«Das musste jetzt ja kommen», grollte der Graugetigerte.

«Meister, Euer Mittagessen», sagte die kleine Katze und ließ die Maus fallen. «Wünscht Ihr sonst noch etwas?»

Die Maus nutzte den Moment, um aufzuspringen und rasend schnell hinter einem Bücherstapel zu verschwinden, was die drei Weisen und ihre beiden Schüler mit verdutzten Blicken verfolgten. Hinter sich hörte Prince Charming ein seltsames Geräusch. Er drehte sich um und entdeckte *Tigrata* und *Bianchezza*, die giggelnd auf dem Boden herumkullerten.

«Was soll das?», fragte Prince Charming. «Warum habt ihr mich hierhergeführt?»

«Damit du siehst, was aus Katzen wird, die mit Menschen zusammenleben.» Die weiße Katze stand auf, schüttelte ihr Fell aus und bedeutete Prince Charming, ihr zu folgen. «Wir zeigen dir einen wahrlich weisen Kater. Einen frei lebenden wie uns.»

«Ich will ihn gar nicht kennenlernen.» Prince Charming drehte den beiden Katzen den Rücken zu, verärgert über den Spaß, den sie sich mit ihm erlaubt hatten.

«Sei kein Spielverderber.» *Bianchezza* stupste ihn mit der Nase an. «Gönn uns den Spaß.»

«*Ciao*, Jungs», sagte *Tigrata*, die sich mit einem freundschaftlichen Näseln von jedem der Kater verabschiedete. «Eine Freude, euch zu sehen. Aber in einem irrt ihr. *Alien* ist der beste Weltraumfilm.»

«Arrivederci, Tigrata», sangen die Kater im Chor. *«Ciao, bianchezza, bellisima.»*

«Irgendwie sind sie auch süß, oder?» *Bianchezza* konnte ihr Lächeln nicht verbergen. «Und ihr Mensch ist ein Guter.»

Da Prince Charming sich immer noch darüber ärgerte, dass die beiden Katzen ihn reingelegt hatten, schwieg er demonstrativ, solange sie über die Dächer sprangen. Dieses Mal führte ihr Weg sie in einen ärmeren Teil der Stadt. Auf dem Dach eines kleinen Hauses saß ein alter grauer Kater und sonnte sich. Aufmerksam schaute er ihnen entgegen.

«Buon giorno.» Bianchezza neigte höflich den Kopf.

Die Grautigerin tat es ihr zu Prince Charmings Überraschung nach. Was es wohl mit diesem Kater auf sich hatte, der in Prince Charmings Augen so gar nicht besonders wirkte? Mager war der Kater und krank. Seine Hinterhand war so schmal, als hätte er viel Hunger in seinem Leben gelitten. Seine Farbe war ein zartes Grau, durchzogen von schmalen schwarzen Streifen. Am auffallendsten war der Kopf. Sehr groß, mit eher blauen als grünen Augen, einer weißen Schnauze und drei dunklen Streifen in der Mitte des Schädels. All das verlieh dem Kater den Anschein von Würde, wie Prince Charming zugeben musste. Als der Alte ihn musterte, senkte Prince Charming den Kopf, obwohl er nichts zu verbergen hatte. Aber er fühlte sich jung, verwöhnt und unbedacht unter dem forschenden Blick des fremden Katers.

«Die Katzen Venedigs nennen ihn *Sapiente*, den Weisen»,

sagte *Bianchezza*. «Er hat mehr vergessen, als die meisten von uns je wissen werden.»

«Nun, nun, übertreibe nicht, meine Hübsche», sagte der Kater namens *Sapiente*.

«Warum sind Menschen so grausam?», platzte Prince Charming heraus, obwohl er wusste, dass das unhöflich war, aber die Frage ließ ihm keine Ruhe. «Warum sind sie gedankenlos, gemein, grässlich ...?»

Bianchezza schoss ihm einen derart bösen Blick zu, dass er verstummte. «Bitte entschuldige», maunzte sie. «Er ist jung, hat bei den Menschen gelebt und kennt keine Höflichkeit.»

«Schon gut.» *Sapiente* neigte den Kopf. «Wenn einen eine Frage derart umtreibt, muss man sie schnell stellen, sonst heftet sie sich im Kopf fest und lässt einen nie wieder los.»

«Danke», sagte Prince Charming, der es nicht lassen konnte, *Bianchezza* einen triumphierenden Blick zuzuwerfen. «Entschuldigung, dass ich mich nicht vorstellte. Man nennt mich Prince Charming.»

«Willkommen in der schönsten Stadt der Welt.» *Sapiente* schloss die Augen. «Ich muss nachdenken. Bitte fangt mir etwas zu essen.»

«Bleib du hier, *grazioso*», spottete *Tigrata*. «Du bist nicht hungrig genug für die Jagd.»

Erst wollte Prince Charming den beiden Katzen folgen, um *Tigrata* zu beweisen, wie sehr sie sich irrte, aber dann entschloss er sich, die Gelegenheit für ein Nickerchen zu nutzen. So viel wie heute war er in seinem ganzen Leben nicht gelaufen.

Bald schon kehrten *Bianchezza* und *Tigrata* zurück; jede trug eine fette Eidechse im Maul, die sie vor *Sapiente* niederlegten. Ein Hoch auf die *gattare*, dachte Prince Charming im Stillen, den der Gedanke, eine Eidechse fressen zu müssen, schüttelte.

Bianchezza und *Tigrata* legten sich neben Prince Charming in die Sonne und schlossen ebenfalls die Augen. Prince Charming kuschelte sich eng an die beiden Katzen. Wie lange hatte er die Wärme eines anderen Fells vermisst. Seitdem er von seinen Wurfgeschwistern und seiner Mutter getrennt worden war, hatte er immer nur unter Menschen gelebt.

Nachdem Sapiente so lange nachgedacht hatte, dass Prince Charming schon befürchtete, der Alte hätte die Frage vergessen, erhielt er eine Antwort. «Es ist nicht von Bedeutung, warum manche Menschen gut sind und andere böse», sagte *Sapiente*. «Wichtig ist es, die Guten zu halten und den anderen aus dem Weg zu gehen.»

Na prima, dachte Prince Charming. Da hätte er ja gleich eine Astrologin im Fernsehen fragen können. Doch als er die Worte für sich wiederholte, erkannte er plötzlich ihren verborgenen Wink. Tiffany zu verlassen war ihm nicht schwergefallen, aber Elisa – ohne sie leben zu müssen, zerriss ihm das Herz. «Ich muss Elisa finden», sprach er aus, was er eben erst erkannt hatte. «Mein Herz gehört ihr.»

«Na, das ist ja romantisch», spöttelte *Tigrata*, aber ihre Stimme konnte nicht verbergen, dass sie Prince Charming darum beneidete, einen Menschen so zu lieben. «Dann müssen wir sie wohl suchen.»

«Warum? Warum helft ihr mir?», fragte Prince Charming. Das hatte er sich schon vor längerem gefragt. Warum sollten freie Katzen ihm freundlich gesinnt sein? «Was wollt ihr dafür?»

«Hast du denn etwas zu geben?» In *Bianchezzas* schöner Stimme lag sanfter Spott. «Wer auf der Straße lebt, hilft einander. Das ist das erste Gebot.»

«Aber … aber …», begann Prince Charming.

«Ja, du lebst nicht auf der Straße, das wissen wir.» *Tigrata* klang ernst. «Aber du brauchst Hilfe. Da helfen wir. Und wenn wir Hilfe brauchen, hilft uns jemand. So einfach ist das.»

«*Grazie*», wandte Prince Charming sich an den alten Kater. «Die Antwort hat mir sehr weitergeholfen.»

«Eine Antwort kann immer nur so gut sein wie die Frage», sagte *Sapiente*, bevor er sich den Eidechsen widmete. «Ich wünsche dir, dass du findest, was du suchst.»

Plötzlich wurde Prince Charming das Herz schwer. Jetzt wusste er zwar, was er suchte, aber wie sollte er, selbst wenn *Bianchezza* und *Tigrata* ihn unterstützten, seine Elisa finden, in dieser Stadt voller Menschen? Er seufzte.

«Was ist?» *Tigrata* ging neben ihm und schoss ihm einen ihrer typischen Blicke zu. «Was hast du zu seufzen?»

«Wie sollen wir drei Elisa finden?», fragte Prince Charming. «Was, wenn sie Venedig verlässt?»

«Wir sind nicht nur drei.» *Bianchezza* streckte den Schwanz siegesgewiss in die Höhe. «Das Rudel wird uns helfen.»

«Das Rudel? Wie viele seid ihr?»

«Genug», antwortete *Bianchezza*. «Nun, schnell, damit wir deine Elisa finden, bevor sie aus Venedig fortgeht.»

Ohne ein weiteres Wort eilte der Kater den beiden Katzen nach, die geübt von Dach zu Dach sprangen, schneller, als er auf dem Boden zu laufen vermochte. Endlich erreichten sie ihr Ziel, ein Haus, das dem Zerfall preisgegeben war. Durch eines der Löcher im Dach sprangen *Bianchezza* und *Tigrata* ins Innere, sodass Prince Charming keine Wahl blieb. Er folgte ihnen ins Dunkel.

Als seine Pfoten Holzboden berührten, war er so überrascht, dass er stolperte, was ihm hämische Bemerkungen von *Tigrata* und von weiteren Stimmen einbrachte. So würdevoll wie möglich setzte Prince Charming sich auf. Nachdem seine Augen sich an das Halbdunkel gewöhnt hatten, betrachtete er seine Umgebung. Vor ihm saßen *Bianchezza* und *Tigrata*, etwas dahinter, in sicherem Abstand von ihm, vier weitere Katzen.

«Das ist unser Rudel.» *Bianchezza* deutete mit dem Kopf auf die zerrupft aussehenden Gestalten. Junge Katzen, wie Prince Charming auf den ersten Blick erkannte, keine älter als ein paar Monate. «*Tigrata* und ich kümmern uns seit kurzem um sie.»

Die Kitten sahen auch so aus, als bräuchten sie dringend jemanden, der sich um sie kümmerte. Alle vier wirkten hungrig, aber nur das Fell des schwarzen Kittens war verfilzt und musste dringend gepflegt werden. Abwartend und skeptisch schauten sie den Kater an.

«*Bonndschorno*», begrüßte Prince Charming die Jungkatzen, was bei denen erst verständnislose Blicke und dann ein hämisches Maunzen auslöste. Offensichtlich war sein Bemühen, Italienisch zu sprechen, gescheitert. «Ich freue mich, euch kennenzulernen.»

«Was will'n der feine Pinkel hier?», wagte sich das struppige schwarzweiße Kitten mit schmalem Gesichtchen, aber riesigen Ohren nach vorne. Es konnte erst wenige Wochen alt sein. Seine schwarze Unterlippe zitterte, als es Prince Charming musterte. «Will er mal gucken, wie die Armen wohnen, oder was?»

«Still, *Sorca*.» *Tigrata* gab dem Kätzchen einen Schubs. «Sei höflich.»

«Ich will nicht Maus genannt werden», murrte das Kleine. «Warum kann ich nicht *Gato* heißen?»

«Wenn du größer bist, vielleicht!» *Bianchezza* deutete mit der Pfote auf die Katzengruppe. «Das sind *Sale e Pepe*» – ein hellgraues Kätzchen mit auffallend tiefgrünen Augen blinzelte Prince Charming zu –, «*Bigio-Bianco* …»

Eine grau gemusterte Jungkatze mit weißem Gesicht, weißem Bauch und weißen Beinen kam näher und begrüßte *Bianchezza* mit einem Nasenkuss. «Und schließlich *Nero.*» Die schüchterne schwarze Katze blinzelte einmal, bevor sie sich wieder hinter *Bigio-Bianco* versteckte.

«Der Kater heißt Prince Charming», stellte *Tigrata* ihn vor. «Über den Namen darf nur ich mich lustig machen.»

«Was will er hier?», wiederholte *Sorca*. Der Kleine könnte glatt von *Tigrata* abstammen, so unfreundlich, wie er Fremden entgegentrat. «Wir sollen doch niemanden herbringen.»

«Er braucht unsere Hilfe», antwortete *Bianchezza* sanft. «Und wie lautet das erste Gebot?»

«Wer Hilfe braucht, bekommt sie», antworteten die Jungkatzen im Chor. «Ohne Gegengabe. Wir helfen, um zu helfen.»

«Gut. Prince Charming sucht einen Menschen, den –», begann *Bianchezza*, wurde aber sofort von *Sale e Pepe* unterbrochen: «Warum? Warum sucht man einen Menschen? Hier gibt es viel zu viele.»

«Sch», griff *Tigrata* ein. «Ihr seid jetzt still.»

Sofort schwiegen die Jungkatzen, setzten sich brav hin und stellten die Vorderpfoten ordentlich nebeneinander. Aufmerksam schauten sie Prince Charming an; nur der winzige *Sorca* nutzte die Gelegenheit, um den Kater anzufauchen.

«Prince Charming, bitte beschreibe deinen Menschen, damit sie wissen, wonach sie suchen müssen.»

«Elisa ist die schönste Frau, die ich kenne», begann Prince Charming.

«Na, das hilft ja unheimlich weiter», murrte *Bigio-Bianco*.

«BB, benimm dich», fauchte *Tigrata*. Sofort schwieg die hellgraue Katze. «Aber sie hat recht. Etwas genauer bitte.»

Nun musste Prince Charming nachdenken. Wie sollte er

Elisa so beschreiben, dass sie unverwechselbar wurde? Für den Kater hatte Elisas Aussehen nie Bedeutung gehabt. Er liebte ihren Geruch, ihre Stimme, die Wärme ihrer Haut, ihr Lachen – wie sollte er das nur in dürre Worte fassen?

«Für einen Menschen ist sie eher klein», begann er. «Kräftig, mit vollen dunklen Locken, einer angenehmen Stimme, und sie riecht ... sie riecht nach Sahne und allem, was gut ist.»

«Auweia», sagte eine der jungen Katzen. «Das kann ja heiter werden.»

«Ihr werdet sie erkennen, weil sie euch freundlich ansprechen wird. Ihre Stimme ist wie ein Lied in unseren Ohren.»

«Na, da bin ich ja mal gespannt, ob wir das Wunder an Frau finden», spottete *Sorca*. Für eine so kleine Katze hatte er eine wirklich große Klappe. «Stämmig, dunkle Locken – noch nie in Venedig gesehen.»

Ein vorwurfsvoller Blick von *Tigrata* brachte den vorwitzigen Kleinen schnell zur Ruhe. Inzwischen war Prince Charming auch wieder eingefallen, was Elisa ihm zum Abschied gesagt hatte.

«Sie lebt im *Cannaregio*», sagte er. Stolz darauf, dass er dieses wichtige Detail nicht vergessen hatte. «Kennt ihr das?»

«Der größte Stadtteil», sagte die junge Katze namens *Sale e Pepe*. «In der Nähe vom Bahnhof. Viele Häuser, viele Menschen.»

«Schmale Gassen, kleine Kanäle», ergänzte *Bigio-Bianco*. «Weniger Touristen, mehr Venezianer.»

«So, jeder von euch begibt sich auf die Suche.» *Bianchezza* klang wie eine Generalin, die ihre Truppen in den Kampf schickte. «Aber denkt dran. Bevor es hell wird und die Menschen die Straßen bevölkern, seid ihr zurück.»

«Falls ihr sie findet, kommt ihr ebenfalls gleich hierher», setzte *Tigrata* nach. «Seid vorsichtig. Keine Fisimatenten.»

«Schon klar», antworteten die Jungkatzen im Chor, aber man konnte ihnen förmlich ansehen, wie sie auf das Abenteuer brannten.

Schneller, als man «Maus» maunzen konnte, waren die vier über die Dächer Venedigs verschwunden.

«Und wir bleiben hier?», fragte Prince Charming. Das erschien ihm doch ein wenig zu langweilig. «Ich will Elisa auch suchen.»

«Und findest du wieder hierher zurück?», fragte *Tigrata* mit einem falschen Lächeln. «Eine von uns muss dich begleiten. Ich opfere mich.»

«Ich halte hier die Stellung und besorge etwas zu essen.» *Bianchezza* leckte ihrer Freundin schnell über den Kopf. «Passt auf euch auf.»

Erst eilten *Tigrata* und Prince Charming schweigend über die Dächer, als wagte keiner von ihnen die ersten Worte. Dann sprachen sie gleichzeitig.

«Danke für deine Hilfe», sagte der Kater.

«Wo könnte deine Frau sein?», fragte die Katze. «Hat sie mehr über das Haus ihrer Eltern gesagt?»

Sie schauten sich an. Wieder sprachen sie gleichzeitig.

«Schon gut», sagte die Katze.

«Nur, dass es in der Nähe vom Hotel sei», antwortete der Kater.

Danach schwiegen sie wieder, während sie von Dach zu Dach sprangen, ab und zu auf die Straße hinunterkletterten, wenn sie eine kräftige Frau mit lockigen Haaren entdeckten. Aber es war nie Elisa. Bis zum Morgen nicht.

Ihr Weg führte sie am Wasser entlang, wo Gondeln an den gestreiften Pfosten der Liegeplätze warteten.

«Komm, wir holen uns Glück, bevor wir nach Hause zurückkehren», sagte *Tigrata*, während sie elegant auf die Gasse sprang.

«Wie kann man Glück holen?», fragte Prince Charming, dessen Pfoten inzwischen schmerzten.

«Du musst seine Nase mit der Pfote berühren.» Mit dem Kopf deutete die Tigerkatze auf eine steinerne Statue, deren Nase aus einem eisernen Dreieck bestand. Dunkelbraun ragte sie aus dem weißgrauen Gesicht der Statue hervor, was diesem einen Ausdruck verlieh, der zwischen Grimm und Erstaunen schwankte. «Die Menschen glauben, dass es Glück bringt.»

Obwohl er müde war, sprang der Kater siebenmal hoch, bis es ihm endlich gelang, das Eisen zu berühren. Sehr zur Freude einer Menschenansammlung, die seine Versuche beobachtete und begeistert klatschte, als er Erfolg hatte.

«Hoffen wir, dass es hilft», maulte Prince Charming, nachdem er sich wieder mit *Tigrata* getroffen hatte, die alles vom Rand des Platzes, der *Campo dei Mori* hieß, beobachtet hatte. «Glück brauchen wir dringend.»

Erschöpft und unzufrieden kehrte der Kater gemeinsam mit *Tigrata* zurück ins Haus, in dem ihr Rudel lebte. Auch keine der vier jungen Katzen hatte Elisa finden können. Nur der schüchterne *Nero* hatte überhaupt eine katzenfreundliche Frau entdeckt. Alle anderen Katzen waren verscheucht und beschimpft worden. Gemeinsam aßen sie Eidechsen und Mäuse, die *Bianchezza* für sie gefangen hatte. Selbst Prince Charming, der nur das feinste Futter gewohnt war, musste zugeben, dass frische Eidechse ihm besser mundete als Lachs.

«Vielleicht sollten wir aufgeben», grübelte der Kater laut vor sich hin. «Die Stadt ist zu groß und wir zu wenige.»

«Bedeutet sie dir so wenig?» *Tigrata* musterte ihn aus zusammengekniffenen Augen. «Eben war sie noch deine große Liebe, und nun gibst du sie auf …»

Prince Charming schwieg einen Augenblick, war sich nur zu gut bewusst, dass alle Katzen des Rudels ihn anstarrten.

«Was, wenn ich alles versuche und keinen Erfolg habe?»

«Dann hast du es immerhin versucht.» *Bianchezza* legte sich neben ihn, ihr Kopf an seinem Rücken. «Sie wird dich auch suchen.»

«Immerhin hat er jemanden, der ihn sucht», hörte Prince Charming den sanften *Nero* flüstern, bevor ihn der Schlaf übermannte.

Drei Tage suchten sie die ganze Stadt ab. Von einem Ende zum anderen. Waren über Dächer gesprungen, über Brücken geschlichen und sogar in Häuser hinein, sobald sie eine Frau gesehen hatten, die aussah wie Elisa. Doch jedes Mal war sie es nicht gewesen. Mit jedem Tag ging es Prince Charming schlechter. Er hatte keinen Appetit mehr, ignorierte die Spötteleien, mit denen *Tigrata* und die Kitten ihn bedachten, und drehte sich nachts weg, wenn *Bianchezza* sich an ihn lehnte.

«Es hat keinen Sinn», sagte er am Abend des dritten Tages, als die Jungkatzen nach und nach eintrudelten und alle den Kopf schüttelten. Sanft schien die Sonne durch die Löcher im Dach und tauchte den Dachboden in ein goldenes Licht, was überhaupt nicht zu Prince Charmings düsterer Stimmung passen wollte. «Ich danke euch, aber ich mag nicht mehr. Morgen kehre ich zu Tiffany zurück.»

«Ich werde dich vermissen», flüsterte *Nero*, der sich seit der zweiten Nacht ebenfalls an Prince Charming schmiegte, sobald dieser schlief. «Lass uns noch ein paar Tage suchen.»

«Es hat keinen Sinn.» Obwohl er die Jungkatzen nicht enttäuschen wollte, musste Prince Charming der bitteren Wahrheit ins Auge sehen. «Das Filmfest endet, und Tiffany wird bald abreisen. Und mit ihr mein altes Leben.»

«Dann findest du eben ein neues Leben bei uns», erklang *Tigratas* Stimme. Die Tigerkatze kehrte erst jetzt von der Suche zurück. «Als freie Katze der freien Stadt.»

«Das kann ich nicht. Ich bin zu verwöhnt», musste der Kater zugeben. «Ich bewundere euren Mut, aber ...»

«Dann lebe hier bei deiner Elisa.» Stolz ringelte *Tigratas* Schwanz durch die Luft. «Ich habe sie gefunden. Wenn wir uns beeilen, können wir sie heute noch sehen.»

«Wir wollen mit. Wir wollen mit», quengelten die Jungkatzen, so lange, bis sie schließlich zu siebt loszogen. Mit hochgereckten Schwänzen galoppierten sie hintereinander über die Dächer: *Tigrata* voran, Prince Charming hinter ihr her, dann die vier Jungkatzen und *Bianchezza* am Schluss.

«Hier lebt sie», sagte *Tigrata* schließlich. Ein schmales Häuschen in einer kleinen Gasse. Blumen rankten sich am Haus empor. Auf den Gardinen am Fenster waren Katzen abgebildet. Ja, hier könnte Elisa leben. Und wenn *Tigrata* sich geirrt hatte? Prince Charming atmete tief durch. Er zögerte.

Da trat eine Frau vor die Tür des Häuschens. In der Hand hielt sie einen Futternapf. Erst jetzt entdeckte Prince Charming die drei Streuner, die im Schatten der Pergola warteten.

«Na kommt, ihr hungrigen Geister.»

Ihre Stimme. Es war Elisas Stimme.

«Miep», machte Prince Charming, aber so leise, dass sie ihn sicher nicht hören würde. Obwohl er sich nichts sehnsüchtiger wünschte, als zu Elisa zu laufen, ließen seine Beine ihn im Stich. Er stand wie angewurzelt, unfähig, eine Pfote zu bewegen. «Miiep.»

«Na los jetzt, *stupido.*» *Tigrata* schubste Prince Charming vom Dach, sodass er direkt vor Elisa landete.

«Prince Charming!», rief Elisa aus und nahm ihn hoch. «Wie bist du denn hierhergekommen, mein Schöner?»

Nacheinander purzelten die Katzen und Kater des Rudels auf den Boden, rieben sich kurz an Elisas Beinen, bevor sie sich am Futter gütlich taten.

«Oh, du hast Freunde mitgebracht.» Elisa kraulte ihm den Kopf. «Das habe ich mir für dich immer gewünscht. Freunde und Freiheit.»

«Miörp», antwortete er ihr und strampelte, damit sie ihn zu Boden setzte. Inzwischen hatte das Rudel sich gestärkt und schien bereit, seiner Wege zu gehen.

«Alles Gute für dich», sagte *Bianchezza*, die freundlich mit Prince Charming näselte. «Finde dein Glück und deinen Weg.»

«Alles Gute. Immer genug Futter und Sonne auf dem Pelz», wünschten die vier Jungkatzen, bevor sie *Bianchezza* aufs Dach folgten.

Nur *Tigrata* stand noch vor ihm und sah ihn aus ihren großen, schönen Augen an.

«Ich hoffe, du besuchst uns wieder.» *Tigrata* gab ihm einen Nasenkuss, was Prince Charming vollkommen verwirrte. «Oder wir besuchen dich. Das Futter ist gut.»

«Ich ... ich würde mich freuen, dich ... äh, euch alle wiederzusehen», rief er ihr nach, was sie mit einem Maunzen beantwortete. *«Ciao, bella.»*

Seine Worte brachten *Tigrata* ins Stolpern, was ihr einen

spielerischen Klaps von *Bianchezza* sowie ein paar freche Kommentare der Kitten eintrug.

«Eine lustige Truppe, deine Freunde.» Elisa nahm Prince Charming wieder auf den Arm und kraulte sein Fell. «Sie können jederzeit wieder vorbeikommen. Was hältst du davon, wenn wir in Venedig bleiben? Eine Katzenpension aufmachen? Oder ein Café? Ein Katzencafé – das ist doch die Idee.»

«Mörgh», antwortete Prince Charming. Ihm war nicht wichtig, *welchen* Traum Elisa sich erfüllen wollte – er würde ihr nach Kräften helfen. Und seine neugewonnenen Freunde ebenfalls.

Ich und die Landeier

Ich bin die Katze, die alleine herumstreift,
und ich bin überall zu Hause.
Rudyard Kipling

Der Sommer naht, gestern bin ich vom Vogelgezwitscher aufgewacht. Dumme Biester. Eines Tages … Da wird das Fenster nicht zwischen uns sein, und dann zieht euch warm an!

Aber heute muss ich erst einmal herausfinden, ob ich mir Sorgen machen muss. Menschen werden nämlich mit dem Wechsel der Jahreszeiten komisch, vielleicht, weil sie nicht das Fell wechseln können wie unsereins.

«Im Sommer machen die Menschen etwas, das sie ‹Ferien› nennen. Oder ‹Urlaub›», hat der Hund im Tierheim mir erklärt, ein Deutsch-Drahthaar mit grauer Schnauze, aber immer noch viel Jagdfieber. Wir Katzen mussten aufpassen, ihm nicht zu nahe zu kommen. Aber ich konnte ihn alles fragen, was man so wissen musste, um im Tierheim über die Runden zu kommen. Von ihm erfuhr ich, wie ich mir Menschen aussuchen konnte und wie ich sie dazu brachte, dass sie mich aussuchten.

«Was ist am Ferien so schlimm?», fragte ich ihn.

«*An* Ferien heißt es. Plural.» Alter Besserwisser. «Ferien sind ein reines Menschending, das machen sie ohne uns.»

«Na und?» Das bisschen, was ich damals schon über die Menschen wusste, passte dazu. Zum Beispiel verlassen Menschen morgens ihr Revier, um erst abends zurückzukehren, wie Kater, die ihre Runde drehen. Aber so lange braucht kein Kater. Entweder sind Menschen sehr, sehr langsam, oder ihre Reviere sind sehr, sehr groß.

Jedenfalls erklärte mir der alte Hund, dass Ferien für unsereins wie auch für die Kläffer ein Problem seien, weil Menschen uns dann einfach irgendwo zurückließen. «Im Sommer wird's hier noch voller», prophezeite er mit dunkler Stimme. «Dann stapeln wir uns hier. Keine Chance auf Vermittlung.»

Als ich sah, wie er den Kopf hängen ließ, war mir klar, dass ich im Sommer nicht mehr im Tierheim sein würde. Und dass ich mir Menschen aussuchen würde, die ich so umgarnen könnte, dass sie niemals auf die Idee kämen, mich irgendwo auszusetzen. Die ersten zehn Menschen lehnte ich ab. Entweder, ich tat scheu, oder ich fauchte oder zog den Bauch ein und sabberte. Bis endlich die Familie kam, die so aussah, als könnte ich sie um die Krallen wickeln. Nach drei Minuten waren sie hin und weg von mir.

Und ich tue alles, damit das so bleibt. Ich jage Bällchen oder Fellmäuschen hinterher, auch wenn deren künstlicher Pelz sich blöde an den Zähnen anfühlt. Ich schnurre und schmuse, tobe und tanze – das volle Programm. Ich könnte wetten, dass sie mir alle verfallen sind: Männchen, Weibchen und ihre beiden Kleinen. Und bis jetzt lief alles gut für mich. Bis heute Morgen.

«Was machen wir mit Mimi im Sommer?», höre ich da das Männchen sagen. Diese Frage trifft mich gänzlich unvorbereitet. «Mitnehmen nach Schweden zu deiner Familie können wir sie ja wohl nicht.»

«Warum eigentlich nicht?», fragt das Weibchen. Sofort gehe ich zu ihr, um ihr um die Beine zu streichen. Wenn Menschen etwas Kluges sagen, muss man sie beizeiten belohnen. «Vielleicht reist Mimi ja gerne.»

«Ach ja?», antwortet er, mit dieser Stimme, über die sie sich immer so ärgert. Das verspricht interessant zu werden. «Darf ich dich daran erinnern, wie sehr die Katze krakeelt, wenn wir mit ihr zur Tierärztin fahren? Ein Flug ist bestimmt nichts für sie.»

So ein Blödsinn. An und für sich habe ich nichts gegen das Autofahren. Ich habe nur etwas gegen die Tierärztin. Wer lässt sich schon gerne piksen oder in den Ohren herumfummeln? Autofahren und fliegen verkrafte ich schon, wenn mein Zuhause davon abhängt. Ganz bestimmt. Ich reibe meinen Kopf am Frauchen, damit sie ihm das alles erklärt.

Sie seufzt. «Ich fürchte, du hast recht.»

Schneller, als ich «Maus» miauen kann, hebe ich die Pfote und fahre die Krallen aus, um sie ihr ins Bein zu schlagen. Zum Glück setzt mein Denkvermögen rechtzeitig wieder ein. Das wäre bestimmt nicht hilfreich. Also schnurre ich, so laut ich kann. Wenn ihnen das kein schlechtes Gewissen macht, weiß ich auch nicht weiter.

Frauchen seufzt noch einmal. Verflixt, die Sache scheint ernster zu sein, als ich ahnen konnte. «Also bleibt uns wohl nichts anderes übrig.» Sie bückt sich und streicht mir über den Kopf. «Mimi, du wirst mir fehlen.»

Autsch! Das kann doch wohl nicht wahr sein! Dafür habe ich nicht das letzte halbe Jahr schöngetan und mich nach Kräften bemüht, die perfekte Familienkatze zu werden. Das werdet ihr mir büßen. Kein Schmusen mehr, kein Kuscheln. Ab sofort wohne ich auf dem Schrank und komme nicht mehr herunter, bis sie in ihre Ferien fahren. Na gut, außer zum Fressen natürlich. Aber ansonsten sehen die nur noch meine funkelnden Augen oder meinen pelzigen Hintern.

Nein, ich werde nicht jammern. Mit eisiger Stille werde ich sie bestrafen, weil sie es wagen, mich zu verlassen. Ich werde so leise sein, dass sich ihnen das Nackenfell aufstellt.

Drei Tage später

«Auweia, so schlimm hat sie nicht einmal gejault, als wir mit ihr zur Zahnsteinbehandlung gefahren sind», meint das Männchen. «Vielleicht hätten wir Ohropax mitnehmen sollen.»

«Na ja, diese Lautstärke wird Mimi ja wohl keine zweistündige Fahrt durchhalten.» Typisch Frauchen – denkt immer positiv und hofft auf das Beste. «Psst, Mimi, alles wird gut.»

Von wegen. Die wollen mich einfach abladen wie ein kaputtes Möbelstück. Nichts wird gut! Da muss eine Katze doch jammern. Außerdem war leise sein einfach zu langweilig – jetzt habe ich ihre Aufmerksamkeit. Schon drei Mal haben sie angehalten, um mir meine Lieblingssnacks zu geben. Also, gefressen habe ich die Dinger schon, aber nach einer kurzen Pause gleich wieder mit dem Jammern begonnen.

«Meine Güte, die Katze muss doch langsam heiser werden.» Seine Hände verkrampfen sich so um das Lenkrad, dass die Knöchel weiß hervortreten. «Das nächste Mal geben wir ihr Beruhigungstabletten oder so was.»

«Sind doch nur noch zehn Kilometer.» Wieder wendet Frauchen sich zu mir. «Mimi, ruhig. Ist ja bald vorbei.»

Mir doch egal, ob es bald vorbei ist. Ich sorge schon dafür, dass die mich in Erinnerung behalten. Selbst auf die Gefahr hin, dass ich die nächsten Tage, Wochen und Monate nicht mehr maunzen kann.

«Da seid ihr ja.» Für einen Menschen macht die Frau einen patenten Eindruck. Angenehme Stimme, ehrlicher Geruch, ohne dieses ganze künstliche Zeug, das meine Menschen sich morgens über Körper und Gesicht schütten. «Hattet ihr eine gute Reise?»

«Hallo, Mama, frag nicht!» Mein Herrchen, wie er sich selbst nennt (ich nenne ihn Personal zweiter Klasse, weil er mir seltener Futter gibt als seine Frau), klingt, als wollte er gleich platzen. «Mimi ist wirklich keine Reisekatze.»

«Hallo, Kristine.» Auch Frauchen steigt aus dem Auto. Sie wirkt eher erschöpft als wütend. «Ich hoffe, bei dir benimmt Mimi sich besser.»

«Wo ist sie denn?» Die Frau namens Kristine öffnet die Autotür, um den Korb mit mir darin herauszuholen. Endlich denkt mal jemand an mich, die ich eine entsetzliche Fahrt mit gestressten Menschen hinter mich bringen musste. «Guten Tag, Mimi, willkommen auf dem Land.»

So ist das also. Dorfleben, ich komme. Ein paar Tage werde ich es hier schon aushalten, obwohl mir die kulturellen Errungenschaften der Stadt sicher fehlen werden. Ob die hier Fernsehen haben?

Aber Moment, was ist das denn? Wenn mich meine Nase nicht täuscht, bin ich hier nicht alleine. Mindestens zwei von meiner Art rieche ich. Und einen Kläffer. Probeweise strecke ich meine Krallen aus – ja, sie sind scharf. Ich bin für jeden Revierkampf gerüstet. Ich lasse mir nicht von so ein paar Landeiern den Thunfisch aus der Schüssel stehlen. Die werden mich schon kennenlernen!

«Geht Mimi auch nach draußen, oder ist sie eine reine Wohnungskatze?» Vorsichtig trägt Kristine mich ins Haus. Auch hier riecht, nein, *stinkt* es nach anderen. Typisch Kater! Müssen überall ihre Duftmarken hinterlassen, als ob sie was Besonderes wären. «Batman und Robin sind es gewöhnt, dass alle Türen offen stehen. Wenn Mimi im Haus bleiben soll ...» Batman und Robin? Das meint sie nicht ernst, oder? Na, da bin ich ja mal neugierig, was für Kater sich hinter den Namen verbergen.

Endlich kommen wir in einen riesigen Raum, in dem ich mich sicher wohlfühlen würde, wenn mich endlich jemand aus der blöden Transportbox ließe.

«Bei uns geht Mimi ab und zu raus, aber ich glaube, es ist ihr zu unheimlich.»

Hallo, was soll das denn heißen? Ich bin nicht ängstlich. Ich finde nur, draußen zu sein wird überschätzt. Warum sollte ich eine ruhige Wohnung mit weichem Bett und gutem Futter gegen eine wettergeplagte Weite eintauschen? Auf solche Ideen können nur Menschen kommen.

«Wo sind deine Kater?», fragt da Frauchen, Personal erster Güte, wie ich sie nenne. «Meinst du, sie kommen mit Mimi aus?»

«Ach, die beiden sind an sich friedlich.» Etwas in Kristines Stimme lässt mich aufhorchen. So klingen Menschen, wenn sie schwindeln. Aber natürlich bemerken Herrchen und Frauchen das nicht.

«Miangh! Miiiiangh!», bringe ich mich in Erinnerung, mit dem gewünschten Resultat.

«Entschuldige, Mimi, komm raus.» Kristine öffnet die Tür zu meinem Gefängnis. «Die ersten paar Tage bleibst du am besten hier.»

«Ja, das fehlt uns noch, dass sie wie dieser Kater aus Braunschweig nach Hause läuft», antwortet mein Herrchen. Als ob ich so wahnsinnig wäre, mich auf eine derart lange Reise zu begeben.

«Oder wie das Kätzchen in Australien», ergänzt Frauchen. Sie nimmt mich auf den Arm und streichelt mir über das Fell.

Genießerisch schließe ich die Augen. Mein lautes Schnurren jagt ihr hoffentlich ein schlechtes Gewissen ein.

«Ach, Mimi, ich werd dich vermissen.»

Eins zu null für mich. Ich lasse den Kopf hängen und jaule noch ein wenig, damit sie sich auch richtig mies fühlt.

«Wir sind doch bald wieder zurück, Mimi», verspricht mir Frauchen. «Kristine, hier ist noch eine Ration von Mimis Lieblingssnacks. Das sollte für vier Wochen reichen.»

Für *vier Wochen*? Vier Wochen allein unter Landeiern. Nun lasse ich den Kopf richtig hängen.

Während die drei aus dem Zimmer gehen, höre ich noch die sorgenvolle Stimme meines Frauchens: «Ich hoffe nur, dass alles so klappt, wie wir es uns gedacht haben.»

«Macht euch mal keine Sorgen», antwortet Kristine fröhlich. «Für eine Katze ist das hier ein Paradies. Mimi kann so viel entdecken, jagen, raufen, sie kann alles machen, was Katzen lieben.»

Jagen? *Ich?* Wie konnte ich Kristine jemals für sympathisch halten? Während ich mir noch überlege, wie ich diesem Elend entgehen kann, nähert sich mir ein Geruch. Blitzschnell springe ich herum, die Pfote mit ausgefahrenen Krallen erhoben, bereit, mein Leben und dieses Zimmer zu verteidigen.

«Okay. Wir bleiben jetzt alle mal ganz ruhig.» Der Kater, der mit mir spricht, als hätte ich nicht mehr alle Näpfe im Schrank, ist ein Riese, bestimmt doppelt so groß wie ich, tiefschwarz mit einem weißen Unterbauch. Der macht mich in drei Minuten fertig, wenn es hart auf hart kommt. Also sollte ich dafür sorgen, dass es nicht dazu kommt.

Cool bleiben, Mimi. Cool bleiben.

«Hallo. Ich bin Mimi.» Ich bemühe mich um eine sanfte Stimme und ein freundliches Gesicht. «Bist du Batman? Oder Robin?»

«Ich bin Schwarznase», sagt der Kater, wobei er reichlich angepisst aussieht. «Wehe, du sprichst mich mit dem blöden Namen an, den mir die Menschen gegeben haben.»

«Freut mich, Schwarznase. Und wo ist Rob… dein Kumpel?»

Da taucht aus dem Schatten hinter Schwarznase ein weißschwarzer Kater auf. Hatte ich eben gesagt, dass Schwarznase ein Riese ist? Robin – oder wie immer Schwarznases Kumpel heißt – ist gewaltig. Der muss Tiger- oder Löwen- oder Doggengene haben. Normale Katzen werden niemals so groß. Aber halt – der Kerl ist zwar riesig, scheint allerdings nicht viel Mumm zu haben. Er versteckt sich hinter seinem Kumpel und starrt mich aus aufgerissenen Augen an, als wäre ich hier das Riesenviech. Am liebsten würde ich «Buh» sagen, doch ich fürchte, dass Schwarznase keinen Humor besitzt.

«Das ist mein Bruder Weißbauch.» Schwarznases Stimme und Blick sagen mir deutlich, dass ich besser keine Späßchen mit Weißbauch treibe.

«Wie lange lebt ihr Jungs schon hier?», frage ich forscher, als ich mich fühle. Aber wenn ich nicht von Beginn an klarmache, wo der Hase langhoppelt, kommen vier harte Wochen auf mich zu. Das kenne ich noch aus dem Tierheim. «Ich bleibe nur vier Wochen, also können wir alles ganz easy angehen.»

«Wovon redet die?», fragt Weißbauch seinen Bruder, wobei er noch immer meinem Blick ausweicht.

«Sie macht uns keinen Ärger, wir machen ihr keinen Ärger.» Schwarznase spricht beruhigend auf seinen Bruder ein, der anscheinend nicht der Hellste ist. «So ist das doch, nicht wahr, *Mimi?*» Die Art, wie er meinen Namen betont, gefällt mir gar nicht. Aber ich bin hier zu Gast, also werde ich höflich bleiben – jedenfalls bis ich herausgefunden habe, wie der Laden läuft.

«Klar, Schwarznase, alles super.» Ich strecke mich ein wenig und lasse dabei ein bisschen die Krallen blitzen, damit sie sehen, dass ich ihnen nicht hilflos ausgeliefert bin. «Also, zeigt ihr mir jetzt euer Revier, oder muss ich mir alles allein ansehen?»

Die Kater wechseln einen verschwörerischen Blick, aber sie werden mir schon nichts tun. Davor beschützt mich sicher Kristine. Hoffe ich jedenfalls.

«Na gut, komm mit.» Schwarznase läuft voran, sein Bruder hinterher. Mir bleibt nichts anderes übrig, als mich ihnen anzuschließen. «Was willst du alles sehen?»

Mit der Frage habe ich gar nicht gerechnet. «Ach, ich würde mir gern so einen groben Überblick verschaffen», presse ich schließlich heraus und hoffe, dass es nicht zu dämlich klingt. «Was gehört denn so alles hierzu?»

«Dann fangen wir bei Harras an», schlägt Schwarznase vor, was bei Weißbauch zu Schnappatmung führt. «Oder hast du Angst vor Kläffern?»

«Nee, auf keinen Fall. In der Stadt gibt es Tausende davon.»

Dass ich die allerdings nur aus der Sicherheit meines Hauses beobachte, verschweige ich lieber, sonst halten die Landeier mich noch für ein verwöhntes Weichei.

«Harras – Mimi. Mimi – Harras.» Schwarznase gibt mir einen Schubs, sodass ich dem riesigen Kläffer fast vor die Schnauze falle. Dann verduften er und sein feiner Bruder schneller, als ich «Miarf» sagen kann.

Der Hund schaut mich überrascht an. Ich schaue mindestens genauso überrascht zurück. Wow, ist der massiv. Als er mich anknurrt, erblicke ich seine gewaltigen Zähne. Harras scheint es nicht so mit Katzen zu haben – kein Wunder, wenn ich mir Schwarznase und seinen Kumpel so angucke.

«Hallo, Harras», maunze ich freundlich, wobei ich mich gleichzeitig nach einer Fluchtmöglichkeit umsehe. Müsste der Hund nicht angeleint sein? Oder hinter Gittern? «Nett, dich kennenzulernen.»

Was Harras mir antworten wollte, werde ich wohl nie erfahren, denn in diesem Moment biegt meine Rettung um die Ecke.

Kristine.

«Harras! Sitz!» Nur zwei Worte, und der Kläffer sitzt sofort auf seinen Hinterpfoten. «Sag mal, Mimi. Das fängt ja gut an. Heute solltest du doch noch gar nicht auf den Hof gehen.»

«Miargh, miam!» Voller Dankbarkeit schmeiße ich mich an Kristines Bein, um ihr klarzumachen, dass sie mein Leben gerettet hat. Natürlich lasse ich es mir nicht nehmen, nebenbei mit meinem Schwanz unter Harras' Nase herumzuwedeln, in der sicheren Gewissheit, dass er es mit Kristine in der Nähe niemals wagen würde, mich zu beißen. Dann nimmt sie mich auf den Arm und trägt mich ins Haus.

Die beiden Feiglinge Schwarznase und Weißbauch lassen sich den ganzen Abend nicht mehr blicken, als fürchteten sie den Ärger mit Kristine. Mir soll's recht sein. Auf diese Weise habe ich Kristines Schoß ganz für mich und genieße die Streicheleinheiten, während wir Fernsehen schauen. So kann es bleiben.

«Wir hatten einen ...», Schwarznase räuspert sich geräuschvoll, «... etwas schlechten Start.» Immerhin scheint er ein schlechtes Gewissen zu haben. Oder er versucht, mich auszutricksen. Aber das passiert mir kein zweites Mal. Ab jetzt werde ich vorsichtiger sein.

«Schlechter Start», echot sein Bruder. «Wird besser.»

«Kann eigentlich nur besser werden», antworte ich fröhlich, um den Jungs das Gefühl zu geben, ich wäre total lieb und harmlos. Wartet's nur ab, das Abenteuer mit Harras zahle ich euch noch heim. «Vergessen wir gestern.»

«Wir wollten dir den Hof und die Weiden zeigen», sagt Schwarznase, der Wortführer.

Weißbauch nickt. «Falls du dich noch traust.»

«Aber klar. Gern.» Schlimmer als gestern kann's ja wohl nicht werden. Schließlich haben wir Katzen nicht so viele natürliche Feinde, oder? Zumindest nicht in der Stadt. Auf jeden Fall werde ich mich eng an Schwarznase halten, so schnell haut der mir nicht wieder ab.

Nachdem eine ganze Weile auf unserem Spaziergang über den Hof nichts passiert ist, beginne ich, den Weg zu genießen, das Gefühl von Gras unter meinen Pfoten, den Geruch der Erde, die sich in der Sonne erwärmt. Vielleicht komme ich doch besser mit dem Landleben klar, als ich dachte.

«Wo geht's heute hin?», frage ich, damit wir uns nicht die ganze Zeit anschweigen. «Habt ihr noch einen Kläffer für mich?»

«Nein. Es gibt nur Harras», flüstert Weißbauch so leise, als könnte der Kläffer ihn sonst hören. «Heute nur Kühe. Harmlos.» Obwohl er mir so gut wie nichts verraten hat - was zur großen Katze sind Kühe? -, bekommt er von Schwarznase eins mit der Pfote übergezogen.

«Kühe also», sage ich, als hätte ich schon Tausende gesehen. Die gibt's bestimmt im Zoo, aber da kommen Katzen ja nicht rein, was irgendwie unfair ist. «Viele?»

«Schau selbst.» Plötzlich macht Schwarznase eine unvermutete Drehung nach rechts. Aber ich bin vorbereitet und drehe mich mit, damit er mich nicht wieder im Stich lassen kann.

Vor uns auf der Weide stehen Dutzende von großen Tieren, die alle so schwarz-weiß gefleckt sind wie Weißbauch. Das müssen die Kühe sein. Sie interessieren sich nicht die Bohne für uns, sondern behalten die Köpfe unten. Ich pirsche mich etwas näher an sie heran. Aha, sie fressen also Rasen. Mache ich auch manchmal, damit ich die Haare aus dem Magen herausbekomme. Die Viecher hier müssen viel Fell im Magen haben, so, wie die das Gras wegfuttern.

Eine der Kühe schaut mich direkt an. Sie macht einen freundlichen Eindruck, hat große braune Augen, eine riesige Nase, scheint absolut friedlich. Also schleiche ich noch näher, gefolgt von den mutigen Katern. Da entdecke ich es!

«Was haben die armen Viecher denn da am Bauch?» Mich schüttelt es. Das muss beim Laufen unheimlich stören. «Warum schaut die sich kein Arzt an?»

«Hä?», fragt der weiß-schwarze Kater. Habe ich schon erwähnt, dass er nicht besonders pfiffig ist?

«Na, das da.» Muss ich ihn mit der Nase draufstoßen?

«Da kommt doch die Milch raus.» Schwarznase schaut mich an, als wäre ich total dämlich. «Daraus machen die Menschen dann Quark und Joghurt und Käse.»

«Du verarschst mich!» Ich schlucke.

«Nein, echt», springt Weißbauch seinem Bruder bei. «Abends gehen die Kühe in den Stall und werden gemolken. Daher bekommen wir leckere Milch, frisch aus dem Euter.»

Das war's! Mir wird übel. Auf gar keinen Fall werde ich auch nur noch einmal in meinem Leben Milch anrühren. Joghurt auch nicht. Denk an was Schönes, Mimi. Thunfisch. Lachs. Garnelen ...

Schon besser.

«Jetzt habe ich aber genug Weide gesehen. Was gibt's bei euch noch?» Wieder wechseln die Kater einen Blick, der mir gar nicht gefällt.

«Die Scheunen», antwortet Schwarznase - wer sonst? «Unser Revier. Falls du allerdings Staub nicht magst ...»

«Staub? Liebe ich. Haben wir bei uns zu Hause in allen Ecken.» Gut, dass Frauchen das nicht hört. Wie hat sie gekreischt, als ich mit Spinnweben in den Barthaaren hinter dem Sofa auftauchte, als der Chef von Herrchen zu Besuch war.

Wieder folge ich den Katern über die Wiesen, deren Gras meine Pfoten kitzelt, hin zu einem Haus, das wohl besagte Scheune sein muss. Es sieht aus wie jedes andere Gebäude, hat nur weniger und kleinere Fenster. Sicherheitshalber - den Katern traue ich nur so weit, wie ich sie am Nackenfell schleppen könnte - prüfe ich, ob es mehrere Ausgänge gibt, falls mich wieder so etwas wie Harras erwartet.

Sobald ich hinter den Katerbrüdern in die Scheune getreten bin, bleibe ich staunend stehen. Durch die schmalen Fenster fällt Sonnenlicht auf etwas Goldenes, das überall herumliegt. Davon steigen Partikel auf, die in der Sonne tanzen.

«Was ist dieses Goldene?», frage ich, bevor mir einfällt, dass ich ja cool und wissend wirken wollte.

«Kennst du kein Stroh?» Warum kommen die doofen Fragen immer von Weißbauch? «Das bleibt vom Getreide übrig, nachdem es gemäht wurde.»

Und wenn ich es bis ans Ende meiner Tage nicht herausfinde, ich werde den Kläffer tun und fragen, was Getreide ist. Aber Stroh gefällt mir, das muss ich mir genauer ansehen. Doch kaum bin ich bei den ersten Halmen angelangt, fängt meine Nase an zu kitzeln, so heftig wie noch nie. Ich niese und niese und niese, als müsste ich den Rest meines Lebens damit verbringen. Endlich stoppt das Jucken in meiner Nase, sodass ich wieder Luft holen kann. Staub auf dem Land und Staub in der Stadt unterscheiden sich gewaltig.

«Ich wollte dich gerade warnen.» Schwarznase lächelt falsch. «Von dem Strohstaub muss man niesen. Jedenfalls, wenn man so dumm ist, zu nah heranzugehen.»

«Habe ich gerade bemerkt. Aber ich finde ja, man sollte alles mal ausprobiert haben.» So, blöder schwarzer Kater, friss das. Entspannt setze ich mich hin, um den Staub aus meinem Fell zu putzen, als plötzlich ...

... hinter dem Stroh etwas Kleines, Bepelztes auftaucht und in einem Affenzahn an mir vorbeigaloppiert.

«Miarrgh!» Aus dem Stand hüpfe ich mindestens fünf Meter in die Höhe. Gute Güte, dieses Landleben bringt mir noch einen Herzinfarkt. «Was war das denn?», frage ich den weißschwarzen Kater, der nur dämlich vor sich hin kichert. In der Stadt würde der keine zehn Minuten überleben. Das erste Auto wäre seins, hundertpro.

«Das, meine Liebe», antwortet der schwarze Kater stattdessen mit einem breiten Grinsen, «das war eine Maus. Hauptnahrungsmittel der Hofkatze. In der Stadt gibt es die wohl nicht?»

Mist! Riesenmist! Doppeloberriesenmist! Klar kenne ich Mäuse. Aber meine sind aus Stoff und bewegen sich nur, wenn ich sie in die Luft werfe. Dass es auch lebendige Mäuse gibt, war mir nicht klar. Bei uns zu Hause jage ich nur Achtbeiner und Fliegetiere. Wie komme ich aus der Nummer nur wieder raus, ohne ganz blöd auszusehen? Denk nach, Mimi, denk nach!

«Ach, *das* sind eure Mäuse», sage ich schließlich und knabbere gelangweilt an meinen Krallen. «Die sind aber klein. Bei uns in der Stadt …»

«Sind sie viel größer?», ergänzt der schwarze Kater. Höre ich da etwa Ironie? Das hätte ich dem Landei gar nicht zugetraut. «Lass uns jagen gehen.»

Seine letzten Worte versetzen mich in Panik. Jagen? Ich? Diese kleinen bepelzten Dinger? Warum sollte ich etwas jagen, das viel kleiner und bestimmt auch viel schneller ist als ich?

«Ach, nee, lass man gut sein», wiegele ich ab und hoffe, dass er mir die Furcht nicht anhört. «Ich hatte heute schon genug Sport. Und so kleine Dinger fordern mich nicht heraus.»

Da lässt sich der weiß-schwarze Kater auf die Seite fallen und bricht in hysterisches Miauen aus. Wie konnten meine Menschen nur auf die Idee kommen, mich als intelligente Stadtkatze zu den Dorfdeppen zu verfrachten? Nur damit sie ihre Ferien genießen können!

«Die Maus war dir also zu klein?», fragt Schwarznase. Ich sehe ein tückisches Funkeln in seinen Augen, kann mir aber keinen Reim darauf machen. «Bei euch in der Stadt sind Mäuse größer?»

«Habe ich das nicht gesagt?» Meine Güte, wie doof sind die hier eigentlich? Wie der eine heißt, so sieht der andere aus. «Bei uns in der Stadt ignorieren wir solche Winzmäuse, wie ihr sie hier habt.»

«Also habt ihr *richtig große* Mäuse?», fragt er zum tausendsten Mal.

Ich gewähre ihm keine Antwort.

Da deutet er mit der Pfote hinter mich. «So groß etwa?»

Betont langsam drehe ich mich um und springe dieses Mal mindestens zehn Meter in die Höhe. Mein Fell sträubt sich wie von allein, mein Herz schlägt so laut, dass ich mein eigenes Aufkreischen kaum höre. Vor mir steht ein Monster. Heilige Bastet, Göttin der Katzen. So etwas habe ich noch nie gesehen. Das ist eine Riesenmaus. Der Godzilla unter den Mäusen. Dichtes graues Fell, schwarze, extrem bösartig blickende Augen, eine spitze Schnauze, aus der ziemlich große Zähne hervorragen, und ein langer nackter Schwanz. Das Biest bleibt ganz ruhig sitzen und starrt mich an.

Verflixt, was soll ich machen?

Wenn ich das Viech angreife, ist mein Leben keinen Pfifferling mehr wert. Dieser Trumm macht mich in fünf Minuten fertig – in maximal fünf Minuten. Aber wenn ich abhaue, machen sich die Kater bis ans Ende aller Tage über mich lustig, und das könnte ich beim besten Willen nicht verknusen. Ein schneller Blick nach hinten bestätigt meine Vermutung: Da sitzen die Jungs auf ihren Hintern und schauen zu, wie Mimi die Sache mit der Monstermaus regelt.

Denk nach, Mimi, denk nach!

Also hole ich tief Luft und schalte das Gehirn ein, höre nicht auf den Bauch, der hysterisch kreischt: Lauf um dein Leben!

Fakten-Check: Erstens ist das Biest megagroß und sieht

megamies aus. Zweitens: Wenn es wirklich gefährlich wäre, würden die Kater hinter mir nicht feixen, sondern angreifen oder weglaufen. Ergo ist das Ganze ein Test für die Stadtkatze. Da habt ihr euch aber gewaltig geschnitten, Jungs!

«Hey, Digga, was geht?» Betont langsam schlendere ich auf das Megaviech zu, in der Hoffnung, dass es mir die coole Großstadtkatze abnimmt und sich nicht von mir provoziert fühlt. Hinter mir höre ich die Kater tief einatmen. Tja, damit habt ihr wohl nicht gerechnet!

«Wen nennst du hier dick? Ich bin eine vollkommen normalgewichtige Ratte», grollt das Monster mit tiefer Stimme. «Wer bist du überhaupt?»

Ups, da scheine ich wohl den wunden Punkt der Megamaus getroffen zu haben. Bloß nicht mehr Gewicht oder Figur erwähnen. «Kein Stress, Mann», sage ich, nur, um irgendetwas zu sagen. «Ich bin Mimi aus Kassel. Meine Menschen haben mich hier abgeladen.»

«Warum?» Das Biest kommt näher und setzt sich zwei Pfotenbreit vor mir auf den Boden. Seine Nase zittert. «Also, Mimi aus Kassel, sollst du hierbleiben? Falls ja, dann lass mich mal eins klarstellen.» Beim Sprechen gewährt mir das Tier einen guten Blick auf seine scharfen Zähne. Müsste es nicht verboten werden, dass Ratten so groß werden?

«Kein Stress», wiederhole ich, was mir ein wütendes Augenrollen und noch mehr Nasenzittern einbringt. Mister Monster mag es offenbar nicht, unterbrochen zu werden. «Alles easy, Alter.» Hoffentlich hat Mister Monster nicht auch noch Probleme mit dem Altern. Schnell quassele ich weiter. «Ich bleib nur ein paar Tage. Da müssen wir beide uns keinen Ärger machen, oder? Leben und leben lassen, sag ich immer.»

«Wo habt ihr die denn hergeholt?», grollt das Riesenviech

an meine Kumpels gewendet, die gerade erfolgreich versuchen, Katzenstandbilder zu imitieren. «Wollt ihr mich vergackeiern?»

«Pass mal auf», sage ich mit meiner besten Clint-Eastwood-Imitation. «Wir können das hier friedlich regeln, oder ...»

«Oder was?» Nun richtet das Monster seine volle Aufmerksamkeit wieder auf mich.

Oh-oh. Jetzt hilft mir nur noch ein großer Bluff. Ich setze mich auf die Hinterbeine, hebe die Vorderpfoten und brülle: «Miiii-arrr!»

Die Ratte bleibt stehen, auf ihrem Gesicht zeichnet sich Unglauben ab.

Elegant springe ich nach vorn, wobei ich erneut schreie: «Miii-arrgh!» Als ich es angreife, ist das Monster so überrascht, dass ich es umhauen kann. Das ist meine Riesenchance. Ich springe auf die Ratte, umschließe ihre Kehle mit den Zähnen – igitt, schmeckt das fies! – und knurre: «Rrgib disch odr du bischt ddran!» Mit so viel Fell im Maul fällt das Sprechen schwer. Ich beiße noch etwas fester zu, und die Ratte erstarrt.

«Ich ergebe mich. Ich ergebe mich!»

«Okay», sage ich und bringe schnell wieder etwas Sicherheitsabstand zwischen uns beide. «Ich werde vier Wochen hier wohnen. In der Zeit sollten wir beide uns besser nicht noch einmal begegnen. *Capito?*»

Das Monster nickt und galoppiert davon, als wären die Höllenhunde hinter ihm her. Ich drehe mich zu meinen Katern um, die mich anstarren wie das achte Weltwunder.

«Und ihr habt's hoffentlich auch begriffen?»

Sie nicken.

Mit hoch erhobenem Schwanz trotte ich zurück ins Haus.

Auch wenn ich den ganzen Weg über Rattenfell ausspucken muss, das war's auf jeden Fall wert.

Einige Tage später habe ich mich, anpassungsfähig wie alle meiner Art, an das Landleben gewöhnt und chille. Morgens Frühstück bei Kristine, anschließend ein bisschen über die Weiden laufen, Mittagessen bei Kristine, Mäuse erschrecken in der Scheune, ein Schläfchen, Harras ärgern, Abendessen bei Kristine, gefolgt vom gemeinsamen Fernsehen und Schlafen. Durch die gute Landluft habe ich einen Riesenappetit; durch das viele Herumgerenne habe ich Muskeln bekommen. So kann es die nächsten Wochen bleiben. Urlaub auf dem Land ist gar nicht so übel.

Doch dann bemerke ich, dass irgendetwas nicht stimmt. Inzwischen kenne ich die beiden Kater so gut, dass ich mitbekomme, wenn sie mir etwas verheimlichen. Ständig ist einer an meiner Seite, während der andere verschwindet. Damit ist meine Neugier geweckt. Ich tue harmlos und gähne. Soll Weißbauch doch glauben, dass ich gleich ein Nickerchen mache.

Genau wie geplant beobachtet er mich eine Weile, bis er davon überzeugt ist, dass ich tief und fest schlafe. Dann dreht er sich um und haut ab. Ich gewähre ihm einen kleinen Vorsprung, bevor ich aufspringe und ihm auf leisen Pfoten nachlaufe. Zu meiner Verwunderung schaut sich Weißbauch mehrmals um, als ahnte er, dass ich ihn austricksen will. Ist er am Ende doch nicht so doof, wie ich dachte?

Sicherheitshalber halte ich Abstand. Der Kater verschwindet in der Scheune. Da kann doch nichts Besonderes sein? Dort habe ich erst gestern einer Mäusefamilie, die sich nichts ahnend sonnte, den Schock ihres Lebens verpasst. Langsam und vorsichtig folge ich Weißbauch, der in die Tiefen der Scheune verschwindet.

«Was macht ihr da?»

Hihi, Schwarznase und Weißbauch können auch ganz schön hochhüpfen. Stadtkatze Mimi weiß eben auch, wie man sich anschleicht! Die beiden sehen ja so was von ertappt aus. Oh, nicht nur das: Sie scheinen ziemlich sauer zu sein, dass ich ihnen gefolgt bin. Sich so aufzuplustern und sich wie eine Wand aus Fell, Zähnen und Krallen vor mir aufzubauen ist doch ein bisschen übertrieben für meinen kleinen Scherz, oder?

«Verschwinde, Stadtkatze», grollt Schwarznase. So sauer habe ich den Chefkater noch nicht erlebt.

«Ja, hau bloß ab», eifert Weißbauch ihm nach.

Wenn ich jetzt klein beigebe, bekomme ich hier nie eine Pfote auf den Boden. Also plustere ich mich ebenfalls auf, so weit ich kann. Ihr macht mir keine Angst, ihr nicht!

Schweigend stehen wir uns gegenüber, starren uns in die Augen – ich werde nicht als Erste blinzeln. Ich nicht.

Ha, gewonnen! Der Weiß-Schwarze wendet den Blick ab. Der Schwarze versucht weiter, mich niederzuglotzen. Ich halte dagegen. Da musst du schon früher aufstehen, Landei!

«Verschwinde, oder du wirst es bereuen», zischt Schwarznase.

«Sagt wer?», antworte ich und plustere mich noch mehr auf.

Er grollt.

Ich fauche.

Weißbauch jault, ein nerviges Geräusch.

Plötzlich ertönt ein leises Stöhnen hinter der Mauer aus wütenden Katern. Haben die beiden etwa eine Maus erwischt?

Ich würde die kleinen Dinger nie töten oder mit ihnen spielen, aber für die Kater lege ich keine Pfote ins Feuer.

Aber nein, Mäuse stöhnen nicht. Also haben die Landeier sich ein anderes Opfer gesucht. Und ich dachte, wir könnten Freunde werden. Wut und Enttäuschung geben mir einen Kick, sodass ich den Schwarzen mit ausgefahrenen Krallen anspringe, fauche, spucke, kreische. So laut, dass er überrascht zur Seite springt, woraufhin ich die Bescherung sehen kann.

Wie konnte ich den Blutgeruch nicht bemerken, der dick in der Scheune schwebt? Mir wird übel. Vor mir im Heu liegt eine von uns, eine zarte Dreifarbige. Glückskatze nennen die Menschen sie. Aber Glück hatte sie wohl keines. Ihre Seite ist aufgerissen, Blut pulsiert aus der Wunde. Ihre schönen grünen Augen sind von einem dunklen Schleier überzogen. Aber das Schlimmste sind die drei Jungen, die neben ihr liegen. Sie sind winzig, haben die Augen gerade erst offen. Ohne ihre Mutter können sie nicht überleben.

«Wir müssen was tun!», schnauze ich die Kater an, die betreten zur Seite schauen. Kater! In Zeiten der Not so hilfreich wie ein Stück Holz. «Sonst stirbt sie.»

«So schlau sind wir auch», murrt Schwarznase, guckt dabei aber so traurig, dass ich ihm nicht böse sein kann. «Ich habe die Wunde sauber geleckt, aber sie blutet weiter.»

«Was ist passiert?», frage ich, einfach, um Zeit zu gewinnen, damit meine Gedanken sich sortieren können. Es darf nicht sein, dass hier gleich vier Leben auf einmal enden. «Wer hat ihr das angetan?»

«Der kleine Schwarze», antwortet die Katze, ihre Stimme nur ein Hauch. «Er ist mir weggekrabbelt. Auf den Weg. Da kam eins der lauten Blechdinger ...»

Mehr muss sie nicht sagen. Wie jede Mutter hat sie versucht, ihr Kind zu retten. Meine Kehle fühlt sich an wie zugeschnürt. «Wir holen Kristine», sage ich schließlich.

«Nein!» Obwohl sie schwach ist, versucht sie aufzustehen. «Keinen von denen. Niemals!»

«Dann stirbst du.» Wie kann man nur so stur sein? Sie muss doch an die Kleinen denken. «Und wenn du stirbst, sterben deine Jungen auch.»

«Menschen haben meine ersten Kleinen ...» Ihre Stimme bricht. Weißbauch legt sich neben sie, leckt ihr beruhigend den Kopf. Dankbar schließt sie die Augen. «... ermordet. Sie haben sie in einen Sack getan und in den Fluss geworfen. Ich habe sie schreien gehört. So lange.»

Mir verschlägt es die Sprache. Auch in der Stadt gibt es grausame Menschen, die Schwächeren Übles antun, aber noch nie habe ich gehört, dass jemand die Schutzlosesten der Schutzlosen tötet. «So etwas würden unsere Menschen nicht tun», presse ich schließlich hervor. «Die Frau ist gut zu uns.»

«Das dachte ich auch.» Die Katze ist kaum noch zu verstehen. «Meine Menschen. Sie ...» Ihr Atem stockt.

Vorsichtig nähere ich mich ihr, suche nach Anzeichen, ob sie noch lebt. Ganz leicht nur hebt und senkt sich ihre Brust. «Bleibt bei ihr», befehle ich den Katern. In gestrecktem Galopp renne ich ins Haus. Lass es nicht zu spät sein, bete ich zur Katzengöttin.

«Was ist denn mit dir los, Mimi?» Kristine streicht mir sanft über den Kopf. «Haben die beiden Kater dich wieder geärgert?»

«Miöörgh», rufe ich, unser Wort für große Gefahr, aber sie versteht mich nicht. Warum sind Menschen bloß so unkommunikativ? «Miang! Mianggg!»

Nichts. Sie kapiert es einfach nicht. Meine Gedanken purzeln übereinander wie Kitten, die im Sonnenlicht spielen. Die

Kitten. Ich muss sie retten. Endlich habe ich die zündende Idee. Das muss funktionieren.

Vorsichtig schüttele ich ihre Hand ab und laufe zur Tür.

«Miag!»

«Möchtest du raus?»

«Miag!»

«Bitte schön.» Kristine öffnet mir die Tür. Ein Mensch, der Türen öffnet, tötet doch bestimmt keine Babys? Ich muss meinem Katzenverstand trauen. «Das nächste Mal benutzt du bitte wieder das Fenster.»

«Miiiarf!» Halb trete ich hinaus, schaue sie auffordernd an. Hoffentlich begreift sie, was ich von ihr will.

«Ach, ihr Katzen. Erst wollt ihr rein, dann wollt ihr raus.» Sie bückt sich, streicht mir über das Fell und dreht sich schon wieder um.

«Mei-rei!», kreische ich mit aller Kraft, laufe ein Stück nach draußen, drehe mich nach ihr um und kreische erneut. Wenn das nicht hilft, dann weiß ich nicht mehr weiter. «Määäng.»

«Mimi, hast du etwas Falsches gegessen?» Immerhin folgt Kristine mir ein Stück. «Deine Familie verzeiht es mir nie, wenn du dich hier vergiftest.»

Sie greift nach mir, aber ich ducke mich weg, laufe weiter. Sie folgt mir. Genau so, wie ich es geplant habe. Aber langsam, viel zu langsam.

Endlich haben wir die Scheune erreicht. Riecht sie denn das Blut nicht? Wie können Menschen mit den schwachen Sinnen nur überleben? So schnell es geht, führe ich die Frau zur Glückskatze. Die beiden Kater sitzen neben ihr, hilflos wie die drei Kitten.

«Was ist denn hier passiert?» Vorsichtig nähert Kristine sich der verwundeten Katze. «Ach, du Arme. Wir müssen dich sofort zum Tierarzt bringen. Dich und deine Babys.»

Ja! Ich wusste es: Sie ist ein guter Mensch. Aber die Glückskatze glaubt ihr nicht. Mit letzter Kraft faucht sie und spuckt und zeigt ihre Krallen. Kristine weicht zurück.

«Lass dir doch helfen, du dummes Stück!», kreische ich frustriert. Die Kater ducken sich und tun so, als ginge sie das alles nichts an. «Denk an deine Kleinen.»

«Das mache ich ja.» Taumelnd erhebt sich die Glückskatze, versucht, ihre Jungen davonzutragen, doch ihr knicken die Beine weg. Es ist ein Bild zum Erbarmen. «Hilf mir. Rette meine Babys.»

«Pscht, Katze. Alles wird gut.» Kristine spricht mit leiser, einschmeichelnder Stimme. Aber was macht sie jetzt? Ich erstarre. Sollte die Glückskatze recht behalten, und Menschen meinen es wirklich schlecht mit unseren Kindern? Während Kristine ihre Strickjacke auszieht, bereite ich mich vor. Wenn sie den Kitten weh tut, werde ich ihr weh tun. Aber nein, sie legt die Jacke ins Heu. Sanft hebt Kristine die Glückskatze an, obwohl diese immer noch faucht und spuckt. Ununterbrochen leise redend, wickelt die Frau die Katze und deren Kitten in die Jacke. Dann rennt sie zu der stinkenden Blechkiste. Noch im Laufen holt sie dieses seltsame Ding aus ihrer Tasche, mit dem die Menschen reden, als ob es antworten könnte.

«Hallo, Buchholz hier. Ich habe eine angefahrene Katze mit drei Jungen.» Kurz schweigt sie. «In fünf Minuten bin ich da. Es sieht nicht gut aus.»

Die Kater und ich wechseln einen Blick. Uns bleibt nichts anderes übrig, als der Frau hinterherzuschauen.

Wir warten und warten und warten. Ich tigere über den Hof zur Scheune, wieder zum Haus, wieder zur Scheune. Nichts.

Endlich hören meine feinen Ohren die Blechkiste. Sofort kommen die Kater angerannt. Gemeinsam setzen wir uns auf den Hof, aufmerksam beobachtet von Harras, der uns angeifert, aber nicht erreichen kann.

Nach einer halben Ewigkeit öffnet Kristine die Autotür. Das ist ja nicht zum Aushalten. Aufgeregt laufe ich näher heran. Wo ist die Glückskatze? Wie geht es den Kitten? Schließlich zieht sie die Tür zum Rücksitz auf, wo ich auch immer sitze, wenn ich zum Tierarzt gefahren werde. Vorsichtig holt sie eine kleine Kiste heraus, aus der zaghaftes Maunzen zu hören ist.

Die Kitten.

Aber wo ist die Glückskatze? Ist sie ...?

«Die Katze ist schwer verletzt», erklärt Kristine, als könnte sie meine Gedanken lesen. «Sie muss noch zwei Tage beim Tierarzt bleiben, zur Beobachtung.»

Was? Wie? Wann? Aber wie soll die Katze ihre Kinder ernähren, wenn sie nicht bei ihnen ist?

«Tja, Mimi. Da hast du mir etwas Schönes eingebrockt», meint Kristine mit einem Lächeln in der Stimme. «Jetzt muss ich die Kleinen aufziehen. Alle vier Stunden füttern. Du kannst mir helfen, sie warm zu halten.»

Ich?!

Das muss ich laut ausgesprochen haben, so seltsam, wie die Katerkumpel mich anschauen. Aber ich und Kinder? Nee, das kann ich mir beim besten Willen nicht vorstellen.

«Mimi. Batman. Robin.» Kristine schließt die Haustür auf. «Kommt, Futter für euch und die Kleinen.»

Was diese Winzlinge wohl fressen? Die hatten doch gerade erst die Augen geöffnet, da kann man ihnen mit Dosenfutter bestimmt noch nicht kommen, oder? Die Neugier und das Versprechen, etwas zu fressen zu bekommen, treiben mich hinter den Katern ins Haus.

In der Küche stellt Kristine den Korb mit den Kitten auf die Spüle. Das Maunzen ist lauter und energischer geworden, was ich gut verstehen kann. Hunger ist schlimmer als Heimweh. Mit hochgereckten Köpfen beobachten die Kater und ich jede von Kristines Handbewegungen. Wann greift sie endlich nach dem wichtigsten Gerät in der Küche: dem Dosenöffner?

Aber erst holt sie eine Packung aus der Tasche und liest uns etwas vor. «Katzenaufzuchtmilch. Verdünnen. Aha, kann ja nicht so schwer sein.» Anstatt uns zu füttern, bereitet Kristine die Milch für die Kitten vor, was für meinen Geschmack viel zu lange dauert.

«Mack?»

«Einen Moment dauert es noch, Mimi.»

«Mack! Mack!», mischen sich jetzt auch Schwarznase und Weißbauch ein, bis Kristine nachgibt.

«Schon gut. Dann müssen die armen Kleinen eben noch ein bisschen warten.»

Sooo lange dauert es doch auch wieder nicht, für mich und die Kater eine Dose zu öffnen und uns das Futter in die Näpfe zu schütten. Da sind wir Katzen nun mal konservativ. Mittag gibt es um zwölf. Jeden Tag. Punkt zwölf. Bitte.

Nachdem wir gespeist haben, beobachten wir interessiert, was Kristine da veranstaltet.

«Was macht sie denn jetzt?» Oh, mal etwas, das Herr Schwarznase nicht versteht. «Ob das so alles richtig ist?»

Sie nimmt das schwarze Katerchen, hält es fest in der Hand und versucht, ihm den Schnuller an einer kleinen Flasche ins Mäulchen zu pressen. Der Kleine spuckt aus. Erst nach viel Zureden und etlichen danebengegangenen Milchspritzern trinkt der Schwarze. Geduldig wiederholt Kristine die Prozedur bei den anderen beiden. Sobald sie den Kitten diese Aufzuchtmilch verpasst hat – wobei sie die Hälfte verschüttet hat –, massiert sie ihnen die Bäuchlein. Seltsam.

«Nun komm schon, Kleines. Mach dein Geschäft, und dann darfst du schlafen.»

Dunkel erinnere ich mich, dass meine Mama mir nach dem Fressen immer den Bauch geleckt hat, bis ich alt genug war, so was allein zu regeln. Gut, dass Kristine nicht von mir verlangt hat, diesen Job zu übernehmen.

«So, meine Süßen, jetzt kommt ihr noch auf die Wärmedecke.» Kristine trägt die Kitten ins Wohnzimmer, die Kater und mich im Schlepptau. Dort legt sie die Kleinen ab: ein Glückskätzchen, das aussieht wie eine Miniaturausgabe seiner Mutter, ein Grautigerchen, das mich anblinzelt, und den kleinen Schwarzen, dessen Neugier an allem schuld war. Hinter mir seufzt Weißbauch, der sentimentale Kerl. Aber auch mir wird warm ums Herz, als ich die Babys so sehe.

Während die Kater und ich die Kitten bewundern, holt Kristine einen Wäschekorb, in den sie eine Decke gelegt hat.

«Mimi, komm!» Auffordernd klopft sie mit der Hand auf die Decke. «Komm her. Du musst jetzt Tante spielen.»

Warum können Batman und Robin nicht Onkel sein? Fragend schaue ich Kristine an, unterdessen grinsen die Kater mir hämisch zu. Ach, was soll's. Mit einem Satz springe ich aufs

Sofa, klettere von dort aus elegant in den Korb und lege mich dekorativ hin.

Kristine setzt die Kitten zu mir in den Wäschekorb. Instinktiv krabbeln sie sofort auf mich zu und schmiegen sich an mich. Jetzt bin ich also Tante. Das kleine Tigerchen tretelt an meinem Bauch, als könnte ich ihm Milch geben. Ist er etwa noch nicht satt? Doch dann schläft er von einer Sekunde auf die andere ein, wobei er leise schnarcht. Seine Schwester und sein Bruder kuscheln sich daneben. Ein schönes Gefühl. Vorsichtig drehe ich mich ein bisschen, sodass ich jedem der Kleinen über den Kopf lecken kann. Selbst im Schlaf schnurren sie selig.

«Dürfen wir auch mal?» Schwarznase und Weißbauch sind ebenfalls aufs Sofa gesprungen. Neidisch starren sie in meinen Korb. «Wir können ja Schichtdienst machen.»

«Ich denk drüber nach.» Dann schließe ich die Augen für ein ausgiebiges Nickerchen im Kreise meiner Patenkinder.

Ferien auf dem Land sind schöner als erwartet. Auf jeden Fall komme ich im nächsten Jahr wieder. Ich muss doch wissen, was aus meinen Kitten geworden ist.

Coming home

Wer eine Katze hat,
muss keine Angst vor Einsamkeit haben.
Daniel Defoe

«Was machst du denn hier?» Vorsichtig ging Amy in die Knie. Der Regen traf ihren Nacken mit Wucht und ließ sie frösteln. Vernünftig wäre es, sich irgendwo unterzustellen, anstatt eine Katze anzusprechen. «Kitty, komm, komm.»

Die braun-weiß gescheckte Katze schaute Amy zweifelnd an. Das Tier hatte vor dem Regen Schutz unter den Tischen eines Cafés gesucht. Tische, die für den Sonnenschein aufgebaut waren, der schon seit Tagen auf sich warten ließ.

«Was ist mit deinem Auge passiert?», fragte Amy, während sie das Bündel Elend musterte. Die Katze schien schon seit einiger Zeit auf der Straße zu leben – so wie Amy. Das linke Auge der Braunweißen war zugeschwollen, ihr dichtes Fell struppig, und sie war so mager, dass sich ihre Rippen abzeichneten. «Ich zähle bis drei. Wenn du dann nicht zu mir kommst, gehe ich meiner Wege.»

«Mi-äng.»

«Also. Eins - zwei - und die letzte Zahl heißt -»

Als hätte sie jedes Wort verstanden, erhob sich die Katze und galoppierte mit erhobenem Schwanz auf Amy zu, den Regen tapfer ignorierend.

«Hallo, Süße», sagte Amy, die zu ihrer eigenen Überraschung von dem Vertrauensbeweis des Tieres gerührt war. «Jetzt musst du nur noch eine Hürde überwinden, und wir werden Freunde fürs Leben.»

«Miarf.»

«Nichts Schlimmes.» Hoffentlich sah niemand, wie sie mit der Katze redete, als verstünde diese jedes Wort. Das Tier schmiegte sich maunzend an Amy, als wollte es sicherstellen, dass sie ihre Reise gemeinsam bestritten. «Du musst nur in den Rucksack klettern. Wenn du zu Fuß gehst, sind wir zu langsam.»

Amy öffnete ihren Rucksack. Die Katze schaute sie einen Moment fragend an, bevor sie ihre Pfoten vorsichtig in den Rucksack setzte und dann hineinkletterte, den Kopf voran.

«So wird das nichts, Süße.» Amy musste lachen, als nur noch der buschige Katzenschwanz aus ihrem Rucksack hervorschaute. «Du musst dich umdrehen, sonst bekommst du keine Luft.»

Wieder schien die Katze Amys Worte zu verstehen. Sie drehte sich um und blieb selbst dann ruhig, als Amy die Schnur des Rucksacks zuzog, damit die Katze und ihre Habseligkeiten nicht herausfielen.

«Auf geht's, Katze.» Vorsichtig setzte Amy sich den Rucksack auf den Rücken, bemüht, nicht zu sehr zu schaukeln, um die Katze nicht in Angst zu versetzen. «Wir haben ein ganzes Stück Weg vor uns. In meine Vergangenheit.»

«Mack! Mack!»

«Ja, ja, erst holen wir für uns beide noch etwas zu essen.» In dem ruhigen Trott, den sie sich in den letzten Jahren auf der Straße angewöhnt hatte, machte Amy sich auf den Weg. Inzwischen hatte der Regen aufgehört, und ein dünner Sonnenstrahl blinzelte zwischen grauen Wolken hervor. Ideales Wetter, um zu trampen. Aber – das fiel Amy nun erst ein – ob sie überhaupt jemand mitnehmen würde, wenn sie eine Katze dabeihatte? Vielleicht sollte sie das Tier, dem sie noch nicht einmal einen Namen gegeben hatte, einfach wieder laufen lassen. Sie musste verrückt sein, sich mit einer derartigen Verantwortung zu belasten. Was war, wenn die Katze zum Tierarzt musste? Amy hatte nicht mal Geld für ihre eigene Krankenversicherung, wie sollte sie da einen Tierarzt bezahlen?

«Du läufst immer weg, Amy», hörte sie im Geist die Stimme ihrer Pflegemutter Lisa. «Irgendwann und mit irgendwem solltest du auch einmal ankommen.»

«Warum sollte ich nicht mit einer Katze ankommen?», sagte Amy leise zu sich. So wie sie Lisa und Brian kannte, würden die beiden das Tier genauso herzlich aufnehmen wie ihre Pflegetochter. «Falls du bei mir bleibst und mich nicht verlässt.»

«Mack! Mack! Mack!»

In den vergangenen zwei Tagen hatte Amy schnell gelernt, dass *Mack* das kätzische Wort für Hunger oder Fressen war. Zweimal *Mack* bedeutete großen Hunger, und dreimal *Mack* zeigte an, dass die immer noch namenlose Katze bald ungnädig werden würde und dann im Rucksack strampelte, bis Amy ihr endlich etwas zu fressen gab.

«Du frisst ja für zwei, Katze.» Amy bog von der Landstraße ab, damit sie das Tier sicher zu Boden lassen konnte.

Die Katze zappelte und versuchte, aus dem Rucksack zu springen, noch bevor der auf dem Boden aufgekommen war. «Geduld, bitte.»

Nachdem Amy den Rucksack geöffnet hatte, setzte sich die Katze brav hin, die Vorderpfoten ordentlich nebeneinander, und schaute Amy erwartungsvoll an.

«Zuerst das Unangenehme.» Amy suchte ein sauberes Taschentuch, mit dem sie das tränende Auge der Katze auswischte, was diese sich ohne Murren gefallen ließ. Erst dann holte Amy eine Dose aus den Tiefen ihres Rucksacks. Dann noch eine zweite.

«Thunfisch oder Huhn?»

Die Katze schnupperte an beiden Dosen, einmal, zweimal, bis sie schließlich entschieden ihr Köpfchen an der Thunfischdose rieb.

Amy öffnete die Futterdose und gab die stark riechende Pampe in eine Plastikschüssel, auf die sich ihre Katze stürzte, als hätte sie jahrelang nichts mehr zu fressen bekommen. In eine zweite Schale gab Amy Wasser. Erst dann setzte sie sich auf den Boden und aß ein Sandwich. Noch bevor sie den ersten Bissen nehmen konnte, stand die Katze neben ihr, eine Vorderpfote auf Amys Bein, den Kopf neugierig vorgestreckt, die Nase nur wenige Zentimeter vom Sandwich entfernt.

«Das magst du bestimmt nicht.» Amy hielt der Katze das Sandwich hin, damit diese sich davon überzeugen konnte, dass Amys Essen nicht besser war als ihres. «Ich bin Vegetarierin. Sorry, Süße.»

Mit einem enttäuschten Schniefen wandte die Katze sich ab. Nachdem sie den letzten Krümel Thunfisch vertilgt hatte, rollte sie sich für ein Nickerchen ein. Auch Amy fühlte sich gesättigt und müde. Sie streckte sich neben der Katze aus.

«Du hast bestimmt ein Zuhause gehabt, Süße.» Amy strich der Katze vorsichtig über den Rücken, wo sie immer noch jeden Wirbel spüren konnte. «Warum wohnst du dort nicht mehr? Hat dich die Freiheit der Straße gelockt, so wie mich? Oder haben dich deine Menschen einfach zurückgelassen? Vermisst dich keiner?»

«Mum, bitte.» Rachel hielt ihrer Mutter sieben Dollar und vierundsechzig Cent entgegen. Ihr gesamtes Taschengeld, das sie für Comics oder Bücher gespart hatte. Das neunjährige Mädchen hatte Tränen in den Augen, was ihre Mutter Becky beinahe zum Weinen brachte. «Bitte, Mum. Du kannst alles nehmen.»

«Meins auch, Mum. Bitte.» Der siebenjährige Tim bemühte sich nach Kräften, mutig und erwachsen zu wirken, aber auch seine Augen schimmerten verdächtig. Nachdem sein Vater gestorben war, meinte der Junge, die Rolle des Mannes im Haus übernehmen zu müssen. «Du kannst am Computer was schreiben, und wir hängen die Zettel überall auf. Versprochen.»

Mit großer Geste hielt er Becky zwei Hände voll Münzen entgegen. Im Gegensatz zu seiner Schwester schaffte Tim es kaum, Geld zu sparen. Zu verführerisch waren Süßigkeiten oder Sammelbilder oder eine Leckerei für *Cookie*. Becky schluckte, als sie an die Katze dachte. Der Grund, warum die Kinder all ihr Geld zusammengelegt hatten.

Vor vier Tagen war *Cookie* nicht von ihrer üblichen Runde nach Hause zurückgekehrt. Erst hatte Becky noch gedacht, dass die Katze, die ihrem Gefühl nach immer viel zu zutraulich war, wohl irgendwo eingekehrt war und sich dort füttern ließ. Nachbarn hatten erzählt, dass *Cookie* gerne mal bettelte, obwohl sie bei ihrer Familie genug zu fressen bekam. Dafür sorgten schon die Kinder. Lieber aß die Familie eine Woche lang Nudeln mit Ketchup, als dass an *Cookies* Futter gespart wurde. *Cookie* dankte es ihnen mit laut schnurrender Liebe und Zärtlichkeit. Jeden Abend teilte die Katze das Bett mit den Kindern – die erste Hälfte der Nacht schlief sie bei Rachel, die zweite bei Tim, als ob *Cookie* keines der Kinder benachteiligen wollte.

Daher musste ihrer Katze etwas Schlimmes passiert sein. Da war Becky sich sicher. Niemals würde *Cookie* abends einfach nicht nach Hause kommen. Zu sehr hing sie an ihrer Familie und die an ihr. Gleich am nächsten Morgen hatte Becky alle Nachbarn befragt, doch niemand hatte *Cookie* gesehen, was Beckys Unbehagen nur verstärkte. Was würden die Kinder sagen, falls *Cookie* nicht gefunden wurde? Nein, diesen Gedanken durfte sie nicht hegen. Sie musste die Hoffnung aufrechterhalten. Für Rachel und Tim. Noch einen Tod würden die beiden nicht verkraften.

Nachdem ihr Mann vor einem Jahr tödlich verunglückt war, hatte Becky die Katze ins Haus geholt, damit die Kinder jemanden hatten, der sich ihre Sorgen anhörte. Mit weichem Fell, das die Kinder streicheln konnten, wenn die Traurigkeit sie zu übermannen drohte. Jemanden, der keine Fragen stellte, niemals kritisierte, sondern einfach nur bedingungslos liebte.

«Wenn du ein Tier willst, das euch beisteht, dann hol dir einen Hund», hatte eine Freundin gesagt. «Katzen sind Individualisten, die sich nicht für die Wünsche von uns Menschen interessieren.»

Einen Hund?, hatte Becky gedacht. Wie sollte sie die Zeit finden, sich um einen Hund zu kümmern, wo sie mit drei Jobs jonglierte, damit ihre Familie über die Runden kam?

«Ich brauche ein Haustier, das pflegeleicht ist. Und das länger lebt als Kaninchen oder Hamster.»

Also war die Katze ins Haus gekommen. Ein Kätzchen, winzig, mit großen Ohren und runden Augen, die ein wenig überrascht in die Welt blickten.

«Sie ist soooo süß», hatte Rachel gesagt. «Sie muss *Cookie* heißen.»

So war das Kätzchen zu seinem Namen gekommen. Die Kleine war schnell gewachsen und hatte alle Erwartungen erfüllt, die Becky in sie gesetzt hatte. *Cookie* war Seelentrösterin, Spielgefährtin und Erziehungshilfe. Sie tat den Kindern einfach gut. Und ihr auch, wie Becky zugeben musste. In den ersten Monaten nach Toms Tod hatte Becky oft völlig verzweifelt im Dunkel des Wohnzimmers gesessen, nachdem sie die Kinder ins Bett gebracht hatte. Die drückenden Schulden, die schlechtbezahlten Jobs, die Einsamkeit, die Sorge, wie es weitergehen sollte – sie hatte sich wie kurz vor dem Ertrinken gefühlt. Wenn die Dunkelheit sie zu überwältigen drohte, war dann plötzlich *Cookie* auf Beckys Schoß gesprungen, um sich dort leise schnurrend zusammenzurollen. Der Katze konnte Becky all ihre Sorgen und Nöte anvertrauen. Vor *Cookie* musste sie nicht stark sein und Zuversicht ausstrahlen, so wie vor den Kindern. *Cookie* hörte zu, teilte Wärme aus und schnurrte beruhigend.

Sie musste die Katze wiederfinden. Für Rachel und Tim und für sich.

«Ich gehe heute nach der Arbeit sofort zum Copy Shop und lasse Zettel drucken.» Becky bemühte sich, zuversichtlich zu klingen. Im Kopf rechnete sie durch, ob ihr Haushaltsgeld reichen würde, fünfzig Kopien zu bezahlen, oder ob sie wirklich das Taschengeld ihrer Kinder dafür nehmen musste, was sie sich nie verzeihen würde. «Behaltet euer Geld. Überlegt euch lieber einen tollen Text, damit die Leute *Cookie* sofort erkennen. Weit weg kann sie ja nicht sein.»

Zwei Tage früher als angekündigt trafen Amy und ihre Katze, die sie inzwischen *Cutie* – Süße – nannte, in Hartford ein. Zu Amys Überraschung und Freude hatte *Cutie* sich beim Trampen nicht als Hindernis erwiesen, sondern eher als Magnet. Es gab mehr Katzenliebhaber, als Amy erwartet hatte. Wenn sie sich mit *Cutie* an die Landstraße stellte und den Daumen rausstreckte, hielt nach wenigen Minuten jemand an, meist mit den Worten: «Ist das eine echte Katze, da in deinem Rucksack?»

Stunden hatte Amy damit verbracht, die Geschichte zu erzählen, wie *Cutie* und sie sich gefunden hatten. Die Katze saß dabei auf Amys Schoß und schien es unglaublich spannend zu finden, aus dem Fenster zu schauen und die Landschaft an sich vorbeirauschen zu sehen. Seitdem sie die Katze dabeihatte, hatte Amy noch nicht einmal überstürzt aus einem Auto fliehen müssen, weil jemand meinte, sie wäre zu Sex verpflichtet, nur weil er sie ein Stück mitgenommen hatte.

«Katze, du bist mein Glücksstern», flüsterte Amy *Cutie* zu. «Da vorne können Sie mich rauslassen. Vielen Dank fürs Mitnehmen.»

«Gerne geschehen. So eine unterhaltsame Reise hatte ich lange nicht mehr.» Ihr Fahrer, ein eher bieder wirkender Mann um die 50 in einem schlechtsitzenden Anzug, war *Cuties* Charme sofort verfallen und hatte sogar darauf bestanden, Amy und der Katze ein Essen zu spendieren. «Falls ihr beide einmal nach Providence kommt, meldet euch.»

Er fuhr an den Seitenstreifen, um sie aussteigen zu lassen. Vorsichtig öffnete Amy die Tür, damit *Cutie* nicht abhaute.

«Danke.» Amy griff nach dem Rucksack, öffnete ihn und ließ die Katze hineinklettern. «Grüß deine Frau und deine Kater von uns. Tschüs.»

Nachdem sie den Rucksack aufgesetzt hatte, winkte sie zum Abschied, bevor sie in die Straße einbog, in der ihre Pflegeeltern wohnten. Jetzt, wo sie am Ziel ihrer Reise war, fragte sie sich, ob es wirklich eine gute Idee gewesen war hierherzukommen. Lisa und Brian wären sicher nicht besonders glücklich, wenn Amy ihnen von ihren Plänen erzählte. Ebenso wie sie nicht begeistert davon waren, dass Amy auf der Straße lebte. Nur noch zehn Häuser.

«Mäck», kam es von hinten aus dem Rucksack, als wollte *Cutie* Amy antreiben.

«Na, komm, ich lass dich raus, aber lauf nicht weit weg.» Kaum hatte Amy die Katze aus dem Rucksack gehoben, rannte *Cutie* an den Straßenrand, um sich zu erbrechen. Nicht das erste Mal heute. Langsam schlenderte Amy weiter, gefolgt von *Cutie*, die jetzt wieder gesund und fröhlich wirkte. Da war es, das Haus, in dem Amy so glücklich gewesen war, wie es ihr möglich war. Auf den ersten Blick sah es nach nichts Besonderem aus, eher im Gegenteil, es wirkte etwas abgerissen. Die große Veranda brauchte dringend einen Anstrich, und etliche Dachziegel waren lose. Aber das war nie wichtig gewesen. Wichtig waren all die Signale, die darauf hinwiesen, dass hier Kinder lebten. Die Schaukel im Garten, der Sandkasten, in dem ein roter Eimer und ein blaues Auto eingegraben waren. Der von Kinderfüßen platt getrampelte Rasen und Amys Lieblingsort im Sommer – das blaue, runde Schwimmbecken. Wie wenig hatte sich in den letzten Jahren hier verändert, dachte sie mit Wehmut.

Als hätte er sie bereits erwartet, trat ein stämmiger Mann, dessen dunkles Haar sich an den Schläfen lichtete, auf die Veranda.

«Hallo, Brian.»

Amy versuchte es mit einem Lächeln, aber es verhungerte auf halbem Wege. Zu deutlich zeichnete sich das Entsetzen auf dem Gesicht ihres Pflegevaters ab. Deutlicher konnte man nicht sagen, was Amy selbst wusste. Sie war abgemagert und ihre Haut war fahl. Das ruhelose Leben forderte seinen Preis.

«Ich wollte dich und Lisa mal wiedersehen», presste Amy hervor, bevor ihr die Tränen kamen. «Und ich will endlich wissen, wer meine Mutter war.»

Mist. So hatte sie das Gespräch mit ihren Pflegeeltern nicht beginnen wollen, aber die Frage brannte ihr seit so langem auf der Seele, dass sie nicht mehr länger warten konnte.

«Bevor wir darüber reden, komm erst mal rein.» Jetzt lächelte Brian, so wie früher. «Du weißt, dass dir eine Katze folgt.»

«Das ist *Cutie*», sagte Amy, froh, etwas Unverfängliches sagen zu können. «Sie reist mit mir. Seit Springfield.»

«Amy!» Lisa kam sofort die Stufen der Veranda herab, um Amy in die Arme zu nehmen. An ihr schienen die Jahre spurlos vorübergegangen zu sein. Immer noch war sie klein, blond und quirlig, wirkte eher wie eines der verlorenen Kinder, nicht wie deren Pflegemutter. Doch von nahem konnte Amy die Falten um Lisas Augen erkennen und die grauen Strähnen unter den blonden Locken. «Schön, dass du da bist. Komm rein. Ich habe Brownies gebacken. Und für deine Katze findet sich auch etwas.»

Lächelnd folgte Amy ihrer Pflegemutter in die große Küche. Ein Raum, der dafür gemacht war, dass sich dort eine große Familie zum Essen und zum Reden versammelte. Der Duft nach warmer Schokolade zog durch den Raum. Amys Magen knurrte so laut, dass alle drei lachen mussten.

Noch bevor Amy und ihre Pflegeeltern sich an den Tisch setzen konnten, hatte *Cutie* mit einem eleganten Sprung einen Stuhl erobert. Dort saß sie jetzt, die Pfoten ordentlich nebeneinandergestellt, mit erwartungsvollem Blick.

«Hast du ihr das beigebracht?», fragte Brian, der *Cutie* seine Hand hinhielt. Freundlich rieb die Katze ihren Kopf an seinen Fingern.

«Nein, das müssen ihre Vorbesitzer gewesen sein.» Amy zuckte mit den Schultern. «Ich habe sie gefunden. Sie ist ein Streuner, wie ich.»

«Ach, Amy», begann Lisa. «Du weißt, dass du hier immer willkommen bist.»

«Ja, aber ihr braucht den Platz für andere Kinder, nicht für Erwachsene, die ihr Leben nicht geregelt bekommen.»

«Lass uns erst Kaffee trinken», mischte Brian sich ein. «Dann können wir über alles sprechen.»

Der Aufschub kam Amy ganz recht. Während sie sich den Bauch mit Brownies vollschlug, die immer noch genauso gut schmeckten wie vor dreißig Jahren, erzählte sie Lisa und Brian, wie *Cutie* und sie einander kennengelernt hatten.

«Warum willst du jetzt deine Mutter finden?», fragte Lisa schließlich. Ihre Hände hielt sie um den Kaffeebecher geschlungen, als wollte sie sich wärmen. «Warum gerade jetzt?»

«Ich glaube, mein Leben ist den Bach heruntergegangen, weil …» Amy musste schlucken. *Cutie* stand auf und setzte sich auf ihren Schoß, sodass Amy ihre Finger im Fell der Katze vergraben konnte. «Weil niemand mich geliebt hat.»

«Aber Amy-Liebes, bei uns warst du willkommen. Von Anfang an.» Traurigkeit schlich sich in Lisas Lächeln. Eine tiefe Traurigkeit, die sie nur schlecht verbergen konnte. «Hast du dich bei uns nicht wohlgefühlt?»

«Natürlich. Das weißt du doch.» Als Amy aufsprang, um ihre Pflegemutter zu umarmen, hüpfte *Cutie* maunzend von Amys Schoß. «Ohne euch wäre ich wahrscheinlich schon tot. Ihr habt mir das Leben gerettet, aber …»

Sie schwieg. Wie sollte sie das Gefühl von Verlorenheit erklären, das sie schon so lange begleitete. Wie sollte sie den Menschen, von denen sie so viel Liebe und Unterstützung erfahren hatte, nur begreiflich machen, dass sie damals schon nicht mehr zu retten gewesen war. Nicht nach sechs Jahren in Heimen und Pflegefamilien, denen das staatliche Geld wichtiger gewesen war als ihre Schützlinge.

«Meine Mutter wollte mich nicht haben. Das haben mir die Kinder im Heim immer gesagt.» Amy erschrak über die Bitterkeit in ihrer Stimme. Sollte sie nach dreißig Jahren nicht Frieden mit ihrer Biographie geschlossen haben? «Bei anderen Kindern waren die Eltern gestorben, aber meine …»

«Es tut mir leid», flüsterte Lisa.

Brian nahm seine Frau in den Arm. Die Vertrautheit der beiden erinnerte Amy schmerzhaft daran, wie allein sie war. Nein, wie allein sie gewesen war. Jetzt hatte sie ja ihre Katze, mit der sie Kummer, aber auch Freude teilen konnte.

«Nein. Bitte, Lisa.» Abwehrend hob Amy die Hände. «Die Zeit bei euch war die beste Zeit meines Lebens. Ehrlich.»

«Aber es hat nicht gereicht, dich glücklich zu machen.» Enttäuschung und Trauer zeichneten sich auf Lisas Gesicht ab, was ihre Falten tiefer wirken ließ. «Wir haben uns so bemüht.»

«Ach, Lisa.» Amy griff nach den Händen ihrer Pflegemutter. «Bitte. Tut mir leid, dass ich wie euer einziger Fehlschlag wirke. Glaubt mir, ich lebe so, wie ich leben will.»

«Amy hat recht», sprang Brian ihr zu Amys Überraschung zur Seite. «Es ist ihr Leben, und es sind ihre Entscheidungen. Du bist nicht für alles verantwortlich, was unsere Pflegekinder anstellen, Lisa.»

«Ich weiß. Ich weiß.» Obwohl Tränen über ihr Gesicht liefen, lächelte Lisa. «Man sollte meinen, dass ich nach zwanzig Kindern gelernt hätte loszulassen.»

Amy umarmte ihre Pflegemutter und überlegte wieder einmal, warum sie nicht einfach bei Lisa und Brian bleiben konnte, um sich mit ihnen gemeinsam um die Pflegekinder zu kümmern. Jedes Mal, wenn sie Brian und Lisa besuchte, machten die beiden ihr das Angebot, und jedes Mal schlug Amy es aus.

Weil sie fürchtete, ihre Pflegeeltern zu enttäuschen. Zu viele Fragen waren in Amys Leben ungeklärt, zu viel Zorn hielt sie davon ab, ein Zuhause und ihr Glück zu finden. Dieser Besuch sollte wenigstens eine Erklärung für Amys unglücklichen Start ins Leben bringen.

«Was erhoffst du dir?», fragte Brian. Er kniff seine kurzsichtigen braunen Augen etwas zusammen, um Amy mustern zu können. «Wissen ist Macht?»

«Ich ... ich weiß es nicht», musste Amy zugeben. «Es ist nur ein Gefühl.»

Amy ballte die Hände zu Fäusten. «Ich will wissen, warum meine Mutter mich nicht wollte. Vielleicht ... vielleicht könnte ich es ja sogar verstehen.»

Brian und Lisa wechselten einen Blick, einen Blick, den Amy nur zu gut kannte. So hatten sich ihre Pflegeeltern stets abgestimmt, wenn sie ihren Kindern etwas Unangenehmes zu sagen hatten.

«Ach, Amy-Liebes ...» Wie stets übernahm Lisa die Aufgabe, das Unerfreuliche auszusprechen, während Brian hinter ihr stand und sie stützte. «Ich fürchte, du wirst nicht viel finden.»

Amy spürte ihr Herz schneller schlagen. Einen Moment war sie versucht, Lisa und Brian darum zu bitten, das Geheimnis für sich zu behalten. Aber dann siegte der Wunsch, endlich nicht mehr im Dunkel herumzutappen, sondern etwas Licht zu finden, das ihr zukünftiges Leben erleuchten könnte. «Was verschweigt ihr?»

«Es gab nur Gerüchte, die wir dir nie erzählen wollten, weil wir auf Hörensagen nichts geben.» Das war so typisch Lisa, dass Amy eine Aufwallung von Liebe für ihre Pflegemutter fühlte. «Warum sollten wir dir weh tun, nur damit sich hinterher herausstellt, dass alles gelogen war?»

«Wart ihr denn nie neugierig?» Amy konnte sich nicht vorstellen, dass jemand Pflegekinder aufnahm, ohne deren Vergangenheit kennen zu wollen. Sie hatte sich ja sogar gefragt, wo *Cutie* wohl herkam und was ihre Katze alles erlebt hatte. «Wer meine Eltern waren? Was für ein Päckchen sie mir mitgegeben haben?»

«Nein.» Dieses Mal antwortete Brian. Sein Blick galt Lisa, deren Hand er hielt. «Wir hatten uns entschlossen, jedem von euch einen Neuanfang zu schenken. Ohne den Ballast der Vergangenheit.»

«Die Vergangenheit kannst du nicht ändern», führte Lisa weiter, in dieser unnachahmlichen Art, Brians Sätze zu beenden. «Nur die Gegenwart und die Zukunft sind wichtig.»

«Also das klingt jetzt sehr, sehr pragmatisch.» Amy lächelte, um ihre Worte abzumildern. Aber ihre Pflegeeltern hatten nicht nur Toleranz und Liebe gepredigt, sondern diese auch gelebt, so schwer es ihnen sicher manchmal gefallen war. «Ich bin nicht so. Ich will meine Wurzeln kennen.»

«Ich rufe morgen den Anwalt an, der auf deinen Adoptionspapieren stand. Vielleicht finden wir dort etwas heraus.» Typisch Brian. Handfest suchte er nach einer Lösung, egal, ob es um verschwundene Eltern oder aufgeschlagene Knie ging. «Es kann aber eine Weile dauern, bis wir etwas erfahren.»

«Ich habe keine größeren Pläne.» Amy zwinkerte ihm zu. «Aber eine Bitte habe ich noch.»

«Ja?»

«Können wir morgen mit *Cutie* zum Tierarzt gehen? Ich zahle euch das Geld in Raten zurück.» Amy benetzte die Lippen mit der Zunge. «Im Moment bin ich klamm, aber der Katze geht es nicht gut. Und sie soll nicht darunter leiden, dass ich ...»

«Natürlich machen wir das.» Lisa umarmte Amy, so wie früher. So wie früher ließ Amy sich in ihre Arme sinken und fühlte sich für einen viel zu kurzen Moment zu Hause. «Und das mit dem Geld regeln wir irgendwie.»

«Danke», flüsterte Amy ins Haar ihrer Pflegemutter, das so vertraut roch. Eine Mischung aus Seife, Patschouli und Essensgerüchen, heute Schokolade. «Können wir bald dorthin? *Cutie* hat gestern und heute gekotzt.»

«Ob es *Cookie* gutgeht? Ob sie gesund ist?» Rachel schaute Becky aus rot geweinten Augen an, die braunen Locken verstrubbelt und ungekämmt, als hätte das Kind den ganzen Tag im Bett verbracht, anstatt in die Schule zu gehen. «Warum hat sich noch niemand gemeldet?»

Becky überlegte kurz, ob sie ihrer Tochter mit einer freundlichen Ausflucht etwas Frieden schenken sollte, aber sie wagte es nicht. Wenn sich dann später herausstellte, dass ihre Mutter sie belogen hatte, würde Rachel zerbrechen.

«Ich weiß es nicht, Liebes.» Becky küsste ihre Tochter. «Ich hoffe es, genauso sehr wie du, aber wir wissen es nicht.»

«Das ist das Schlimmste. Nicht zu wissen, was mit ihr ist», antwortete Rachel. Manchmal erschien sie Becky viel zu weise für ihr Alter. «Glaubst du, sie musste leiden?»

«Ach, Liebes.» Obwohl ihr das Herz zu brechen drohte, versuchte Becky, irgendwo in sich einen Funken Hoffnung zu finden. «*Cookie* ist eine so freundliche Katze, dass sich bestimmt jemand um sie kümmert.»

«Aber wenn es ein böser Mann ist?», mischte sich Tim ein. Auch seine Augen waren verweint. Sein feines hellblondes Haar musste dringend geschnitten werden. Das hatte Becky vor Sorge um *Cookie* ganz vergessen. «Wenn er *Cookie* weh tut?»

Becky bemühte sich, eine hoffnungsfrohe Miene zu halten. Genau diese Sorge hatte sie in den letzten Tagen immer wieder dazu getrieben, bei den Nachbarn zu klingeln und nach ihrer Katze zu fragen. Aber das konnte und wollte sie ihren Kindern nicht sagen. Auch wenn ihr Leben nicht einfach war, bemühte Becky sich nach Kräften, Rachel und Tim eine schöne Kindheit zu erhalten.

«Ach, Timmi.» Sie wuschelte ihm durch das lange Haar. «*Cookie* wäre sicher böse, wenn sie dich hören könnte. Als ob sie dumm genug wäre, auf einen schlechten Menschen hereinzufallen.»

Becky lächelte, obwohl sie nicht daran glaubte, dass *Cookie* über einen gesunden Instinkt verfügte, der sie von bösartigen Menschen fernhielt. Aber eine winzige, hauchende Stimme in Beckys Innerem sprach ihr Mut zu, wollte nicht wahrhaben, dass noch mehr Unglück über ihre kleine Familie hereinbrach. Irgendwann musste es doch einmal aufwärtsgehen.

«In diesen Fällen weiß ich immer nicht, ob ich herzlichen Glückwunsch oder herzliches Beileid wünschen soll.» Der Tierarzt, ein ruhiger und freundlicher Mann, der *Cutie* höflich angesprochen und mit sanften Händen untersucht hatte, wandte sich an Amy, Brian und Lisa.

«O nein, was hat *Cutie?*» Amys Kehle war wie zugeschnürt. Das war ihr typisches Glück. Da fand sie eine Freundin, mit der zusammen das Leben auf der Straße leichter wurde, und jetzt würde diese sie wieder verlassen. «Wird sie ... wird sie sterben?»

«O nein. Entschuldigen Sie. Ich wollte Ihnen keine Angst einjagen», antwortete der Arzt mit einem Lächeln. «Eher das Gegenteil. Sie werden Großeltern.»

«Oh. Aber ...» Ein Schwindel überfiel Amy, und sie musste sich setzen. Eine schwangere Katze, eine Katze mit Kindern konnte sie doch nicht guten Gewissens mit auf die Straße nehmen. «Aber wie konnte das passieren?»

«Ihre Hübsche hatte wohl eine Männerbekanntschaft.» Während er sprach, tastete der Tierarzt *Cutie* weiter ab. Er stutzte. «Was haben wir hier?»

Wieder hielt Amy die Luft an, wechselte Blicke mit Lisa und Brian, die nebeneinanderstanden und sich an den Händen hielten. Nach all den Jahren waren sie einander immer noch Stütze und Liebe, dachte Amy mit einem kleinen Stich des Neids.

«Die Katze ist Ihnen zugelaufen, nicht wahr?», fragte der Tierarzt. Amy nickte, inzwischen sicher, dass auch dieses Mal Unglück auf sie lauerte. «Nun, ich habe hier einen Chip ertastet.»

Da Amy sich außerstande sah, etwas zu sagen, schaute sie Lisa und Brian hilfesuchend an.

«Was bedeutet das?», fragte Brian.

«Durch den Chip können wir den Besitzer der Katze ermitteln», antwortete der Tierarzt, auf dessen Gesicht sich Mitgefühl abzeichnete. «Natürlich nur, wenn der Besitzer die Katze registrieren lassen hat.»

Das war keine Frage. Bei ihrem Pech war *Cutie* garantiert registriert. Amy ließ den Kopf sinken. Wieder würde sie verlassen werden. Sie wagte es kaum, den Veterinär anzusehen, der eine Internetseite aufrief, um dort die Nummer von *Cuties* Chip einzugeben.

«Vielleicht ist es nicht so schlimm.» Lisa legte ihr die Hand auf die Schulter. «Man liest so oft, dass Menschen ihre Katzen nicht mehr wollen. Wenn *Cuties* Besitzer sich für sie interessieren würden, hätten sie doch eine Suche gestartet.»

«Es tut mir leid», sagte der Tierarzt leise. «*Cutie* ist registriert, und es liegt eine Suchanfrage vor. Eine Familie in Springfield.»

«Da habe ich sie auch gefunden», flüsterte Amy. Sie kämpfte mit den Tränen. Seit Jahren hatte sie nicht mehr geweint, und sie wollte auf keinen Fall vor ihren Pflegeeltern und dem Tierarzt damit anfangen. «Ich habe mir gleich gedacht, dass *Cutie* vorher ein gutes Zuhause hatte.»

«Soll ich dort anrufen?», fragte der Veterinär sanft, als könnte er nachvollziehen, wie viel *Cutie* Amy inzwischen bedeutete. «Oder möchten Sie sich mit der Familie in Verbindung setzen? Sie heißen Miller. Bei ihnen heißt die Katze übrigens *Cookie.*»

Er reichte Amy einen Zettel, auf den er mit einer für einen Arzt erstaunlich leserlichen Schrift einen Namen und eine Telefonnummer geschrieben hatte.

«Das erklärt, warum sie sofort auf *Cutie* gehört hat», sagte Amy, um nicht daran denken zu müssen, dass sie ihre Katze verlieren würde.

«Ich wünsche Ihnen alles Gute.» Der Tierarzt öffnete die Tür zur Praxis. «Wegen der Schwangerschaft sollten Sie bald wieder einen Veterinär aufsuchen.»

«Danke.»

«Hallo?» Musste das Telefon gerade jetzt klingeln? Becky war auf dem Weg zur Arbeit im Diner, und ihr Chef liebte Mitarbeiter, die zu spät kamen, weil er ihnen die Zeit vom Lohn abziehen konnte. Plus einer Verspätungsgebühr, wie er es nannte. «Hallo. Sagen Sie doch was!»

«Spreche ich mit Rebecca Miller?»

Eine Frauenstimme. Also wahrscheinlich kein obszöner Anrufer, sondern nur jemand, der ihr was verkaufen wollte. Kannten diese Firmen Beckys finanzielle Situation nicht?

«Wir kaufen nichts und brauchen nichts!»

Kurzes Schweigen. Vielleicht war sie etwas zu harsch gewesen. Ein Blick auf die Uhr trieb Becky zur Eile an.

«Ich will Ihnen nichts verkaufen. Ich heiße Amy Landon.»

Eine sanfte, etwas unsichere Stimme. Wieder ein kurzes Zögern. «Ich habe *Cutie* gefunden. Beim Café Downtown. Ähem, Entschuldigung. Bei ihnen heißt sie *Cookie.*»

«Sie haben *Cookie?*», jubelte Becky. Dann musste Mr. Dan eben noch ein bisschen auf sie warten. Er war eh ein mieser Chef. «Wo kann ich sie abholen?»

«Ich bringe sie bei Ihnen vorbei.» Nun wirkte die Frau am anderen Ende der Leitung etwas entspannter. «*Cutie* und ich sind gerade in Hartford.»

«O Mist. Wie ist die Katze denn dahin gekommen?»

«Ich bin mit ihr getrampt», antwortete die Frau namens Amy, als wäre das das Selbstverständlichste der Welt. «Meine Pflegeeltern wohnen hier.»

«Soll ich nach Hartford kommen, um *Cookie* abzuholen?» Im Kopf rechnete Becky aus, wie viel die Zugfahrt sie kosten würde. Fieberhaft überlegte sie, ob sie einen Weg fände, das Geld aufzubringen. «Ich muss hier nur einen Babysitter finden.»

«Nein. Ich wollte sowieso wieder nach Springfield kommen.» Die Stimme der anderen Frau klang traurig. «Ich gebe Ihnen Bescheid, wann ich ankomme. Ach so, *Cutie*, äh, *Cookie* ist trächtig.»

«Danke, vielen, vielen Dank.» Becky musste gegen Freudentränen ankämpfen. «Sie machen meinen Kindern eine unglaubliche Freude.»

«Ist okay. Ich melde mich.»

Nachdem sie aufgelegt hatte, weinte Becky vor Erleichterung. Rachel und Tim würden sich so sehr freuen. Die gute Nachricht musste sie ihren Kindern gleich überbringen.

Becky griff zum Telefon.

«Dan, ich muss zur Schule der Kinder und komme eine halbe Stunde später.» Becky hatte kein Problem damit, jemanden anzuschwindeln, der knapp Mindestlohn zahlte. Außerdem war sie in den drei Jahren, die sie im Imbiss arbeitete, nur zweimal zu spät gekommen. Einmal, weil Tim krank gewesen war. Einmal, weil sie kein Geld für Benzin aufbringen konnte.

Der Weg zur Schule der Kinder kam ihr unendlich lang vor. Becky musste sich zwingen, sich an die Geschwindigkeitsbegrenzungen zu halten.

Endlich war sie an der Schule angekommen. Mit großen Schritten lief sie durch die Gänge, konnte sich ein Lächeln nicht verkneifen, weil sie dafür als Schülerin immer gerügt worden war. Vor dem Schulsekretariat blieb sie mit pochendem Herzen stehen, fühlte sich wieder wie eine Fünfzehnjährige, die wegen eines winzigen Vergehens zum Direktor musste, um sich eine Strafpredigt anzuhören. Sie klopfte.

«Hallo, Ms. Martin.» Meine Güte, müsste diese Frau nicht langsam in Rente gehen? «Könnten Sie bitte Rachel und Tim aus dem Unterricht rufen? Es ist wichtig.»

«Worum geht es?» Ms. Martins Stimme klang immer noch so kräftig, kurz angebunden und allwissend wie früher. «Sie brauchen schon einen guten Grund, den Unterricht zu stören.»

«Es ... also ...» Verzweifelt knabberte Becky an ihrer Unterlippe. Warum hatte sie sich keine Ausrede einfallen lassen? Vor lauter Glück über *Cookies* Rückkehr hatte sie nicht genügend vorausgeplant. «Eine Frau hat angerufen, die unsere Katze *Cookie* gefunden hat. Das wollte ich den Kindern gleich sagen. Sie ... sie vermissen *Cookie* so sehr.»

Ms. Martin musterte Becky, die mit der Schuhspitze auf dem Boden scharrte. Becky fühlte, wie ihre Ohren rot anliefen. Wie alt musste man werden, um sich nicht mehr vor der Schulsekretärin zu fürchten?

«Warum haben Sie das nicht gleich gesagt?»

Erstaunt schaute Becky auf. So freundlich hatte Ms. Martin in Beckys gesamter High-School-Zeit nicht mit ihr gesprochen. Zu ihrer Überraschung kramte die Schulsekretärin in ihrem Schreibtisch.

«Hier, *Tabby* und *Tubby*.» Ms. Martin zeigte Becky ein Foto von zwei riesigen grauen Katern, die auf einem Sofa lagen und sichtlich zufrieden mit sich und der Welt wirkten. «Sieben Jahre. Aus dem Tierheim. Hatte jemand in den Müll geworfen, als sie Babys waren.»

«Unsere *Cookie* auch. Was sind das nur für Menschen?» Becky bemühte sich um ein Lächeln. «Das sind echte Prachtkater.»

«Und haben viel Blödsinn im Kopf», sagte Ms. Martin mit einem Seufzer. «*Tabby* kann Kühlschränke öffnen. Aber genug, jetzt rufe ich erst einmal Ihre Kinder.»

Sie wandte sich zur Sprechanlage.

«Rachel und Tim Miller, bitte ins Schulsekretariat.» Kurze Pause. «Sofort.»

«Mit dem *Sofort* jage ich den Lehrern einen Schrecken ein. Die kommen sonst auf die Idee, die Kinder im Unterricht behalten zu wollen.» Verschwörerisch blinzelte Ms. Martin Becky zu, sodass diese ihr lieber nicht erzählte, dass dieses *Sofort* auch Kinder in Angst versetzen konnte. «Ich habe die Suchplakate gesehen. Wo ist *Cookie* denn gefunden worden?»

«Hier. Unter einem Stuhl im Café Downtown. Aber jetzt ist sie in Hartford.»

«Das klingt nach einer spannenden Geschichte.» Ms. Martin lächelte. «Wenn Sie wollen, besuchen Sie doch *Tabby*, *Tubby* und mich einmal.»

«Ja, gerne.» Bevor Becky noch mehr sagen konnte, klopfte es an der Tür, und Rachel und Tim traten ein.

«Mama! Ist etwas passiert?» Auf Rachels Gesicht lag die schiere Panik.

Becky ging in die Knie, um ihre Kinder in die Arme zu nehmen. «Nein, etwas Schönes ist geschehen. Jemand hat *Cookie* gefunden.»

«Ist sie zu Hause?» – «Darf ich zu ihr?» – «Geht es ihr gut?» – «Wo ist sie gewesen?»

Aufgeregt plapperten die Kinder durcheinander.

«*Cookie* ist gesund. Aber noch ist sie in Hartford und kommt erst in ein paar Tagen mit dem Zug.» Becky grinste, weil sie die größte Überraschung noch für sich behalten hatte. «Und *Cookie* bekommt Kinder. Aber danach bringen wir sie zum Kastrieren.»

«Oh, Babys.» Aufgeregt hüpften die Kinder auf und ab. «Dürfen wir sie behalten?»

«Das sehen wir alles, wenn *Cookie* wieder hier ist. Jetzt aber ab in den Unterricht.»

«Wenn ich darf ...» Irrte Becky sich oder wirkte Ms. Martin schüchtern? «... also, ich würde die Kleinen auch gerne sehen, wenn Sie erlauben.»

«Aber sicher. Kommen Sie einfach vorbei. Ich lasse Ihnen durch die Kinder Bescheid geben.» Becky lächelte. «Aber bitte siezen Sie mich nicht. Das kommt mir komisch vor.»

«Gut, aber nur, wenn du mich Georgina nennst.»

«Das werde ich noch üben müssen.» Becky drehte sich um. «Tschüs, Georgina. Ich muss zur Arbeit.»

«Tschüs, Becky. Alles Gute für euch.»

Noch eine halbe Stunde bis Springfield. Noch zwei Stationen, an denen *Cutie* und sie aussteigen und auf die Straße zurückkehren könnten. Sie beide gemeinsam gegen den Rest der Welt.

Aber nein, das durfte sie nicht. *Cutie* war schwanger und benötigte ein richtiges Heim. Aber kam die Katze denn wirklich in ein gutes Zuhause zurück? Amy holte den Rucksack aus dem Gepäckfach über ihrem Kopf. Sofort schaute *Cuties* Kopf heraus, auf der Suche nach Leckerlis oder einer Streicheleinheit. Der Schaffner hatte erst protestiert, als er entdeckte, dass die Katze nicht in einem Transportkorb war, aber mit Schnurren und Maunzen hatte *Cutie* den Mann um die Pfote gewickelt, sodass er ihnen beiden lächelnd eine gute Reise gewünscht hatte.

«Ich werde ein bisschen in der Gegend bleiben und ein Auge auf dich haben», versprach Amy ihrer Katze, während sie *Cutie* mit den Leckereien fütterte, die Brian und Lisa ihr mitgegeben hatten. Lisa hatte sogar angeboten, Amy und *Cutie* zu begleiten, aber das hatte Amy dankend abgelehnt. Nur zu gut wusste sie, dass ihre Pflegemutter genügend Pflichten zu erledigen hatte. «Wenn sie dich schlecht behandeln, dann verschwinden wir beide wieder auf die Straße. Oder suchen uns ein eigenes Zuhause.»

Cutie schaute sie fragend an, sodass Amy schlucken musste. Das sagte sich so einfach – ein Zuhause. Aber würde es ihr wirklich gelingen, sesshaft zu werden? Die letzten Jahre auf der Straße waren hart gewesen und auch gefährlich, aber sie war ihre eigene Herrin gewesen. Kein Ehemann, der sie herumschubste, kein Chef, der meinte, ihr Befehle geben zu können, keine Freunde, die ständig neue Erwartungen an sie stellten.

«Ich habe mir mein Leben so ausgesucht», flüsterte Amy ihrer Katze zu. «Ich liebe meine Freiheit.»

«Das hätte ich nie gedacht ...», mischte sich eine Mitreisende in Amys Gespräch mit ihrer Katze. Die Frau, rundlich, mit praktischem Kurzhaarschnitt in Grau, ganz der Typ liebe Oma, war aufgestanden und stand nun neben Amy, die Hand ausgestreckt, um *Cutie* zu streicheln. «... dass eine Katze Eisenbahn fährt. Darf ich?»

«Nein! Verschwinden Sie», wollte Amy sagen, aber dann erinnerte sie sich daran, dass Lisa ihr wieder und wieder gepredigt hatte, wenigstens höflich zu sein, wenn sie schon nicht freundlich sein konnte.

«Aber seien Sie vorsichtig», antwortete Amy daher. «Ich weiß nicht, ob *Cutie* Fremde mag.»

«Du bist ja eine Hübsche», gurrte die Frau, während ihre Finger über *Cuties* Kopf strichen. «Zu Hause habe ich acht von denen, alle aus dem Tierheim. Leben gerettet, sozusagen.»

Amy nickte nur, weil ihr so viel durch den Kopf ging. Noch immer konnte sie nicht fassen, was sie über ihre Mutter herausgefunden hatte. Und über ihren Vater.

Amy musste schlucken, was die ältere Frau dazu brachte, ihr die Hand zu tätscheln. «Ich lasse Sie mit Ihren Gedanken allein. Wenn Sie jemand zum Reden brauchen, ich sitze da vorne.»

«Danke», flüsterte Amy, die gegen aufsteigende Tränen ankämpfte. «Alles Gute für Sie und Ihre Katzen.»

Sanft, aber energisch drückte *Cutie* ihren Kopf an Amys Hand. Mechanisch streichelte Amy die Katze, während ihre Gedanken immer wieder zu dem Termin bei dem Anwalt zurückkehrten.

«Es tut mir leid.» Alles an dem Anwalt war grau – seine Haare, sein Anzug, seine Augen, selbst seine Brille. «Ich habe keine guten Nachrichten für Sie.»

«Hauptsache, ich weiß endlich Bescheid», hatte Amy gesagt, während sie Lisas Hand gehalten hatte.

«Ihre Mutter und Ihr Vater starben bei einem Autounfall. Kurz nach Ihrer Geburt.» Der Anwalt blätterte in der Akte, als wollte er Amys Blick meiden. «Alkohol und Drogen. Tut mir leid.»

«Hmm», sagte Amy, während sie gegen die Enttäuschung ankämpfte. «Habe ich sonst noch Verwandte? Geschwister? Großeltern?»

Der Anwalt schüttelte den Kopf. «Ihr Vater war Halbwaise; die Eltern Ihrer Mutter sind ebenfalls schon lange tot.»

«Danke.» Abrupt stand Amy auf. «Ich muss jetzt allein sein.»

Sie schaffte es gerade bis zur Toilette, bevor sie sich übergeben musste. Mit einer Mutter, die sie ablehnte, hatte sie gerechnet. Oder mit einem Vater, der abgehauen war, weil er die Verantwortung scheute. Aber Teenager, die sich totgefahren hatten ... nun würde sie nie erfahren, ob ihre Eltern sie geliebt hatten.

Amy spülte den Mund aus und schüttete sich aus der hohlen Hand kaltes Wasser ins Gesicht. Sie erschrak, als sie ihr Gesicht im Spiegel sah. Bleich, mit verheulten Augen und einem Blick, der nichts Gutes verhieß. Hinter ihr öffnete sich die Tür.

«Amy, alles in ...» Lisa schaute herein. «‹Ordnung› mag ich nicht sagen. Kann ich dir helfen?»

«Ich ... ich muss hier weg.» Amy wollte so schnell wie möglich aus der Stadt verschwinden, in der sie so enttäuscht worden war. «Das habe ich geahnt.» Mit einem Lächeln griff

Lisa in ihre riesige Handtasche, die stets enthielt, was man brauchte: Kaugummi, Taschentücher, Pflaster … «Hier. Brian und ich haben dir ein Zugticket gekauft. Damit *Cutie* und du ein bisschen Zeit miteinander verbringen könnt.»

«Danke», konnte Amy noch herauspressen, bevor die Tränen sie überwältigten. In Lisas Armen hatte sie ihre Trauer ausgeweint.

Am nächsten Morgen hatten Lisa und Brian sie zum Zug gebracht. «Du bist immer willkommen. *Cutie* auch, falls du dich anders entscheidest.»

Amy war rot geworden, weil Lisa sie so gut kannte und geahnt hatte, dass Amy mit dem Gedanken gespielt hatte, einfach mit ihrer Katze zu flüchten. Doch der Gedanke an die Kinder, die ihr Haustier vermissten, hatte sie davon abgehalten.

Und was sollte sie nun tun? Wieder zurück auf die Straße gehen, sich treiben lassen? Oder wirklich ein Zuhause finden, eines mit einer Katze vielleicht? Nein, keine andere würde *Cutie* ersetzen können. Die Katze maunzte protestierend, weil Amys Finger sich in ihr Fell bohrten und daran zerrten.

«Entschuldige, Süße.» Amy schüttelte die trüben Gedanken ab. «Deine Familie freut sich sehr. Warum bist du nur davongelaufen? Sie klingen wirklich nett.»

«Möff.»

«Selber Möff.» Wie gelang es *Cutie* nur, Amy selbst aus der dunkelsten Stimmung zu reißen? «Bald sind wir da. Ich werde dich vermissen.»

«Me-öff.»

«Wann kommt die Frau an?», fragte Tim zum siebzehnten Mal in der letzten halben Stunde. «Dauert es noch lange?»

«Sollen wir nicht schon zum Bahnhof fahren?», schloss sich Rachel ihrem Bruder an. «Nachher denkt sie, wir haben es uns anders überlegt ...»

«Kinder!» Becky stand in der Küche und schmierte Erdnussbutter-Marmeladen-Sandwiches. «Der Zug kommt erst in zwei Stunden an. So lange müsst ihr euch noch gedulden.»

Als ob sie nicht auch alle drei Minuten auf die Uhr schauen würde. Die Zeit wollte einfach nicht vergehen. Tim und Rachel hatten sich schon zweimal heftig gezankt, um sich mindestens genauso heftig wieder zu versöhnen. Die Vorstellung, dass es nur noch wenige Stunden waren, bis sie *Cookie* endlich wiedersehen würden, machte sie alle nervöser und nicht ruhiger. Becky musste sich schnellstens etwas ausdenken, womit sie sich beschäftigen konnten.

«Ich hab's!», flüsterte sie. Zu den Kindern gewandt, sagte sie: «Was fehlt hier?»

«Was meinst du?» Rachel wirkte verwirrt. Auch Tim schien nicht zu verstehen, was seine Mutter meinte.

«Nun», sagte Becky, bevor sie eine dramatische Pause einlegte. «Was macht man normalerweise, wenn jemand von einer langen Reise zurückkehrt?»

Rachel und Tim schauten sie einen Augenblick verblüfft an, bis es ihnen langsam dämmerte. «Eine Party.» Tim sprach es aus. «Eine Hallo-willkommen-zu-Hause-wir-freuen-uns-Party.»

«Aber ...», sagte Rachel, die stets die Patentere der beiden war. «Aber wir haben gar keine Girlanden.»

«Wir schauen im Keller, ob wir noch etwas Dekoration von euren Geburtstagen finden», schlug Becky vor. «Dann malen wir ein Willkommensplakat und ...»

Aber da waren die Kinder schon aus der Küche gestürmt.

Nach einer Viertelstunde kehrten Rachel und Tim zurück, beladen mit Kartons, aus denen Girlanden, Lampions, Lametta und buntes Papier quollen. Selbst Lichterketten von Weihnachten und Teile der Halloween-Dekoration hatten die Kinder gefunden. Becky hatte die Zeit genutzt, um stabilen Karton, bunte Stifte, Scheren und Klebstoff zu suchen und auf dem Küchentisch auszubreiten.

«Herzlich willkommen zu Hause, *Cookie*», hatte Becky bereits mit großen Buchstaben auf den bunten Karton geschrieben.

«Aber *Cookie* kann doch gar nicht lesen», brachte Rachel vor. Das Mädchen hatte die Stirn skeptisch gerunzelt. «Da brauchen wir uns doch keine Mühe zu geben.»

«Du hast recht. Eine Katze kann nicht lesen», stimmte Becky ihrer Tochter zu. «Aber *Cookie* wird merken, dass die Wohnung geschmückt ist, was sie bestimmt freut. Und sie kann mit den Girlanden spielen.»

«Die Frau, die *Cookie* gefunden hat, sollte auch da stehen.» Tim schnitt Buchstaben aus dem Karton, so konzentriert, dass seine Zungenspitze zwischen den Lippen hervorschaute. «Wie heißt sie?»

«Amy.» Ein wenig mulmig war Becky schon. Was mochte das für eine Frau sein, die eine fremde Katze einfach mir nichts, dir nichts einpackte und mit ihr Hunderte von Meilen durch das Land trampte? «Was willst du schreiben?»

«Danke, Amy, für *Cookie* nach Hause bringen.» Tim lächelte.

Gemeinsam schnitten sie Buchstaben und Bilder aus, die sie an ein buntes Geschenkband klebten, um es ins Wohnzimmer zu hängen. Rachel bastelte Sterne und Papierkugeln, die sie an weiteren Bändern von der Decke baumeln ließ, so dicht über dem Boden, dass *Cookie* sie auf jeden Fall würde jagen können.

Vor lauter Vorbereitung hätten sie beinahe die Zeit vergessen. Aber Becky schrak rechtzeitig auf.

«Schnell, schnell. Alles wegpacken, und dann geht es los.»

Der Weg zum Bahnhof erschien Becky wie verhext. Hinten in ihrem alten VW Käfer hibbelten die Kinder und jammerten an jeder roten Ampel, aus Sorge, dass sie nicht rechtzeitig kämen oder Amy und *Cookie* nicht fänden. Zehn Minuten zu spät erreichten sie den Bahnhof, wo es natürlich nicht einen freien Parkplatz gab.

«Lass mich raus, Mum, lass mich raus», quengelte Rachel. «Ich bin alt genug.»

«Ruhe bitte.»

Da, eine Parklücke. Schwungvoll setzte Becky den alten VW Käfer hinein. Nur knapp hielt sie vor der Stoßstange des vor ihr parkenden Autos. Das hätte ihr gerade noch gefehlt. Ruhig bleiben, sagte sie sich, während sie die hintere Tür öffnete und die Kinder von den Anschnallgurten befreite. Zu dritt liefen sie zum Bahnhofseingang. Hoffentlich hatte der Zug Verspätung!

Nachdem der Zug in den Bahnhof eingefahren war, blieb Amy sitzen. Sie schaute den anderen Reisenden zu, die gar nicht schnell genug aussteigen konnten.

«Endstation für uns, *Cutie*», sagte Amy mit belegter Stimme. Je näher sie Springfield gekommen waren, desto sicherer war sie, dass sie der Familie nur so kurz wie möglich begegnen wollte. Eine glückliche Familie, die ihr die Katze wegnahm, das war mehr, als Amy heute ertragen konnte. Sie würde den Millers die Katze übergeben, ihnen alles Gute wünschen und sich einen einsamen Ort suchen, wo sie ihren Tränen freien Lauf lassen könnte.

Sie hob den Rucksack aus dem Gepäcknetz, kritisch beobachtet von ihrer Katze, der das Ganze genauso wenig geheuer zu sein schien.

Amy hielt die Rucksacköffnung so, dass *Cutie* schnell hineinspringen konnte. Nachdem Amy die Kordel so zusammengezogen hatte, dass *Cutie* nicht heraushüpfen konnte, setzte sie den Rucksack auf und verließ den Zug.

Unglaublich, wie viele Menschen unterwegs waren. Wie sollte sie da die Familie finden, der ihre Katze gehörte? Wenn wir uns verpassen, ist das ein Wink des Schicksals, dass ich mit *Cutie* weiterhin zusammenleben soll, dachte sie.

Genau in dem Augenblick entdeckte sie die drei, die in gestrecktem Galopp zum Gleis gerannt kamen. Eine gestresst wirkende Frau, die eine weiße Rolle unter dem Arm trug, und zwei Kinder, die sich suchend umschauten. Amy seufzte. Langsam hob sie den linken Arm, um der Familie zu winken. Im Rucksack strampelte *Cutie* wie wild.

«Vergiss es!», flüsterte Amy. «Ich lasse dich nicht hier auf dem Bahnhof frei. Zwischen Hunderten von Menschen. Gedulde dich, treulose Tomate.»

Aber sie nahm den Rucksack vom Rücken und stellte ihn vor sich auf den Boden, sodass die Katze die Menschen sehen konnte, die ihr entgegenliefen.

«Cookie, Cookie», riefen die Kinder, sobald sie den Rucksack entdeckt hatten. Ohne Amy zu beachten, stürzten sich das Mädchen und der Junge auf die Katze, die sie mit Gurren begrüßte.

Auch die Mutter kniete sich hin, um *Cutie* zu streicheln. «Dass du wieder da bist.»

Amy stand ein wenig abseits und bereute, dass sie *Cutie* nicht aus dem Rucksack gelassen hatte. Jetzt wäre der ideale Moment gewesen, um unauffällig zu verschwinden.

Zu spät.

«Entschuldigung, aber wir sind so froh, dass *Cookie* wieder da ist.» Die Frau reichte Amy die Hand. «Ich bin Rebecca, Becky, Miller. Vielen, vielen Dank.»

Sie lächelte nervös, während sie das Banner entrollte, das sie unter den Arm geklemmt hatte.

«Wir sind leider zu spät. Eigentlich wollten wir Sie so begrüßen. Rachel. Tim.»

Brav nahmen die Kinder die Seiten des Banners und entrollten es.

Herzlich willkommen zu Hause, Cookie & Amy

«Danke», sagte Amy, die sich wunderte, warum diese Geste sie so sehr rührte. «Ich bringe *Cutie* ... *Cookie* noch mit zu Ihrem Wagen, und dann muss ich weiter.»

«Aber wir haben eine Party geplant», sagte der Junge. «Eine Überraschungsparty.»

«Die Überraschung ist dann ja jetzt weg.» Seine Schwester schüttelte den Kopf.

«Wir würden uns freuen, wenn Sie mitkämen, damit Sie sehen, wo *Cookie* lebt.» Rebecca Miller lächelte Amy an. «Ich muss nur noch Kuchen kaufen.»

«Nicht nötig.» Amy holte tief Luft. «Meine Pflegemutter hat mir Brownies mitgegeben. Die besten der Welt.»

«Mang», mischte *Cutie* sich ein, als wäre sie empört, dass sich die Aufmerksamkeit von ihr abwendete. «Mang.»

«Wir sollten gehen, bevor sie es schafft auszubrechen», sagte Amy. «Hier möchte ich sie nicht suchen müssen.»

«Darf ich den Rucksack tragen?», fragte das Mädchen.

«Nein, ich», rief der Junge.

«Ihr nehmt ihn abwechselnd», entschied die Mutter. «Tim, du zuerst. Ich sage Bescheid, wenn ihr wechseln müsst.»

«Sie können sich nicht vorstellen, was es für uns bedeutet, dass *Cookie* wieder da ist», wandte Rebecca sich an Amy, während der Junge den Rucksack so vorsichtig hochhob, als enthielte er teures Porzellan. «Die Kinder haben sie so vermisst. Und ich auch.»

«Ja, sie ist eine besondere Katze. Haben Sie eine Idee, warum sie davongelaufen ist?»

«Nein. Vielleicht hat ein Hund sie erschreckt ...» Rebecca wirkte aufgelöst. «Ich habe mir solche Vorwürfe gemacht.»

«Warum?» Soweit Amy sich auskannte, waren Katzen freiheitsliebende Tiere, die ihre Reviere gerne ausdehnten. «Was hätten Sie tun können?»

«Ich habe so viel gearbeitet. Hatte kaum Zeit für die Kinder. Von *Cookie* ganz zu schweigen.» Rebecca schaute Amy an und lächelte entschuldigend. «Da dachte ich schon, *Cookie* wäre abgehauen, weil sie sich nicht geliebt fühlt. Verrückt, nicht wahr?»

Im Auto maunzte *Cutie* zum Himmel und strampelte, aber selbst, als Rachel und Tim in seltener Einigkeit darum bettelten, die Katze aus dem Rucksack zu lassen, blieben Rebecca und Amy hart. Sie wechselten einen Blick und lächelten.

Das Haus war kleiner und schäbiger, als Amy erwartet hatte. Sie hätte nicht sagen können, warum, aber sie war davon ausgegangen, dass es Rebecca und den Kindern finanziell gutging. Vielleicht, weil die Kinder so fröhlich und höflich waren.

Rebecca schloss die Haustür auf, und Amy ließ *Cutie* frei. Mit der katzentypischen Selbstverständlichkeit spazierte *Cutie* ins Haus, hüpfte auf einen Sessel und rollte sich dort ein.

«Ui, sie ist aber dick», sagte Tim.

«*Cookie* bekommt bald Kinder, nicht wahr?» Rebecca schaute Amy fragend an. «Wann denn?»

«Spätestens in einer Woche, denke ich.» Amy schaute sich um. Noch eine Willkommensbotschaft. Ihr wurde warm ums Herz, obwohl sie wusste, dass die Worte eigentlich der Katze galten. «Wenn Sie ... also ... wenn es möglich ...»

«Ja?» Rebecca schaute sie fragend an.

«Ich hätte gerne ein Kätzchen.» Amy spürte, wie sie rot anlief. Sie hatte noch nie gern um etwas gebeten. «Falls Sie sie nicht behalten wollen.»

«Oh, Mum, bitte», flehte Tim, der *Cutie* vorsichtig streichelte. «Ich möchte auch ein Kätzchen.»

«Ich auch», sagte Rachel, die versuchte, *Cutie* mit einem Stern, der an ein Geschenkband geknüpft war, zum Spielen zu motivieren. «Bitte, Mum, bitte.»

«Ach, Kinder, ihr wisst doch ...» Rebecca wirkte unglücklich. Zu Amy gewandt sagte sie: «Wir können uns schon kaum *eine* Katze leisten ...»

«Die Kleinen werden ja die ersten Wochen bei ihrer Mutter sein.» Amy lächelte die Kinder an.

Richtig überzeugt wirkten die beiden nicht, aber wahrscheinlich planten sie schon, wie sie ihre Mutter überreden wollten, die Katzenbabys zu behalten.

«Wo erreiche ich Sie?», fragte Rebecca. «Falls die Jungen kommen.»

«Ich ... also ... ich ...» Amy schluckte. «Ich lebe auf der Straße.»

Rebecca schwieg, was Amy sehr schmerzte. Irgendwie hatte sie gehofft, dass die Frau toleranter und weltoffener wäre.

«Was halten Sie davon», fragte Rebecca schließlich, «eine

Weile hier zu wohnen? Wir haben noch ein Zimmer frei. Mir wäre es eine Hilfe, wenn jemand da ist. Für die Kinder und damit *Cookie* nicht wieder abhaut.»

«Sind Sie sicher?», fragte Amy überrascht. «Sie kennen mich doch gar nicht.»

«Aber *Cookie* kennt dich», mischte Tim sich ein. «Mum sagt immer, dass *Cookie* mehr Menschenkenntnis hat als ein Püachter.»

«Es heißt Pschüchjater», mischte seine Schwester sich ein. «Das wäre toll, wenn Sie hierbleiben. Wenn die Babys kommen.»

«Da habe ich wohl keine Wahl», sagte Amy. «Danke schön. Aber wollten wir nicht Brownies essen?»

«Ja. Brownies.» Die Kinder hüpften aufgeregt auf und ab, sodass die Katze ihnen einen vorwurfsvollen Blick zuwarf, gähnte und träge den Flur entlanglief, um in einem Zimmer zu verschwinden.

Stunden später, nachdem sie die Kinder ins Bett gebracht hatten, saßen Amy und Becky in der Küche und tauschten ihre Lebensgeschichten aus.

«Ich würde mich freuen, wenn du bleibst. Ehrlich», sagte Becky schließlich. «Solange du magst. Jetzt muss ich ins Bett. Morgen muss ich früh raus. Gute Nacht.»

«Gute Nacht.»

Becky war gerade zur Küchentür hinausgegangen, als *Cutie* hineinschlüpfte. Sie schaute Amy aus großen Augen so bettelnd an, dass diese der Katze etwas zu fressen gab. Nachdem sie aufgefressen hatte, sprang *Cutie* auf Amys Schoß, um sich dort schnurrend zusammenzurollen.

«Süße, du bist wirklich etwas Besonderes», flüsterte Amy, während ihre Finger das weiche Fell streichelten. «Ich bin losgezogen, um meine Familie und meine Vergangenheit zu finden. Stattdessen habe ich dich gefunden. Und durch dich eine Familie und eine Zukunft.»

Hintergründe der Geschichten

Einige Geschichten aus «Schnurrlaub» sind inspiriert von Kurzmeldungen aus Zeitungen oder dem Internet. An dieser Stelle möchte ich diese Geschichten kurz vorstellen und Ihnen noch einige Hintergrundinformationen geben. Wenn Sie noch mehr erfahren möchten, finden Sie auf meiner Homepage www.christianelind.de Internetlinks zu den Geschichten aus unterschiedlichen Quellen.

Hopes long way home

Im wahren Leben hieß Hope Jessie - nachdem ihre Menschen mit der Katze Jessie vom südaustralischen Ungarra auf eine Farm nahe Darwin im Norden des Landes gezogen waren, verschwand die Katze nach wenigen Wochen. 15 Monate später tauchte Jessie in ihrer alten Gegend wieder auf. Dort ist Jessie wieder mit ihrem Katzen-Bruder James vereint. Der hatte auch keine Lust auf den Ortswechsel - und war seinen Menschen bereits am Umzugstag davongelaufen.

Was hat es mit **Kaltukatjara** auf sich, das Jamal, das Kamel erwähnt?

Im Jahr 2009, als extreme Trockenheit herrschte, suchte

eine Herde von sechstausend Kamelen den Ort Kaltukatjara heim und verwüstete ihn auf der Suche nach Wasser. Selbst den Flugverkehr dort beeinträchtigten die Kamele, als sie in das Rollfeld eindrangen. Die Regierung ließ daraufhin die Kamele per Hubschrauber zusammentreiben und töten.

Schrappen ist kein Schreibfehler, sondern eine Lautäußerung der Dingos. Hiermit wird eine Beißabsicht angekündigt, indem die Zähne leise, aber deutlich aufeinanderschlagen.

Brumbys sind australische Wildpferde, vergleichbar mit den amerikanischen Mustangs. Verbreitet sind sie über ganz Australien, am bekanntesten sind die der Snowy Mountains.

Ick bin een Berliner

Ende 2006 kam Kater Felix, ein Mai-Kätzchen, im Alter von sechs Monaten erstmals als Fundtier in ein Berliner Tierheim. Er wurde vermittelt, aber nahm irgendwann Reißaus und landete Anfang 2010 erneut im Tierheim. Sein zweiter Besitzer brachte Felix schon wenige Wochen später zurück, weil der Kater nicht mehr fraß und unglücklich schien. Seine dritte Halterin gab ihn im Sommer aus privaten Gründen zurück.

Da im September 2010 im Berliner Tierheim Katzennotstand herrschte, wurde Felix ans Braunschweiger Tierheim abgegeben. Auch dort fand er schnell eine Familie, der er jedoch im Winter davonlief. 17 Monate später wurde er dann in Berlin gefunden.

Die Autorin ist Niedersächsin, in Mackendorf geboren und aufgewachsen und möchte daher hier ausdrücklich betonen, dass sie keinesfalls mit Luckys Meinung über Braunschweig übereinstimmt. Die Katzenfrau, die Lucky in Mackendorf für kurze Zeit aufnimmt, ist ebenfalls eine reine Erfindung der Autorin.

Ein Zuhause für Struppi

Flugpatenschaften, wie sie Langfells/Struppis Menschen übernahmen, helfen dem Auslandstierschutz. Vermittelt werden sie über die Organisation *Flugpate*.

Trims Märchen

Vorbild für «Trims Märchen» ist die Lebensgeschichte des Katers Trim, der zu Beginn des 19. Jahrhunderts mit dem Forschungsreisenden Matthew Flinders die Welt umsegelte. Trim wurde 1799 geboren und verschwand 1804, nachdem er in französische Kriegsgefangenschaft geraten war.

Neuholland war der damals gebräuchliche Name Australiens. Die Bezeichnung Australien geht auf Terra Australis (Südland) zurück und wurde von Matthew Flinders vorgeschlagen.

Matthew Flinders verbrachte mehr als sechs Jahre in französischer Kriegsgefangenschaft. Erst 1810 erzwangen die Engländer durch eine Blockade seine Freilassung.

Das Buch, das der Kater erwähnt, hat Matthew Flinders geschrieben. Es heißt:

Trim: Being the True Story of a Brave Seafaring Cat. London: Collins 1997 (Erstveröffentlichung 1809)

Linus Langnase, Ausbrecherkönig

Mit ein paar kleineren Verfremdungen entspricht die Geschichte den Abenteuern des echten Linus Langnase, für den geschlossene Türen eine immense Herausforderung darstellen. Im Sommer 2013 hat er erfolgreich begonnen, seine Erkundungsausflüge auszudehnen.

Das Abenteuer seines Lebens

Den Buchladen Acqua Alta, den «most beautiful bookshop in the world», wie das Schild im Laden besagt, gibt es wirklich – auch die Katzen sind dort anzutreffen. Dass sie sich regelmäßig über «Star Wars» und «Star Trek» streiten, ist allerdings nicht bewiesen.

Ich und die Landeier

Hier war keine Zeitungsmeldung der Ideengeber, sondern Gerd Busse, der mir erzählte, dass seine Katze Urlaub auf dem Bauernhof seiner Mutter macht, wenn die Familie in den Sommerferien verreist.

Coming home

Die Geschichte von Amy ist inspiriert durch einen Zeitungsartikel über einen obdachlosen Mann, der eine Katze in Portland fand und mit ihr nach Kalifornien trampte, bevor er herausfand, dass die Katze namens Mata entlaufen war. Er brachte sie wieder zu ihrer Familie zurück, obwohl sie ihm sehr ans Herz gewachsen war.

Danksagung

«Endlich Schnurrlaub» verdankt seine Geschichten nicht nur Ideen und Anregungen, sondern auch der Unterstützung vieler Menschen, denen ich an dieser Stelle danken möchte.

Die reisenden Katzen und Kater und ich danken:

* Matthias Hofinger dafür, dass er alle Geschichten gelesen hat und Rückmeldung aus Sicht eines Lesers und Katzenpersonals gab.
* Sabine Lindecke für die Rückmeldung aus Leserinnensicht und für ihre versierten Hinweise zu Australien.
* Martina Lüke für ihre hilfreichen Anmerkungen. Grüße an Frank sowie an Hugo, Klütti und Mika, die eigene Geschichten verdienen.
* Angela Richter, die ihre zutreffende Kritik an Trim, Version 1, sehr freundlich formulierte; viele Grüße an Reinhold, Joschi und Paul.
* Claudia Siegmann für unsere gemeinsamen Kaffeerunden und ihre Kommentare, die mich freuten und mir halfen; Linus lässt Lars und Buddy grüßen.
* Andrea Hilgenberg, die schon die Weihnachtskater sehr mochte, Sonja Göppert und dem Team der Jugendbücherei Kassel für die Unterstützung.
* Anne Claire Kaufmann für die Pressearbeit.
* Iris Homann für die Begleitung von «Schnurrlaub» und ihr und Kathrin Jurgenowski für die kenntnisreichen Vorschlä-

ge und hilfreichen Fragen, die dem Manuskript guttaten und es zu einem besseren Buch werden ließen.

* Kristine Buchholz für die wunderbare Zusammenarbeit und ihre konstruktiven Anmerkungen zu den reisenden Samtpfoten. Stefanie Lauck von der Herstellung für die schöne Gestaltung.
* Und schließlich den Musekatern, die während des Schreibens in meiner Nähe schnarchten oder auf der Tastatur lagen oder vehement ihr Fressen einforderten und mich so daran erinnerten, wie Katzen und Kater eben sind.

Alle Kater sind aus dem Tierschutz, und mein abschließender Dank gilt den Menschen, die dort arbeiten und mit ihrem Einsatz dafür sorgen, dass Tiere ein Zuhause finden. Zehn Prozent meiner Einnahmen aus diesem Buch fließen in Tierschutzprojekte.

MIX
Papier aus verantwortungsvollen Quellen
FSC® C083411

Das für dieses Buch verwendete FSC®-zertifizierte Papier
Lux Cream liefert Stora Enso, Finnland.